コンチェルト†ダスト

中里友香

早川書房

コンチェルト・ダスト

The Introduction 序奏

The First Movement　第一楽章

The Second Movement　第二楽章

序　奏

-5　ある晴れた初夏の日だった

-4　〝女を作る秘訣〟

-3　翌日も快晴だった

-2　うつしみ

-1　清らかな施しを受ける

0　執行日

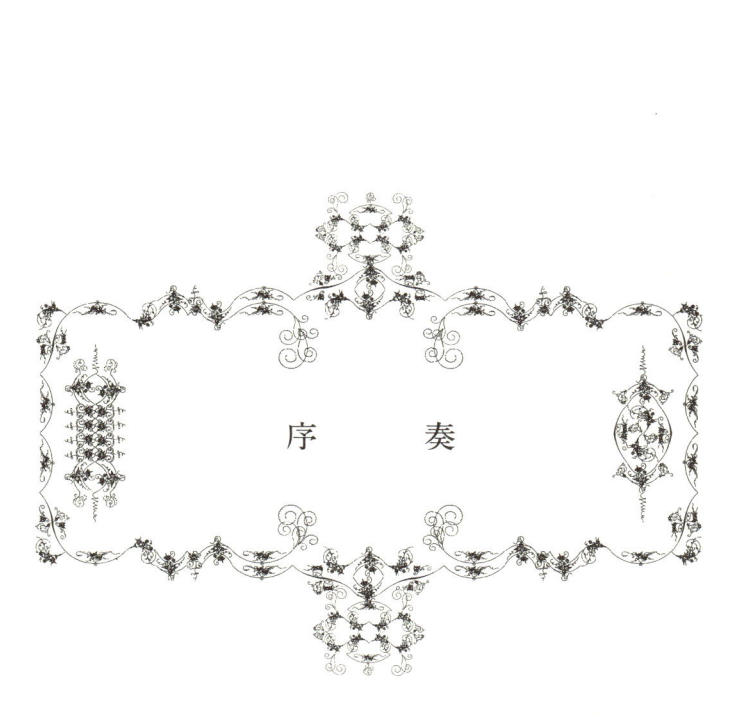

-5

ドラガン・ラクロワは、革張りのカウチで背もたれに腕を乗せ、ゆるりと足を組みかえた。

訪れたばかりの高級ホテルは領主の館を模して建てられたらしかった。ロビーでは、用もないのに程よく着飾った面々が、くつろぐことを唯一の用事と決めこんでいる。他人に干渉せず、連れとだけ口を利くが、どことなく選ばれた階級色で周囲が支配されている。

ドラガンは、ポケットに入れて持ち歩いていた紙煙草を指で探った。昨晩吸い終えていたのを思いだした。顔をあげると、靴音やおしゃべりなどの雑踏と日常の喧騒が……遠のいた。

メロディアスで上品なピアノの単音がアンダンテで流れてきて、ゆったりすべてがスローモーションになる。そんなふうにドラガは、その少女の仕草や、睫毛《まつげ》の際を追いかけて一瞬、見とれた。

（——綺麗な子だ）

淡い帳《とばり》越しに窺えるようなつや消しの影をほんのりまとって、その子は少し向こうのカウチに腰掛けていた。連れを待ちぼうけている。髪の色は、金茶——いや、銀色がかったすてきな赤毛で、アメ細工めいた光沢をして、ゆるやかな曲線に波打っている。春らしい色合いの、洗いざらした白を基調にしたワンピースドレスを着て、上等なこのワンピースはおそらく彼女の平服だ。——ハンカチも載せずに膝で猫を抱いている。少しその場に居なれない浮いた佇《たたず》まいが際立ってみえた。

ドラガは自分の子供時代を思い起こしながら……十一歳くらいかな？

横顔が凛と涼やかで、少女はちょっぴり怒って見えた。腕の猫も少女と似通った年回り——仔猫ではないが、スラッとした体軀《たいく》はまだ成長過程で、なめらかそうな毛並が新しい。目つきがすばらしく敏捷な猫で、周囲の顔ぶれに好奇心をそそられ、注意力散漫になりながらも、飼い主にしっかり懐いている。首輪の内側や、のど、耳のつけ根などを、みずみずしい指先で機嫌をうかがうように丁寧に撫でられているうちに、ついうっとりと首をかしげて少女に見入っている。猫は、昨日今日《きのうきょう》の懐きかたでなかったし、その子は旅行者とは思えなかった。

いつまでもいい大人が少女を熱心に見つめているのも、褒められた真似でないな——

ドラガは不本意ながらロビーの大きな窓をふり仰いだ。得がたい乙女の眩しさを青空に映し見ながら、わずかな風を感じさせる白い雲の緩慢な動きを眺めた。

トン——

そのとき膝の上に柔らかい重さがぶつかるように飛びこんできた。

猫である。

のど元から腹にかけてと、足が白い。全体の毛並はシルバーグレイで、青銅色の目をしている。鼻先のツンと尖った器量よしの猫だ。

「あらッ——」

少女はまるでスカートに水でもこぼした慌てぶりで、立ち上がった。ドラガに泥はねでもひっかけたかのように恐縮しながら、顔をしかめて駈け寄ってくる。

「すみません。ごめいわくを」

仕草や口ぶりがれっきとした淑女であった。若い女と譬《たと》えるには、しかし声に媚《こ》びや艶がない。おびえかけた口調は突《つ》ッ慳貪《けんどん》で、子供っぽく乾いていた。

猫は温かで人馴れしており、首を傾げてドラガを見上げた。ドラガは猫の耳を寝かしつけるように撫でてやった。猫は額をドラガの大腿にこすりつけてから、膝と膝の隙間におさまって目を閉じた。

「いい猫だね」

食べ物は持っていないし、ほかにも客はいる。かわいらしい小動物にことさら選ばれ膝に乗られて、嫌な気がするものか。

目には見えない金の紗をまとっているようなその娘《こ》は、ドラガの友好的な態度にひとまず安心したらしい。気勢を緩めながら小さく笑った。

「ミカったら、勝手に、人さまの膝の間に——」

「猫は人の膝でくつろぐものです。いわば特権だ、飼い猫のね」

猫は遠慮なくドラガにしなだれかかって全身でくつろいでいる。瞳と同じ青銅色の柔らかい革が、首の後ろでリボンに結《ゆわ》えてある。首元にはペンダントめいた鑑札に、

Mikah

と刻印が入っていた。

革紐には飾り文字で、焼印が突いてある。

《当猫を保護されたかたはギュンツブルグ家まで連絡乞う。報酬は応相談》

一家の大事な猫なのだ。

ドラガはいつまでも猫を撫でていたかった。猫もすっかりドラガの腿の上で寝そべっていた。かたわらで少女が立ちつくして困っているので、ドラガは猫を抱き上げた。猫は器用に身をくねらせて腕からすり抜け、やわらかいバネを利かせてフロアに飛び降りた。心得たように少女の足元にすり寄っていく。

その娘は猫を抱き上げると、立ち去るかと思いきや、ふわっとした所作で脇にやってきた。ストンッと、カウチの隣に腰を下《こ》ろした。少し威圧的に、

「あの、ミスター?」

「なんですか。お嬢さん」

「よそから来た人でしょう?」

咎めだてする口ぶりで——事実ドラガはよそ者だった。

「珍しいかな。このホテルに滞在している大半がそうだ」

「そういう意味じゃないわ」

冷たく不機嫌な声色で、神妙な面持ちだった。少女はぬくもりを胸元に引き寄せるように、猫をいっそう身近に抱きよせた。

「――ごきげんよう。よい一日を」

待ち人を遠くに見つけたらしい。不意に腰を上げると、足早に去っていった。

-4

舞踏会にやって来た。ユリアンは、九才年長の次兄に伴われてきた。

兄は二十一歳になったばかりで、すらりと美しい若者だ。銀がかったアッシュ色の髪は直毛で、少し目にかかっていた。灰緑の淡い瞳は涼やかで、夜会用に着飾った上着でも、まるで春の木漏れ日に佇んでいる色合いの妙をもたらした。

この兄は、いつも少し眩しげに、目の焦点を合わせる癖があった。視力が弱いわけでもないが――前髪でその癖を隠している。やや眉を寄せて目を凝らし、エレガントにひっそりと目を細める兄は、誰にでもはにかんで映っていたにちがいない。

ユリアンはまだセーラー襟の子供服を着ていた。しかしこの兄は、一人前の紳士としてユリアンを対等に扱ってくれるのだ。軽んじず見下さず、そのくせユリアンをとびきり甘やかした。おしゃべりにも泣き言にもいつだって熱心につきあい、なんでも許した。諦念めいた甘さで、老婆のように優しかった。

そのころの兄はまだ、胸を波立たせて血に噎《むせ》び、負の躍動に打ちのめされる苦痛も知らない。憂いに沈んだ溜息を押しだして、ぐったり頭をもたげる敗北感にも見舞われてはいない。それでも既に心なしか繊弱だった。

りりしい容貌や、名家の生まれや、頭脳明晰な才覚をあわせもつ若者にしては珍しく、万事、控え目だった。おそらくは健康上の自信のなさゆえ極度に奥ゆかしかった。異性にも奥手だった。引っこみ思案《じあん》だったのではない、年齢を問わずいかなる女性とも如才なく接した。だからお嬢さんがたも貴婦人も使用人も軒並みこの兄に夢中で――なにしろ浮ついた噂ひとつない、謙虚な美青年なのだ。兄はそれだけで満ち足りている節があり、決して一歩先に踏み出さない。相手にはいっそう容易に踏みこませなかった。

ごくたまに、兄は辛辣《しんらつ》な目つきをした。燃える目線をひるがえし、絶妙にえげつない冗談を言い放った。往々にして口さがない皮肉の一種――一撃で痛烈に周囲を沸かす。腹をよじらすほど聴衆を笑わすいっぽうで、一部の人間を瞬時に凍りつかせた。

兄は至って涼しい顔をしていて、笑った人間も、強張《こわば》っている連中も、いっしょくたに軽蔑しているやんわりとした笑みを浮かべているのだった。七人きょうだいの次兄という立場ゆえ、何事もわきまえていた。末っ子でしかも腹違いのユリアンにのみ気を許していた。お互い馬が合ったのだ。すばやく片目を瞬き、無言の目配せをくれる。今にして思うにユリアンはそれら冗談の中身を半分たりとても理解していただろうか。それでも知能犯めいた兄のいたずらの片棒を担いだ共犯じみたトキメキを、ひっそりと嚙みしめた。

兄は、自らがもたらした笑いの渦中にありながら、いつも心底、一人きりになりたそうにしていた。ひとときの得意満面で誇りたいのではなく、人を突き放すためにあえて下卑《げび》てみせたり——あるいは高踏《こうとう》な冗談を言ってのける。近寄りがたき垣根を巧妙に巡《めぐ》らして、そのくせ、独りぼっちがたまらなげだった。孤独なのをユリアンは知っていた。

この兄はフェルディナントといった。

フェルディナント・フォン・クルゼンシュテールン。

(……笑い声だ)

陽気ですらない、酒の勢いにまかせて難癖をつけるブーイングの声色に似ている。先程から、気障《キザ》に髪を分け、胸ポケットからきっちりネッカチーフをのぞかせている連中が、装った女たちを競売の家畜さながら値踏みしている。

度数の高い酒を呷《あお》るペースが速かった。まだ宵の口であったが(それゆえ子供のユリアンもフェルディナント兄との同伴を許された)、奴らは目の縁がカブレたように赤らんでいた。あるいは眼球が充血していた。機嫌よく酔っているにしては、目が据わっている。

(破廉恥《はれんち》で野蛮な目つきだ——)

ユリアンは嫌悪感を肌身に覚えた。気取っているつもりらしいが、頭の悪そうな連中だな——と。

連中はこぞって一人の女を狙っている。誰も彼もが袖にされて、いつしか暗黙裡《あんもくり》に徒党を組み、折を見計らって目当ての女を馬車に連れこみ、無理やり集団で組み敷かんばかり、淫らで剣呑な気配が一角を支配していた。

胎盤を狙って後産を待つ獣さながら――力のある者から、順に手出しする隙を、耽々《たんたん》と窺っている。

むろん下手な真似に及べば、高貴で礼節を重んずる社交界から、半永久的に放逐《ほうちく》される。しかし若者たちは愚かしい反面、こぞって身分が高かった。官僚的なこの場において、力があった。かかる力を巧妙に使う術《すべ》においてのみ、小賢しい浅知恵を働かせる。幾人かでうまく示し合せて澄まし顔を貫けば、横暴も狼藉《ろうぜき》も平然とまかり通る。女ひとりが悲鳴を上げる術などなくす。周囲の者は、だれしもちょっと眉をひそめるだけにとどめて、口を拭《ぬぐ》って、見なかった不始末にできる。

ほかの女たちも彼女を遠巻きにしていた。年頃の娘たちは胸ぐりの深い夜会ドレスの、眩しく汗ばんだ肌をチラチラ隠しつつ、扇《おうぎ》を広げていた。胸元や首筋をしきりに扇《あお》ぎながら、ときどき扇《おうぎ》を口元にもっていく。連れの女友達や付き人に耳打ちする。孔雀《くじゃく》めいた格好の男たちを、遠目ゆえにかえって露骨に上から下まで吟味《ぎんみ》しては、しきりに囁きあうのに忙しいのだ。

(発情期の動物が――交尾前の配偶行動を、こじらせたみたいだ)

ユリアンは無邪気にそう感じとった。

……あながち間違いでないのを、ユリアンはまだ今ひとつ理解していなかった。年長者は、未熟なユリアンの考えの及ばぬ大人らしい理知的なかけひき、しなやかな身のこなし、舞台役者のような立派な立ち居ふるまいをする。それこそが上流の大人社会の常識で、目上たる所以《ゆえん》なんだ。そう実直に信じこんでいた。

その渦中で悠然と一人でいる、ひときわ美しい女がリオネラだった。

ユリアンの思い描いている、まごうことなき大人の女と見えた。ユリアンが漠然と憧れていた素敵な女性の概念を、一分《いちぶ》の狂いもなく……予想だにできなかったすみずみまで、みずみずしく体現しているのが、わかるのだ。まだ若く華やいだ女でありながら、大人びた所作に無理がない。やんごとなき女性なのは一目瞭然だった。

若い男の目線は、女のそのひときわ美しい肢体に投げかけられ、無粋な笑い声は、彼女の意識を引きつける呼び水のつもりで、又、くやしまぎれの嘲笑でもあった。

聞こえよがしに一人の男が、声高に語りだすと、

「――ユーリック！」

遮るようにフェルディナント兄が呼ばわった。穏やかな涼しい声色で、その実、厳しい目色をしながら、「ユーリック、おまえの鼓膜を連中の戯言《ざれごと》で汚すんじゃない。あれは使い古された低俗なジョークだからね」

ユリアンは若い男の小噺《こばなし》に、熱心に耳を傾けていたのだ。

「落ちを知りたいんだよ。兄さん」

フェルディナント兄は連中を見下《みくだ》した目線で威嚇した。ユリアンに自ら説明してくれる気は無いらしかった。ユリアンは単にその「使い古された低俗なジョーク」とやらの落ちに興味が募っ

ていた。兄は、ユリアンをやんわり見逃すように、気乗りしない調子で口をつぐんでしまった。

《おお、神よ。ここはエデンの園。美しい楽園ですが、わたしは独りで身を持てあましておりまする。わたくしアダムはいまに禁を犯して、知恵の果実に手を伸ばし、口に運んでしまうにちがいありません》

《では汝《なんじ》のために、女をくれてやろう。なんじの暇と憂さを紛《まぎ》らわすのにうってつけの、受容的で従順な生きものだ。穏やかで優しく、男たるなんじの言いつけに決して背かず、なんじの要求をひたすら受けいれ、命令を待ち望む。過度に求めず、なんじの手足となって働き、逆らわない。倹約家で、おまけに魅力的で美しい。なんじの汚れものを進んで洗濯し、なんじのために極上の料理をこしらえ、ベッドの中ではなんじに素晴らしいサーヴィスをもって尽くす。しゃしゃり出ず脇に座し、男たるなんじに思う存分、好きに扱われていれば満たされる。またとない生きものだ。早計で愚かしいのが珠《たま》に疵《キズ》だが――それゆえ人が神に傅《かしず》くように、女は男にかしずく摂理であるのだ》

《――なるほど、神よ。女とはさぞや慰めになりそうだ》

《では、アダム。今からなんじのために女の創造にとりかかる。かような夢の女をこしらえるには、まずなんじの肋骨を十二本。片方の眼球、胆囊《たんのう》。それからなんじの心臓を、材料として取り出すぞ》

《や――なんだッて》

《いま一度、言おう。望みの女をこしらえるには、汝の肋骨を十二本。片方の眼球。胆嚢……最後になんじの心臓が要り用だ》
《そいつぁ困りますよ。神様、なんだってそんな、なんとか肋骨一本程で手を打っちゃもらえませんか》
《ではその分、出来はそれなりのポンコツだぞ》
――かくして創られた。今いる地上の女である。

§

またしても笑い声が沸いた。下品なはやし声にも似ていた。

わざとらしい物々《ものもの》しさで神役に興じている若い男に、赤ら顔の男が自らの肋間《ろっかん》あたりを大事そうにさすってみせつつ、芝居がかった合いの手をいれていた。

リオネラは、絹の光沢をした自分の髪の一房を、指先でやんわりともてあそぶように撫でていた。バレリーナのようにスッと伸びた背筋をして、ほっそりとした首筋からつながる滑らかな肩越しに、連中を胁見している。

長い睫毛を退屈そうに靡《なび》かせて、流し目しながら、ほんのり笑っていた。フェルディナント兄の孤独で――垣根を巡らす冷笑に、酷似していた。

ユリアンは一気に彼女を近しい者のように熱く見守った。

リオネラは、ユリアンの熱に浮かされつつある眼差しに気が付いて、わずかに素顔をのぞかせて目配せした。片目を小さく瞬いてウィンクをくれた。

ユリアンは一瞬の幸福を把握しきれず、ほんのささやかな隙に肝を潰《つぶ》して、ほとんど呆然と感銘を受けていた。

リオネラは、連中に歩み寄っていった。

したり顔で神役に興じていた顎の張っている若い男に、ぴしゃりとグラスの中身をぶちまけそうな不穏なる緊張感の間合いを詰めていくと、ほがらかに満面の笑みを向けたのだ。

「なんて気の利いた素敵なジョーク。あなたにそんな上等なセンスがあっただなんて、おみそれしましたわ本当に」

男たちは、リオネラの笑顔の吸引力に当てられて、居心地悪そうに間の抜けた笑顔をつくった。ためらいがちに曖昧な笑みを浮かべながら……（お高そうな美人に見えて案外……この手の低俗の笑いがお好みだとは、とんだかわいい破廉恥《はれんち》な女じゃないか。おつむの回転が鈍くて、世慣れぬだけの――）

そんな気やすい安堵が綯《な》い交《ま》ぜになってみえた。

かたわらでユリアンはまるで解《げ》せないのだった。この小話は、己の母親も姉妹も尼さんも……女性全般をもれなく男の慰み者にすぎぬと言い切るばかりか、男の肋骨一本分にも満たぬかどうかのちっぽけで矮小《わいしょう》な存在だと。聖書のくだりを転用して大いに馬鹿にし、揶揄《やゆ》っているのに……。

ユリアンは思案顔を隠さぬままで、フェルディナント兄を確認した。

兄は興醒めしたようにリオネラを見やっていた。いかめしい低い声色でユリアンに、「この手

「品がないのが気に食わない」

その時リオネラがゆっくり口を開いた。しっとりと艶のある声色で――好戦的な棘を隠しきれない奇妙な興奮が響いた。雑然とした中でも凛として、

「下品も品のうちさ。下品ならば大いにけっこうだね。その時リオネラがゆっくり口を開いた。

あっちへ行こうと苦々しげに肩をそびやかせた。

「下品だから？」

の冗談は――兄さんは嫌いなんだよ」

「だってそのジョーク。神代《かみよ》の時代から相変わらずで、肝心なときに物惜しみする男は、いつだって得難《えがた》い相手を得られない。笑い話でしょう？　なるほど神のおっしゃる秘訣《レシピ》どおりに、アダムが自らを惜しまず――己の肋骨を十二本、眼球を片方。胆嚢と、自らの心臓を、気持ちよく材料に捧げていたなら。女だって殿方に望まれる役割を快く全うしてさしあげるのも、けっしてやぶさかではなかったのに。なんて愚かなのやら――末代までのお笑い種《ぐさ》ね。可笑しいわ」

シャンデリアの蠟燭《ロウソク》の灯が、鏡張りの壁面や、夜空が透ける窓硝子《ガラス》に反射している。

リオネラは、ふわっと上品にほくそ笑んで、ラヴェンダー色の高貴な眼差しの奥が、赤々と揺らめいていた。うれしそうに笑みを浮かべるリオネラは、ゾッとなる美しさで、険悪に舌なめずりするより凶悪な華やぎがあった。満面の笑みで軽やかに佇んでいたので、男たちは遅まきながら、挑発的に切り返されたのをようやく悟った。顔が曇ったのを取り繕う余裕もなく、俄然《がぜん》、苦りきった。

「……魔女めが！」

「悪魔のような女め」

「だれにむかって、何様のつもりだ、いま吠え面をかかせてやるか――」

低く声を荒らげた。

(――まずいよ)

プライドの高い軽率な愚か者に、つい恥をかかせると、連中は本気で暴力的な報復に出かねない。かくもしたたか恥をかかされては、そうでもしないと奴らにしてみれば恰好がつくまい――。

やおらフェルディナント兄が超然と、一歩前に踏み出した。

「失礼――お名前を伺えますか、ミス。私はフェルディナント・フォン・クルゼンシュテールンと申します」

「存じあげておりますわ。クルゼンシュテールン家の次男坊ね。あたくしはリオネラです」

リオネラ・ヴァン・ルシウスと名乗った。ルーマニアかブルガリア由縁《ゆえん》の苗字らしかった。フェルディナント兄は、初対面のリオネラに知っていると微笑《ほほえ》まれて一瞬たじろいでいた。「それでリオネラ。リオネラ……」

「なんです」

「あなたに、このフェルディナントの肋骨を十二本。眼球を片方と、胆嚢。それから心臓を捧げたなら――あなたは私のために、夢のような女になってくれるんですか」

「――死ぬわよ。そんな真似したら」

「ええ。だから一度に全部は差しあげられないが。必ずこの肋骨を十二本。眼球を片方と、胆嚢と、それから心臓を惜しみはしません。人間いずれ死ぬのだから。無益に命を老いさせるでなく、心から欲するものに心身を賭《と》すべきでしょ。そうすれば、あなたが夢のごとき時間を約束してくれると」

「ええ。……もしも貴方の言葉に、まったく偽りがないのなら」

「――神かけて」

するとリオネラは許すようにレースの薄手の手袋をはめた手を、すらりと差しだした。

「神などに誓わずに、貴方が私に直接、誓ってくださるのなら、ええ。喜んで」

フェルディナント兄は気負わずリオネラの手を取った。すんなり身をかがめると、自分の心臓に手を当てる仕草とともに、リオネラの手の甲にごく自然に口づけた。リオネラは、フェルディナント兄の真意を見定めるように、しんねりとした眼差しで、礼節な口づけを受け止めた。

ユリアンは期待と不安で二人を見守っていた。

リオネラは、身を起こしたフェルディナント兄の差しだした腕をとって、兄の肘にくぐらすように、ほっそりとした手首を軽く絡めた。なにげない一挙手一投足が、猫のしっぽを思わせる気ままさで、のびやかな鶴の首さながらほっそりと優雅だ。

フェルディナント兄が水際立った振る舞いで機転を利かし、洒落《しゃれ》たやりとりでこの場をスマートに収拾したので、ユリアンは得意になって周囲を見回した。

――見ろよ……雑魚ども。これがクルゼンシュテールン家の次兄の手腕だ。美しいリオネラと並んで、至極つり合いが取れている。既に似合いのエレガントなカップルではないか。浅知恵な貴様らは足下《あしもと》にも及ばないさ。

ユリアンは、フェルディナント兄がいつもどおりに目配せをくれるのを待った。いつまでも待っていた。

お芝居にしては兄は真剣にリオネラだけに熱っぽく見入っていた。リオネラを、失礼にあたらぬかぎり身近に引き寄せた。

リオネラがユリアンを気遣うように振り返った。

「きみのこと知ってるわ。クルゼンシュテールン家の末っ子のユリアン君でしょう？　素敵な目の色をしてるのね。今日はきみのピアノを聴きにきたの。いわばファンだから」

ピアノの演奏を首尾よく終えたユリアンを、フェルディナント兄はその晩、早々に自家用馬車に乗せた。自分はリオネラと用事があるから――彼女の馬車に乗せてもらうから大丈夫だと。ユリアンが反論する余地もないのだ。その日、兄は屋敷に帰ってこなかった。

-3

翌日も快晴だった。

ドラガはホテルのロビーで連絡を待っていた。

聞くところによればこのホテルは領主の館を模したのではなく、もともと領主の数ある屋敷や別邸の一棟であるらしい。ホテルとして一般に公開し、運用にあてている。重厚な面構えのみならず、家具調度にしても格式ばった年代物の風格だった。アールヌーヴォー様式の疑問符とト音記号がもつれ絡まっている装飾品で、モダンな甘さが加味されている。蜘蛛《くも》の巣が光の陰影を編んで、蝶チョに糸を垂らしているような照明デザインの数々。手あたり次第なんでも火に炙《あぶ》って溶かしていきたい思春期の欲望を美しく体現したような空間だ。

ドラガは遠目に人間観察をしながら、観光客らしく地図を広げた。

ふと片足がやんわりと重たくなって、開いていた地図を膝から浮かすと、赤い首輪に黒い革の手綱《リード》のついた一匹の大型猟犬がいる。ドラガの足の甲に、疲れきってクタッと顎を乗せていた。人が眠るときに枕が欲しくなる道理で。犬は顎の高さに、ちょうど頃合いのドラガの足を見つけたわけだ。許可を得るようにいったん長い鼻面を上げてこちらを見たので、ドラガは心得たように足を動かさず、犬の頭にそっと掌を置いた。

犬は、安心したようにドラガの足の甲に顎を沈めて、目を閉じた。

「おいッたら、こら」

少年がフロアに放っぽられている黒い革のリードを拾いあげて引っぱった。

犬の胸倉をつかむ要領で無理やり引っぱり寄せるではなく、リードのたるみがやや張る程度に優しく引きながら、

「すいません。御迷惑を」

キラッと眩しい目つきをして謝った。少年自体が輝きを帯びているように美しい子だった。左目の端に、小さな泣きぼくろがある。そのせいで、いたずらっぽく艶めく愛くるしさが覗《のぞ》いてみ

えた。

「気にしないよ。君の犬は少々、休みたいらしいな」

ドラガは、犬の胴体に掌を当てた。犬の脈拍と合わせるように、掌を浮かせたり伏せたりしつつ、大型犬の温かな手ごたえを確かめた。寝かしつけるように軽くさすった。

少年は犬の手綱を手にしたまま、ドラガの隣に腰をおろした。銀色がかった赤毛がやわらかそうに揺れた。

瞳の輪郭は青銅色で、内になるにつれて若草色が滲んでいる——その明るい目をやや眇《すが》めて、物珍しそうに、

「あなたさ。よその人だね?」

変声期前のいささか子供っぽい声音で、人懐っこそうな笑顔は、品がありつつ感じが良かった。女の子でもまかりとおる小綺麗な形《なり》をしている。粗忽《そこつ》なまでに気さくで、不謹慎なくらい打ち解けているのが、若さゆえか、性格なのか。愛嬌がある。

「確かに自分はよそ者だが、そうもわかるか。失格だな」

ドラガはこれ見よがしに広げていた膝の地図を畳んで、小さく掲げて見せた。

少年はそっと犬の背中に手を添えて、ドラガの目線をよけるようにやや俯いた。「本当におまえ、よく寝るなあ。疲れたんだね」

優しげに犬に呟きかけた。

「大人しくていい犬だな。ダルメシアンか」

　犬は自分について話されているのを察したか、黒い垂れ耳が反応した。目は閉じたままで、他人事《ひとごと》みたいにドラガの靴の甲に顎を乗せたまま再び寝入った。はしゃがず、たてつかず、従順でおだやかだ。目指す方向へ安全に導いてくれそうな落ち着きかただった。

「ダルメシアンって？　ダルタニアン？」

「犬の種類だ」

「ああ、ダルマティーノ？　ダルマティーノじゃないよ。ダルマティーノは短毛種だもの。こいつはもうちょっと毛が長いでしょ。背中の黒地が散って、斑点になってるから、ダルマティーノに似て見える？　いい犬なんだ。賢いしね。こいつは、もうわりと年なんだ。それでもね、今さっきも走りまわるのが好きで速く走った」

　少年はその犬の一番の理解者であるように、自慢げに犬の頭をやさしい手つきで撫でた。

「この国では動物が人によく懐く。人懐っこいのに節度があって、良いしつけをされているのがよくわかるな」

「そう？」

「先日も猫が――たしかミラァといったかな」

「――猫の名？」

　ドラガは頷きながら、少年の黒目がちでつぶらな目線をまっすぐ受け止めた。

「ミカじゃない？　それうちの猫だ。だったらあなた、エミリヤに会ったね？」

　声色が刹那、棘々《とげとげ》しく尖《とが》って、目線が険しくなった気がした。即座に合点がいったように少年は屈託なく笑うのだった。「それでこいつがあなたに真っ先に駆け寄ってくつろいだのかもしれない。ミカの匂いが残っていたのかも。ミカが仔猫のときから一緒だから、犬猫なのにべったり平気でね、いつもお互いを見つめているから、ミカは自分を犬だと思って、この犬は自分を猫だと思い違っているのかもしれないんだ。それで別段、不自由なく理解しあって一緒に居る。冬なんか暖炉の前で折り重なって寝てるもの」

「君たちは、きょうだいかい」

一目見たときから、そんな気がしていた。二人とも、器量よしで身なりも調っているだけでなく、空気を一変する。晴れやかな花畑や、青々とした草原をすり抜ける時の軽やかさが靡《なび》いてくるのだ。肌や髪、瞳の色の明るみも、仕草や言い回しも似通っていた。

しかし異邦人からしてみると、同国の人種は多かれ少なかれ、ふるまいや口調が似通って親戚同士に映るのも、実際、また至極よくある思いこみなのである。

「双子なんだよ」

少年は表裏がなさそうに明るく笑ってから、軽くリードを引っぱって犬を起こした。

ドラガは、通りすがりの犬が自分にすっかり油断しきって顎をゆだねて寝そべったのが嬉しかったので、ゆったりとした犬の目方《めかた》が失《う》せて、少年が立ち上がったときは寂しい気がした。

「ドラガン・ラクロワ——ドラガだよ。会えて楽しかった」

「ぼくはエミール。じゃあ、また会う機会があればね。よい週末を」

-2

《馬鹿げた話や、下卑た悪ふざけ、穢《けが》れた不品行は慎んで、
むしろ感謝の念をあらわしてみせるのだ。
不義を働かんとする穢れた業突張《ごうつくば》りなど、
神の恩寵をびたいちたりとても受け継ぐに能《あた》わぬのだから。
何人《なんぴと》にたりとても、空言《そらごと》で欺《あざむ》かれるでない》

「――だってさ、リオネラ」

ユリアンは聖書をパタンと閉じた。

読みあげたのは新約聖書『エペソ人への手紙』第五章四節～六節である。閉じた聖書をフェルディナント兄のトランクの隙間に押しこみながら、ユリアンは、

「リオネラ、ひょっとしてあなたは聖女のたぐい？」

「なんですって？」

「なにしろあなたは舞踏会で、不品行な輩を往《い》なしたときに、おみそれしたと強《したた》かに、まるで感謝の意を表してみせるがごとしだったろう。フェルディナント兄さんにも――魂を添いとげる誓いをたてるならばそれらしく――と。肋骨十二本と胆嚢と片目、心臓を捧げられるか真偽を問うた。空虚な約束はいかなる事例も認めない」

リオネラは寡黙に、上から許しを与えるように曖昧に微笑んだ。

「聖女じゃなくば――」

フェルディナント兄が鷹揚《おうよう》な声色をしながら、ふんわり笑った。「あるいは堕天使の系譜でもあるかな」

ひっそりと落ち着いた眼差しに、涼しさが残っている。しかしフェルディナント兄は、このところすっかりリオネラとの恋に惚《ほう》けていた。

いわく――リオネラは魔女なのだ。

――あるところに一人の魔性の女が居て、夜空の鏡を手に入れた。鏡に向かってウィンクして手を伸ばしたら、夜空から鏡が外れて、手に取れたのだ。銀のお盆くらいの大きさをしている。美しいこの女は悪魔の化身で、高い雪山の頂《いただき》にそびえるお城に住んでいた。

お城は氷でできている。中は赤々と暖炉が灯っていて暖かい。

外がすこぶる寒いから、どれだけ溶けてもまた元通りの高い尖塔に結晶の彫刻が刻まれて、素敵なお城のままでいる。そこに棲《す》まっている魔女は孤独をこよなく愛していて、わがままで自由な魂を持っていた。奔放に暮らすには孤独が一番。騒々しいのは嫌い。値打ちのないやりとりで時間を空費するのは馬鹿らしい。耳触りの悪い台詞で、鼓膜が揺れるのもお断り。だが時には一人が不都合だし、退屈もする。さみしいときもあるかしら。そこで魔女は、夜空に鏡を浮かべた。下界の影を映しとった。広々としたお城の伽藍《がらん》はいささか寒々しかったのである。外は一帯が氷の世界だから、あんまり迂闊《うかつ》に外出はできない。悪魔の化身だとて、人間の姿をしている以上、容易に体が凍りつきかねないのだ――

女は、朝な夕な、魔法の鏡を空に飛ばして影を集めた。

人々はそんな魔法の鏡を見つけると、夜空を指さしてそれぞれに納得する。

……あ、流れ星だ。

……ああ、見てごらんオーロラの残像だ。

鏡が集める影は、無分別だった。魔女はその影の中から気に入った、有益なものだけを選《え》りすぐり、魔法で使役した。残りは古井戸に捨てればよい。

身の回りに侍《はべ》るものは、だから執事も、小間使いも、小鳥も、花も。手負いの山羊も、楽団も、舞踏会の賓客もダンスの相手も……鏡が映した影なのだった。こうして魔女は、気ままに影を侍らせて、影を操《あやつ》り、遊ばせた。不要となれば井戸に捨てた。誰に迷惑をかけるでも、害をもたらすでもなく、これといった不足も覚えずにのびやかに暮らしていた。

——ここは静かすぎるわ。

あるとき魔女はふと思いたった。彼女の美しい歌声、ピアノの演奏、森閑とした氷の城でステンドグラスが煌めくように反響していた。輝く音色が、はたとやんだ。

拾ってきた影に爪弾かせていたハープの弦も、釣り糸をきらめかせて音符を釣りあげるように音階をつらね、奏でていたチェロやヴィオラの弦楽器も。ぴたと止まった。

つまり、この残響と揺曳《ようえい》。その後の静寂。静謐《せいひつ》。

ひときわ愛する余韻のひとつ。つまりは音の影。

魔法の鏡は、音を拾ってはこないのだ。

この魔女は、もともとミューズの一種、芸術を愛していた。

芸術のため──美のために──夢追う才能を、真実を追求し──美に憑かれ、美を実現させる熱意に焼かれる人間を、愛おしく思うのだった。孤独がゆえに自らの溢れる才能に溺れていき、にっちもさっちもゆかぬ狂おしい恐慌に陥る愚者を哀れんだ。緻密にじっくり昇華させた長い努力の冷たい結晶が、俗世のぬかるんだ靴底で踏みにじられて、跡形もなく泥にまみれて粉々に砕かれるのを、儚《はかな》んだ。

芸術の才能に焦がれ、魂と引き換えにしても、技量を手に入れんとあがく人間を見出しては、ことさら取引を持ちかけた。

人に芸術の才を与え、望むならば特訓だってしてやるかわりに、人間の魂を少しずつ美味しく味わう。それで悪魔の烙印《らくいん》を押されて彼女は迫害を逃れ、氷の城でおとなしくしていたのである。

──久しぶりに下界に降りてみるのもいいかもしれない。

最近は地上で神が死んだともっぱらの噂だった。事実はさておき（神など彼女は面と向かって会ったこともない。おもてだって敵対した覚えもない。彼女自体が冒瀆《ぼうとく》にあたると非難されても心外で、迷惑をこうむるだけだった）今は過剰に迫害される羽目にはならなそうだわ。たまには氷のファサードを穿《うが》つ豪雨さながらざわめく拍手喝采で迎えられるのも一興よ。自分の魔術で使役させるかぎり、すべてはすなわち自分の演奏にすぎなく、少々物足らなくなってきたところだ。悪くないアイデアだわ。

そう思い立った魔女は、鏡で集めた影から、最新流行のレースの手袋、絹のドレス、ミンクの耳あて、マフ、天鵞絨《ビロウド》の外套、サイズのぴったり合う靴、貴石をほどこした髪飾りなどを調達した。

最後に、夜空の鏡を大切に天鵞絨でくるんで手挟《たばさ》むと、橇《そり》を使って下界に降りた。

「それがリオネラなのさ」

……ふうん。

ユリアンは大人でないから、メルヒェンを素直に信じて、深意を読み解けるほど老成してはなかった。お伽噺《とぎばなし》を鵜呑みにできる幼さもなかった。

だから少々、面白くなかった。

なるほどリオネラは、音楽をはじめとした芸術の才に抜きんでている。しかも、とびきりの美女にはちがいない。なだらかに波打つ暗い髪は、いまも魔力まがいの魅力が靡《なび》いてくる。

リオネラに関していうならば、コルセットはけっして体型を矯正する器具でない。美麗な鎧《よろい》であり装身具だ。細腰の曲線を隙間なく防御しながら自然に際立たせている。メレンゲ菓子も顔負けな、まろやかな弾力を遜色《そんしょく》なく浮かびあがらせつつ、丁寧に包みこむ。それでも封じきれない、ユリアンの心が震える甘い肌身がしっとりと内に息づいているのが分かる。

雨が大きなフランス式窓の硝子《ガラス》を洗っていて、硝子を打つ雨音で却って室内は静けさが沸きたっていた。雨脚が風で波立って、打ち寄せる荒波にやがてこの房室は屋敷から分離する。三人を乗せて箱船が今にも大海に漕ぎいでんとするようだった。

「リオネラ、あなたはノルウェイ出身なの？」

「なぜそう思うの」

「オーロラとか、氷の城とかって。ノルウェイ？」

「暮らしていた事ならあるわ」

「魔女だの、悪魔の化身だのって。いくらフェルディナント兄さんであってもさ、こんな世迷言《よまいごと》を語らせて、リオネラ、あなたは構わないの？」

リオネラの口元から白い歯の清らかな色がそっとのぞいて、微笑みが奔《はし》りでる。

「男性のスペアリブ一本分の泥人形と軽んじられるよりは。魔性と疎《うと》ましがられたほうがましかしらね。聖女もいいけれど」

どことなく得意気に透かし見るような、スッと芯の通った涼やかな横顔《プロフィル》も、ユリアンはしみじみ見とれかける。美人は三日で飽きるだのとは何者かのやっかみで、大いなるデタラメなのだった。三日で嫌になる「美人」は見せかけの上塗りによる産物で、化けの皮が剝がれてみれば本当はちっとも美人じゃない。つまらぬ女だったっていうカラクリにすぎない。

「悪魔か……聖女か……それともリブ一本分の泥人形。リオネラ、あなたに与えられる選択肢はそれだけなの？」

リオネラは荷造りの手を止めた。しばらく家をあけるフェルディナント兄のために、トランクに必要な荷を詰めていたのである。

リオネラはユリアンをじっくりと見定めるように、のびやかな目線を投げかけてよこした。

「ほかに選択肢があるなら聞かせてほしいわ」

「だって、あなたはあなたじゃないか」

……親しげにほつれるリオネラの眼差しに影さす睫毛や、それから目の色。なによりもああ瞳の色。見入っているうちにユリアンは脳裏の折り目正しい結び目がほどけて、いらぬ深意まで解読されそうで、いまだあまりまっすぐ見つめられない。

それにしたって……恋とは怜悧《れいり》なフェルディナント兄を降伏させて、かくも寝惚けた戯言《たわごと》に浸らせるのか？　僕ならこうも自分を見失いはしない。

「むろんリオネラの体のどこを探しても、悪魔の烙印など見あたりはしないさ。ユーリック」

フェルディナント兄はあっさりと優雅な口ぶりだった。「ただ、この世は井戸の底に捨てられた影のうつろいにすぎなくて、現世にあるこの肉体は、魔法の鏡の姿《すがたみ》見に映して見えるだけの現《うつし》身《み》だ。目覚めのない浅い夢も同然だ――としたら」

兄は恋に落ちて甘いロマンチストさながら惚《ほう》けていたやもしれない。しかしリオネラにまつわる一切の事柄に盲目的に振る舞ういっぽうで、思えば以前にもまして聡明に物事を判断していた。疲弊した心身は、むしろ感受性を鋭敏にして、

「むろんユーリック、お前はこれから鮮やかな広い世界をいくらでもごらんよ。だが少なくともこの兄にとってはね、世界は日増しに翳《かげ》って、狭まるばかりなのさ。わかってくれるね」

フェルディナント兄は、哀れに笑った。

にわかに表情がかき消えて、全身の総毛が逆立つ咳に噎《む》せんだ。

空《くう》で羽虫を追ッ払うような手つきをして、言葉もなく険しくユリアンを部屋から追いやった。

-1

雨降りの音が立ちこめる早朝、ドラガが目覚めると、書置きが残されている。

ドイツ語とフランス語併記の書置きだった（……キリル文字も綴ってあったが、残念ながらドラガの国の綴り方とは異なっていた）。

> 全快祝いの赤葡萄酒《ぶどう》を
> 大事に召し上がれ
>
> L・K

テーブルには、なるほど赤葡萄酒が一壜《ひとびん》、載っている。

粗末な山小屋はドラガ以外、もう誰もいない。

ドラガは、とある主義者として諜報活動中に殺されかけ、あえなく瀕死に陥っていた。路地裏で背後から刺されたのだ。夏場とはいえ寒い夜だった。失血で体温が流れでるままに、凍えかけていると、血の匂いを嗅ぎつけたように、ゆっくりとした跫音《あしおと》が近づいてきた。ドラガの傍《かたわ》らで落ち着いて立ち止まった。暗い外套を着こんで医療鞄を下げた医者に運よく助け出されたのだ。

瘦肉《やせじし》のこの恩人は、馬車をつかまえ、いよいよ人事不省《じんじふせい》になった重傷人を人里離れた山小屋まで運びこみ、ドラガが蘇生するか否か容体を窺っておきながら、

――まさか息を吹き返すとは……よほど私に深い信頼を寄せてくれていたのだな。

静かなる驚きを口から零した。自分は君を殺《あや》めた手の者ではない、その一点についてはすこぶる安心してくれたまえ。

ドラガが起き上ろうとすると、静かに押し止《とど》めた。――しばらくはこの山小屋で大人しくしていたまえ。その体じゃ持つまい、どうせ容易に出られまいよ。

実際、血液のかわりに有毒の鉛が流しこまれでもしたのか、体が冷たく重かった。刃物で突き刺された背中の傷は、きちんと縫合してあって、包帯の内側でふさがりつつある。しかし医者は内科専門医のようだった。

医者はドラガよりいくらか年嵩《としかさ》だろうか――もの静かで、休養を取らせる意味でも、ドラガ相手に無駄なおしゃべりをする気がないらしかった。土地の蒸留酒《アクア・ヴィット》をまるで消毒薬のように呷《あお》って、ゆっくり一壜あけていた。そもそもドラガは、ロシア語で話しかけられたのだとわかる程度にしか、医者の言葉を解さなかった。それでも医者が言わんとする意図を不思議とある程度、理解できた。医者のほうは、ドラガが低く呻《うめ》こうが、譫言《うわごと》めいて呟こうが、何語を発しようとも的確に汲みとった。

ともあれ、感謝すべき仕儀である。

注射を打たれて少し体調が上向いたドラガが、礼を口にしかけた。

途端に、医者は不愉快なジェスチャーでも目の当たりにしたように眉をひそめた。表情にうっすら罅《ひび》が入《い》るようなかすかな顰めかたをした。露骨でないが、如実だった。

照れくさいとか、崇高な職業理念にもとづく高慢な拒絶とも異なっていた。まるで嫌いな女にあからさまに好意を告白されるのを恐れるような、険しいたじろぎかたでドラガを遮った。

医者は不定期に山小屋から姿を消した。泥靴になって戻ってくる。

ドラガが半覚醒状態でいると、ギシ……ギシ……と、静かな跫音《あしおと》が、粗末な山小屋の牀板《ゆかいた》を軋ませていた。その重たげな跫音でドラガは医者が戻ってきたのを把握するのだった。

どうやらこの山小屋は医者が山越えに使う中継地、避難所のたぐいらしいのだった。寝泊まりできる休憩所として、万一の非常用具を調《ととの》えてある個人所有地なのだ。

医者は白い伝書鳩を飼っていた。スネグーラチカ……と呼んで可愛がっているのがわかった。たばこの巻紙に一筆綴っては、スネグーラチカを明け方の空に放つ。スネグーラチカは足首に結ばれた手紙を、宛先に届けられぬまま、空腹になって持ち帰ってきていた。

(思うように相手に連絡がつかぬのか……)

ドラガはおぼろな意識でそう見守っていた。

せめてスネグーラチカの白い羽をそっと撫でたいと思った。すると医者はドラガの顔色を読んで、黙ってドラガに抱かせてくれた。温かいだろう、軽やかだろう。あんまり長く抱いたらいけない、鳥とくらべて我々の手は冷たい、鳩が凍えては困るから——。

この医者が、今朝になってみると、伝書鳩もろとも姿を消していたのである。

それでドラガはこのL・Kが何者か、いよいよ知りうる機会を失った。

山小屋にそれらしき手がかりは一切残されていなかった。医者が意図的に手がかりを消していったのが、ドラガは職業上すぐわかったのだ。この命の恩人——ことによるとなんらかの呪わしき行使者を、たどりあてるのは至難の業だと。医者が好んでドラガと二度と顔を合わせるつもりがないなら、ドラガもさしたる熱意をもって探し当てる気は起こらなかった。

伝書鳩のスネグーラチカが、宛先に無事たどりついて、先方の伝言を足首につけて舞い戻ってきたんだろう。羨ましい。仲間と連絡がついたのだ。

旅立ちを祝する気持ちで、ドラガはすんなり諦めた。

テーブルの上に残されていた赤葡萄酒を丁重に持ちあげると、書置きの端には、斜《はす》に追記が走り書きしてあった。

> 直射日光ハ禁忌
> 不調、苦痛ヲ抑エルノニ
> 赤葡萄酒ハ極メテ有効ナリ

直射日光を避けるのは、赤葡萄酒の壜だろう。

なるほど——快気祝いの逸品が味を落とすのは、至極、惜しまれるべきだった。

水中で地上の歌声を聴くように……綺麗な二重唱が反響して近づいてきた。

高音が、ふと先に途切れた。

†

ローマ式の円柱と、石造りの三角破風《はふ》が象牙色の外壁を晒《さら》しながら日光を遮っている。

ドラガは不意の霍乱《かくらん》に襲われて、陽光を逃れてきていた。

幽暗とした藪に守られて、風格のある厳《いか》めしいファサード――牧羊神《パン》を祀《まつ》った異教の礼拝堂の跡地を思わせる――朽ちかけの東屋に、前後不覚でたどり着いた。（あとでわかったのだが本当は霊廟《れいびょう》だった。）

《ねえ……エミール。あたし、あのひと知ってるわ。よその人よ》

《あれ？……ドラガじゃないか。ぼくもうちのホテルのロビーで会ったよ。どうしたんだ》

澄んだアルトの声が答えた。

ドラガはゆっくりと面《おもて》を上げた。

――そのときのドラガは、自分の置かれた現状を一ツとしてまともに把握できていなかった。

足元には、飲み干して空《から》になった赤葡萄酒の空壜《あきびん》が、転がっている。

まなざしの眩しい少年は、深手を負って狩りに出られぬ獰猛な獣を前にして、突飛な行動を慎むかのように、可憐な少女を身に引きつけながら、ゆっくり後ずさりをしかけた。

ひんやりとした石段の日陰に腰を下ろして、ドラガは、ぐったりとうなだれながら、「すまないが……お二人さん、しばし……待ってくれ。ここは？　どこだ」

「──ギュンツブルグ家の敷地内の外れだよ、ドラガ」

ドラガは、仰《の》け反るように固い円柱に凭《もた》れかかって、おもむろに頭をもたげた。

「きみらは……いつぞやの双子ではないか」

二人を揃って眺めてみると、かすかな感動すらを覚えたのだ。

○

日が短くなりだして、秋の匂いがほんのり燻《くすぶ》りつつある。

特別な午後だった──ユリアンは、長兄夫婦の結婚を祝っていた。

やわらかな午後の日差しにうもれて、長兄夫婦はクルゼンシュテールン家の敷地内にある礼拝堂で婚礼を挙げたばかりである。親族や関係者、一族郎党がこの日に集まった。

盛大な結婚披露宴の最中で、フェルディナント兄だけが肺を病んでスイスにほど近い山間部に転地療養中であり、祝宴に顔を出せなかった。

かわりに婚約者のリオネラが参列していた。花嫁の無垢な装いを引きたてるために、リオネラはやや控え目な色味のドレスを着て、サファイアとダイアモンドが菫《スミレ》をかたどったネックレスをつけていた。シルクの薄手袋の上に、揃いのブレスレットも、はめていた。ネックレスと対《つい》のイヤリングも。澄んだ夜空に鏤《ちりば》められている星屑と見まごう宝石だった。

それでも一番美しいのは、灰紫に煙る夜霧めいたリオネラの眼差しなのだ。銀色がかったラヴエンダー色のリオネラの瞳だ。

そんなリオネラを皆が見ていた。

大伯父も、祖父母も、叔母も――着飾ったいとこも、生意気でいばり屋の、年上の甥っ子も。

花嫁側の親族でさえ、花嫁よりついリオネラに目が奪われがちになっていた。

リオネラ当人はどこ吹く風で――いつだってフェルディナント兄に一途に好意を寄せており、その日は代わりにもっぱらユリアンを構ってくれるのだった。さもユリアンに夢中であるかのごとく振る舞った。

こっそり耳打ちする。

――親戚中でユリアン、あなただけが黒髪なのね。いちばんの美男子だわ。

――フェルディナント兄さんは？

――あの人が今ここにいたら、そうねあなたは二番目にハンサムね。

愉快そうにほくそ笑む。それがちっとも嫌な感じがしない。きらめくように優しくて、

（年端もゆかぬ末ッ子の特権かな……）

ユリアンは感じ入った。

襲撃に遭ったとき、婚礼の客は皆、発泡ワインの祝杯を重ねて、蒸留酒《アクア・ヴィット》の強いアルコールで充分酔いがまわっていた。

「動くな」

一瞬にして全員がお互いを人質に取られた――また自分自身が人質になっていた。誰か一人で

めてくる。

盗賊だ。組織的な強盗だと思った。見るかぎり連中は六～七人、硝煙と泥と鉄の匂いが立ちこめてくる。

いっぽう女・子供・老人・酔っぱらいを含めて百人余の我々はみんな丸腰で賢明だった。一気に酔いが醒めながら、黝《あおぐろ》く翳《かげ》った湿地さながらの面持ちで、抜き差しならずに固まっていた。

そこを態のいい射的と見定めズガンと突如発砲され――血飛沫の煙った火薬のにおいを浴びながら、父親が震え声で、

「貴様ら――軍人か？」

抜刀した賊が、父を突き殺したのとほぼ同時に、五～六人の手勢が次々と手際良く、硬直している我々を処刑式で撃ち殺した。

「逃げろ、逃げるんだ」

ユリアンは、リオネラと一緒に手と手を取った。

正確にはリオネラがユリアンを急《せ》きたて腕を引っつかんで、連れて逃げた。

《七匹の子ヤギ》の弱虫の……賢明な末ッ子にならったように、ユリアンは、高さ二メートルはある巨大な柱時計の中に押しこめられた。時計の文字盤には、蒼龍《そうりゅう》と銀の蘭のクルゼンシュテールン家の紋章が入っている。歴代、受け継いできた古時計だ。

二人一緒に入るスペースはなかった。

「助けを呼んではダメよ。ユリアン、声を出したら死ぬわ、いいわね。私は殺されたりしない。

痛めつけられたりもしない。必ずあなたを迎えにくるから。助け出してあげるから。息を殺してじっと待っていて。いいこと、ユリアン。私だけを信じるの。信じたら助かるわ」

リオネラは有無を言わさぬ剣幕で、外から鍵をかけた。鍵穴に突き差したままだった鍵を回して、複雑な螺子《ねじ》を締めるように錠を鎖《とざ》すと、鍵を引き抜いていったのがわかった。

時計の内部は、古い機械油に塗れた金属の匂いが籠《こ》もっていた。錆《さ》びかけたカラクリ仕掛けの棺桶だ。振り子時計は三〇分ごとに時を知らせた。ユリアンは極度に神経をすり減らしながら、尋常でない響きが突如、ギューーン、ギューーンと、鳴り出したときには正直ちびるかと思った。時計の中で両耳を押さえながら、
黙ってくれ、頼むからはやく鳴りやんで――。

時計がようやく静まったら、今度は物騒な跫音《きょうおん》が高鳴って、

「生存者はいないか。助けに来たぞ！」

聞きなれぬアクセントで呼ばわる男の声が再三、聞こえた。

ユリアンは心底狼狽《ろうばい》し、ここから出してと叫ぶべきか、リオネラを信じていいか気持ちが右往左往に揺れ、それこそ振り子のようだった。

……いいか。よく考えろユーリック。我々クルゼンシュテールン家――一族郎党と客人、その配下が一所《ひとところ》に集まる機会を見事に狙われているんだ。連中は何者だ。物盗りではない。統率された人殺しであり、訓練されていた。綿密に計画された犯行にちがいないのだ。なぜみんなこんな目に――だれのせいだ。

早々におとなしく彼奴《きゃっ》らの言いなりにならずにいれば――強盗などと見誤らず、もっと早くに逃げ出してれば。ああも呆気なく一方的に血が流れたか？　きっと助かる命も随分あった。これじゃ淘汰だ。半時前は呑気に歌って機嫌よくはしゃいでいたんだ。速やかに異変に気づいて的確に対応できる大人は、誰一人としていなかった。リオネラを除いては。

リオネラだけがまともに頭が働いていた。我々と血のつながりや姻戚関係にないのはリオネラだけだ。知りあって日も浅く……ひょっとするとリオネラが手引きをしたかもわからないじゃないか？

フェルディナント兄は、たぶらかされている。

いや、リオネラの美はまやかしでなく正真正銘のほんものだ。誠意もあるいは心底からだ。だがそれは兄貴が肋骨を十二本……眼球を片方と……胆嚢……あげく心臓を抵当に入れ、取引したから。リオネラという悪魔と。フェルディナント兄はリオネラと知り合ってまもなく肺を病んだ。リオネラは、都会的でいまを見頃と咲き誇る若い娘には珍しく、腰が引けるどころか進んでフェルディナント兄と婚約した。すべては契約なんだ。リオネラの行動原理は……たとえば曖昧な見かえりを期待して身勝手に優しくして、思い通りにならないと、裏切られたといって腹を立てたり――思わせぶりに冷たくする――そんなありがちな三文芝居の安直な駆け引きが、およそ入りこむ隙もない。おそろしく真剣な決めごとなんだ。

閉塞した空間で、ユリアンは何かを悟りかけた。

息遣いが限られた窮屈な状況下で、無理矢理に考える真似しかできないと、偏った発想が充満した。ユリアンは恐慌をきたしかけ、喚《わめ》きたくなった。内から拳固《げんこ》で扉を叩きたかった。靴底で狭い空間を目一杯打ちつけて、蹴破れるか悪あがきしたかった。

殺気立った衝動を呑みこみ、身を丸めて内に抑えこんだ。――リオネラ、僕をいったんここに留め置いてどうする気なんだ。自分の身の安全と引きかえに、悪漢に引き渡すつもり？

だとしたら何がなんでも此処から出なくちゃならない。

しかし、ならなぜリオネラは僕と二人で逃げる必要があった？（放っておけばそのまま黙って殺されていた。）自分だけが助かるための取引の材料に？

ユリアンは頭を抱えた。髪を掻《か》き毟《むし》らんばかりにうずくまり、暗がりで息を潜めて己《おのれ》の呼吸をひたすら数えた。

急に息苦しくなった。二時間ほどが過ぎていた。きな臭さが絡みついてきて、目鼻に染みる煙が立ちこめた。屋敷に火がかけられた。ユリアンはうずくまりながら、もうダメなんだと焼けつくような覚悟をした。それでも口を押さえて声を上げなかった。

――リオネラなら僕の居場所をわかってる。あの女以外の何者も僕を助けに来るはずがない。私だけを信じろと言った。声を上げてはダメなんだ。あなたを信じて黙って待とう。それしかないんだ。

（……ああ、リオネラに危険を冒《おか》して僕を助けるだけの分《ぶ》なんてどこにあるだろう）

きっと助けたくても、助けられずにいる。無事でいておくれ。煙で場所の判断がつかなくなっているのかもしれなかった。ならばリオネラも煙に巻かれて、二人そろって僕らは助かりようがないってだけだ。あなたは助けようとしてくれたじゃないか。絶望的な状況下で曖昧な希望を植えつけるのは、葛藤を生むばかりであったにしたって——。

（——いやだ。ここで終わりになるのは）

鍵が差しこまれる音が響いた。異様なほど物騒で大きな物音に感じた。

鍵穴が回った。

柱時計の扉が開いて、リオネラが手を伸べてくると、ユリアンを引っぱり寄せた。

第一楽章

i　かぎろいの壜詰

ii　たすけて僕はこれ以上ながく——

iii　もう息を殺していられない

iv　高鳴り ——Aufschwung——

i　かぎろいの壜詰

石炭やコークスの排煙が、工場の煙突や蒸気機関車から休みしらずに吐きだされている。街はすっかり煤けきって、急激な近代化の副作用だ。風の強い日などは、読みさしの本を開いたまま窓辺に伏せておけば、そのページだけが薄黒くなっている。

煤煙《ばいえん》に焚き染《し》められている、どこにでもある街並みを抜け、家並みを過ぎると、二頭の馬にロバを一頭買い足した。きつい勾配に、引かせる荷物を分散させる。

緯度が高い、短い夏のすがすがしい季節は儚《はかな》い。

春は、夏と一緒に訪れて駈け足で過ぎていく。

放浪馬車《ジプシーワゴン》を引かせて、新鮮な花咲き乱れる高原を渡りながら渓谷《けいこく》までやってきた。移動サーカスと見まごう派手なジプシーワゴンではない。ぐっと地味で外観は簡素な造りだ。

二人組の養蜂家――花追い人である。

養蜂家は、五月の雪解けを待ってミツバチが活発になるのを見計らい、つぎつぎ開花する花々を追って北東へと移動する。

ゆき過ぎる瓦《かわら》や家壁が、テラコッタ色から、いつの間に黒と白になった。

家並みの窓が銃眼さながら小さく、鎧戸に武装されて分厚くなってきていた。

やってきた渓谷は、《かぎろいの谷》と呼ばれていた。山脈の北東の麓《ふもと》に位置する高地の山間にあり、約一箇月弱の開花条件がととのう短期間で、いっせいに高山植物が花開く。

花追い人のうち一人は、エミール・カルディナーレと名乗っていた。ふわっとやや巻いてうねった金髪に夕焼けが差したような髪色をしている。

若草色の瞳の美少年で、左目の端にぽつんとある小さな泣きぼくろが、メランコリックな甘い色気を添えている。お嬢さんとも見まごうふんわり可憐な面差しだった。脇に馬用の鞭を手挟《たばさ》んでいて、折あらば火のついた目つきをして振りあげた。空気を引き裂く非情な音を振るって、いまも連れの男を徹底的に打ちのめしていた。

鞭打たれている男はドラガン・ラクロワ――この名はかつては偽名として使っていた。本名はミョードラフ・イェブレーモビッチといった。遠くバルカンの出身で、セルビア王国ヴァリェヴォの出身だとか――何某《なにがし》かの革命にかかわる政治的な活動の末、西欧近辺に亡命していた曰《いわ》くつきだ。かと思うと、気まぐれにスロヴェニア人だとも名乗り、事実、ドラガの養蜂稼業はスロヴェニア方式に則《のっと》ってみえた。

養蜂箱の扉に油絵具で絵を描《えが》くのだ。

ミツバチは花を選ぶ際に、目で色を識別している。ミツバチの巣箱に自分の家だとわかるように絵を描く。この風習はスロヴェニア特有らしかった。

エミールが旅の途中で行きあった同業者に、扉絵を描いているものはまずおらず、まれに出くわす連中は例外なくスロヴェニア出身で、ドラガの絵を見るたびに才能を誉めたたえた。「すると君は同郷か」だのと母国語で言葉少なに語らうのだった。……エミールは、連中の言語を解さないのでそう推測してみるだけであるが。

ドラガの出身だとか養蜂稼業に転ずる以前の過去などは、エミールには正直、ケシ粒ほどの値打ちもなかった。奴の前歴が真実であれ虚偽であれ、ドラガにかつての自分に戻るすべなどありはせず、当面は、四年目になる養蜂稼業にいそしみながら日々をしのぐ。合間にエミールに鞭打たれて大人しくしていれば良い。

ドラガは長身で、ミツバチの針を警戒する防護服を突っ被っていた。中世の粗布で作った修道服じみていて、夏場でもぬかりなく手袋まではめている。頭から襟元までは、フェンシングの黒いマスクに似た網目の被りもので覆っており、てっぺんから爪先まで文字通り全身黒ずくめで、素肌の覗く隙がない。防護服の上から、馬用の鞭でエミールに力いっぱい打たれようとも、きっと大した痛みでないのだ。

エミールのほうも、ドラガが動けなくなるほど鞭打っては、労働力を損なうと承知している。

（……肉体的にさほど痛まなくとも、しかし腹の一ツも立つのが道理じゃないか）

エミールは、まあいうなれば弱冠十七才になろうという小賢《こざか》しい十六の小僧《こぞう》なわけだった。十六のひよっ子に人とも思わぬ悪しざまな扱いで黙々と働かされながら、奴隷同然に鞭打たれる。虚しい悔しさに襲われ、涙ぐんでも良さそうじゃないか。

ドラガはエミールに抗議の眼差しひとつを向けなかった。まるで恭順こそモットーであるかのように。ぴたいちも楯突かないのだ。絶望しきって抵抗の気力もなくうなだれているにしては、物静かに落ち着いている。修行か、鍛錬《たんれん》をほどこされている求道者さながら、内に秘める威圧感があった。さんざん足蹴《あしげ》にされようとも歴とした態度を崩さない。ジャーマン・シェパードの成犬が、手負いの仔猫のヒスを見守るように――不機嫌なご令息の、悋気《りんき》のような癇癪《かんしゃく》を、恭《うやうや》しく受け止めているのだ。

ご立派で揺るがないふてぶてしさに、エミールはいっそう苛ついた。

かぎろいの谷に自生する高山植物はおよそ三六〇種。いずれも稀少価値の高い薬草で、この高山植物は昨今の煤煙《ばいえん》の煙害がまったく及んでいないのだった。人の出入りが厳しさを極める難所に、ふと現れる桃源郷のように、澄みきった空気と、とびきりきれいな水で育つ。質が良く、入手がはなはだ困難な土地固有の在来種で、このかぎろいの谷たる自然薬草園――豊かな花畑は地上の楽園を提供した。が、至るまでの険しい道のり、変わりやすい山の天候ゆえに、地元の人間ですら容易に採取に踏みこめないのだった。地元民であればこそ、道のりの難所を身に染みて理解しており、挑むまでもなく諦めた。それゆえに荒らされもせず、汚染知らずで、無益に美しく自然のまま放置されて、毎年見事な花芽をつけるのだ。

短い夏に、今を盛りと咲き誇るこれらハーブに挑める者は、ミツバチぐらいしかいない。蜂としても新雪にそっと足を踏み入れるがごときトキメキだろう――なにしろ、かぎろいの谷の種々多様の薬草から採れるはちみつは、ほとんど伝説的なのだ。芳醇な味のまろやかさ、栄養価の高さ、上質な甘い蜜としてのみならず、難病にも効くという民間伝承が根強くあった。

万能薬として薬効成分を期待され、一般のはちみつとくらべて格段の値打ちがあった。《かぎろいの雫》と呼ばれ法外な高値で取引される。

山麓《さんろく》の農家には、養蜂を兼業している世帯もある。いずれも自作の果樹園や農作物の受粉に役立てる。

いっぽう養蜂を専業とするのは、多くが農地を持てない貧しい農家で、近隣の決まった農園と契約して、持ちつ持たれつの共存関係が確立している。養蜂はささやかながら貴重な収入源となるのだった。

かぎろいの雫ともなれば、しかし話は若干異なる。

ひとたび、かぎろいの雫を採取できれば、御殿と見まごう家屋敷を建てられる日も遠からじ。一攫千金を狙う幾組もの養蜂家が、遠方からかぎろいの雫に挑む。

ミツバチは巣一ッずつに女王バチが君臨し、一国一城の一世帯がおよそ四五リットル——その巣箱を、少なくとも数十個も馬車に積んで峠を越えきらねば、売りさばくほどの蜜の収穫にはありつけない。

藁《わら》をぎっちり編みこんで法王の帽子型をしたオランダ伝来スケップ巣箱だったり、扉絵つきのスロヴェニア式だったり、各自ヴァラエティに富んではいても、大量の養蜂箱とともに移動せねばならぬのは変わらない。巣とはそもそも定住式の住居だから、移動に適した資材でない。移動方法に無理があるとミツバチはいとも簡単にこぞって大量死した。

働きバチの寿命は一箇月余だ。その間に女王バチがストレスをきたさず順調に産卵しつづけ、幼虫は無事に成長し、巣の繁殖と循環——滋養と休息が、滞りなく巡らぬかぎり、あっけなく全滅した。

　おまけに蜜の収穫は、人里離れた谷に自生している薬草相手で、一部始終が自然の気まぐれに委《ゆだ》ねられているのだった。ミツバチの仕事は天候まかせ——開花の頃合いにも大きく左右される。ミツバチの腹具合……文字どおり虫の居所《いどころ》に懸ってもいる。不確実性が幾重にも、せめぎあう賭けだ。かかる労働力に見合うだけの約束された富などない。

　それでかぎろいの雫は、よほど酔狂かつ滅多な事情でもないかぎり、そもそも収穫の範疇《はんちゅう》に及ばない。

　他所《よそ》から来る無鉄砲な養蜂家は《花追い人》とか《蜂客《ほうきゃく》》と呼ばれるのだった。

　今年も幾人もの蜂客が、険しい道のりと先の見えない精神的な苦労に疲弊して、早々に脱落した。

　そんな高嶺の花畑——かぎろいの谷に、ついにエミールはたどり着いたのだった。

　ドラガの尽力が大きく寄与したのは確かである。

　エミールは、しかしドラガを徹底的にこき使って、良心はチクリとも痛まなかった。いかほど邪険に扱おうとも、まだ不足だ。

（死ねばいい、笑ってやる。スッと胸がすくだろう）

　死ぬまでいま少し役に立ってもらう。ただじゃ死なせぬ。襤褸《ぼろ》雑巾になるまでこき使って灰にしてやる。消し炭になるまで馬車馬同然に働かせる。

（すぐ楽にはしてやるもんか――）

幻のごとき稀少なはちみつは《かぎろいの壜詰》として市場に出す。

かぎろい――陽炎《かげろう》。あるいは夜明け前の光明や、最近めっきり日が長くなって、草原と新緑の木立の際で暮れなずむ、淡々《あわあわ》としたまばゆさが強まる刻限。ゆらゆらと紗になって揺らめく春の日差しを封じこめ、凝縮させたような黄金色の蜜は、うっすらと緑がかっている。

オリーヴオイルのような色味をしていて、エミリヤの瞳の色をエミールに思い起こさせた。

かぎろいの谷は、見渡すかぎりの三キロにもおよぶ花畑が、五キロほど離れて山間に四箇所にわたって点在している。馬車が積んできたのは四五リットル×二十箱の養蜂箱である（……つまり二十四の女王バチが君臨する二十のミツバチの巣だ）。

一ツの巣が万一、なんらかの病気を持ちこんできた場合、伝染を最小限に抑えるために、各養蜂箱は二キロほど放して設置するのが望ましい。とはいえ二十箱を二キロずつ離していたら、はちみつを収穫するつどに移動距離が四〇キロにもなる。実際のところは難しい。

いったん設置したらその地を離れるまで巣箱はその場に固定する。地べたにおくと雨が降ってきたとき浸水するので、台座を設けて、またミツバチはきれいな流水を水場として利用する。かかる条件を踏まえつつ、ドラガが設置を済ませた。

養蜂箱の扉は、巣箱の搬入や移動時をのぞいて夏場は開けたままにしておく。

昨年は他所《よそ》でいちど熊に襲われた。養蜂箱の扉など閉めておいたって、熊の爪は器用にこじ開け、あるいは突き破った。

この時季の日の出は早い。

ミツバチの体内時計は、日光に忠実である。日昇が近づくと、翅《はね》がむずむずしてくるのか、ジッとしていられないで活動を開始する。日光を基準に、花と養蜂箱との距離や方角を的確に測る。朝靄《あさもや》の中へ、かぎろいの糸に絡げられて次々と飛んでいく。

ミツバチは、花から花を渡りながらも、お目あての花芽を幾つか視野に入れていて、

——ひらかないの？

——まだですか
ご機嫌をうかがうように、これと決めた花に日参する。

蝶や蛾は、ランダムに行き当たった花の蜜にありつくにすぎないが、ミツバチは蜜を味わうのみならず、持ち帰って貯蔵する。おそらくは確実性と計画性を重んじて、蜜の収穫が見込める花を、これと決めたらいちずに訪れるのだった。

翌朝こそ、ひらきそう——と目星をつけると、朝まだき蒼然《そうぜん》と靄《もや》めく肌寒さにも奮い立ち、まっさきに飛んでいって、日の出の開花と同時に一番乗りを果たす。

黄色い花粉まみれになり、つとめと我を忘れてはしゃぎまわって、まずは自分で一心に蜜を味わう。羽毛のような雄蕊《おしべ》や雌蕊《めしべ》にくすぐられながら、嘴《くちばし》でついばんで、懐の蜜袋いっぱいに吸いあげて蜜をためこむ。サラサラ崩れる新雪を踏み固める足取りで、花粉をおそるおそる踏みしめ、ときには足場をあやうく踏み外しかけながら、もそもそと均《なら》していく。ふと、テントウ虫と

鉢合わせする。お互いに一定の距離を侵さず、母猫の腹の下に、もフもフともぐりこんで腹を満たす仔猫のように、花弁にごろついている。

やがて、貴婦人が腕にはめる柔らかなマフのように、花粉をまるめてきっちり身に着けると巣に帰る。その日は幾度もおなじ花と巣とを行き来する。飛行の合間に、特殊な飛びかたを描いて、仲間にも蜜のありかを広めあう。

——いい蜜を見つけたよ

ミツバチは一匹一匹、小指の先ほど小粒で、ほろっとしている。煙管《パイプ》から払った煙草の火種を、てのひらで転がす手つきを真似て注意深くさわると、ミツバチは日なたぼっこをしていたように仄《ほの》温かかった。黒目がちの顔の表情など蝶チョよりもかわいく、賢げだ。花粉まみれになっていると、粉砂糖をまぶしたお菓子みたいだ。ふわっと軽やかに浮く体も、独楽《こま》のように震わす羽音も、機敏で忙しそうではあるがセコセコしていない。

エミールは目を細めて、黄色のマフを装って戻ってくるミツバチを、いちいち、ほのぼのと見守るのだ。

(働きバチはなるほど女の子なんだなあ)

しかも、とびきりキレイ好きな女の子だ。

エミールは子供のとき、蝶チョを一匹ネットで捕まえ、虫かごで飼ってみたが、虫は当然、糞《ふん》をするし、籠は一日で汚れた。人間がせっせと虫かごを綺麗にしても追いつかない。面倒くさいし見苦しいから外に放した。だがミツバチは巣内を徹底的に掃除する……人間の繊細さをはるかにしのぐ几帳面さで。

だから蜜倉《みつぐら》をなしている出来立ての蜂の巣をかじってみると、もろもろと歯に当たり、蜜を充分に吸ったウェハースに歯を立てている食べ心地なのだ。香り高い甘さに、汚れが混じっていない。うっすら透き通り、巣穴のアラベスク模様が幾層にも折り重なっていて、上等なお菓子の歯ごたえをしている。……六本もあるうちの一本切れた足が混じっていたりだとか、糞《ふん》や翅《はね》の切れ端が混入していたりなど毛ほどもなく、なるほど……お菓子の城をこしらえて棲むからには、ミツバチくらい神経質でなくては。惨憺《さんたん》たる結末を迎えるのは目に見えている。ミツバチにかかれば、ハタキと箒《ほうき》とモップとちりとりを持って、あちこち磨きあげていた領主のメイドだって顔負けだろう。

ミツバチはたまに花びらの蔭で、こっそりとうたたねをしていた。働きバチとはいうが、甘い蜜をぞんぶんに味わい、飲みつくせぬ蜜はカンガルーのようなポケットにためて、花の香気に包まれながら、花びらのゆりかごにさんざんじゃれつく。日を浴びて温まっている花びらのビロードの質感にすり寄って、やんわりとくるまって少しばかり翅《はね》を休める。目は閉じないが、くたっと触角が前に垂れて、馬が坐るときのように中腰に膝を折って、そんなときは昼寝中だ。お辞儀まがいの前傾のかっこうで、翅も震わせずしゅんと猫背になって、花に隠れて、しばしまどろんでいる。

食べてもおいしく香り高い、やわらかで黄色い花粉は、両手足にたっぷりせっせとかき集めて、ごゆるりと満腹で、巣に帰って、ヘンゼルとグレーテルをおびきよせた魔女も唸《うな》らす、お菓子の城の巣材にかえる。

女王バチの命令系統が効率よく機能して、働きバチを統率してくれている。女王バチは放《ほう》っておいても巣内で卵を産みつづけ、繁栄を促す。だからミツバチは飼い主に鞭打たれもしない。身を切られるでも、食い殺される運命でもない。過酷な妊娠出産を人工的に強《し》いられて逃げられぬ奴隷とも異なっていた。家畜の類はさまざまあれど、かなり優雅で満ち足りた、ごきげんな虫けらのありようじゃないか。理想の狩場《かりば》を眼前に用意され、そのぶん成果物である蜜はかすめ取られるが、巣作りの大半を請け負ってもらう。養蜂箱はハチの労働力を温存する。

（――さほどの搾取《さくしゅ》にあたらないよ）

人間は程度の差はあれ基本的に、やむなく家畜を虐げているのだ。そのくせ――あるいはだからこそ、ともすれば身勝手にも深い愛着を寄せがちだ。生命共同体として、ひとときであれ、生き死にを共にしている錯覚を覚えるし、事実そういう依存なのかもしれなかった。

朝霧の晴れわたってくる中で、花畑にミツバチを放つ。

すみきった空気がほほを撫でるとき、遠くで独楽《こま》を回すように、ミツバチが愉快そうな心をくすぐる羽音をたてつつ野原を翔る。しばらくすると甘くまろやかに透きとおる、黄金の日光を搾り取ったような、かぎろいのはちみつが掌中に納まる。エミールは自分が花畑全体を支配している心優しき王子になった錯覚に溺れるのだ。

高地では天気が変わりやすい。たびたび霧が立ちこめて、夏場であろうと、一日にちょっとした四季が存在している。耳が冷たく痛むほど気温が下がる。平地の温室内のようには簡単に蜜を採取できないので、優雅でおっとりしている可愛らしいミツバチのうちでも、体力と根気のある荒っぽい——比較的、獰猛《どうもう》な性質のミツバチを扱わざるをえない（……それでもミツバチの翅《はね》は容易に悴《かじか》んで、重たくなった）。

人間が、ミツバチをぞんざいに扱わず、ご機嫌をうかがいつつ飼っているのは、彼女らが針を隠しているからだ。この唯一の難点は相打ちに作用するわけで、刺したミツバチはもちろん、刺された人間も場合によっては命にかかわる。ぜひとも平和的に接したい。

巣からはちみつを分離するとき、彼女らをなだめるのは噴霧器の煙だった——蠟《ふいご》のついた如雨《じょう》呂《ろ》のような噴霧器の中に燃え種《くさ》を仕込んで蓋をする。御香《おこう》さながら煙を焚いて、アコーディオン式の蠟を畳んだり引き出したりして、相手を煙に巻きながら、刷毛《はけ》でそっと紳士的に押しやる。すると、ミツバチはもがいたり暴れたりしないで、すんなり道を譲る。襲ってきたりせずに、やや不承不承ながらも、巣蜜を明け渡してくれる。

エミールにとっては、だからむしろ群集をなすハニカム構造の幾何学的な巣そのものが脅威だった。

ああ、この蜂の巣！　この住空間……おお……！

醜悪だ。規則正しくぎっしり並ぶ目地のもたらすザクロの割れ目まがいの隙間を、日に日に埋めつくしていく卵や幼虫……羽化しかけの蛹《サナギ》たち。おおお……！　サナギって言葉も——生態も——薄くやわらかい殻に閉じこもって、およそ無防備で頑なに盲目と聾唖をよそおう姿も——どうしてこう形容しがたく薄気味悪い代物なんだろう!

蜂の巣は、サナギの個体が密集して巨大な巣に連結している。ひとつひとつが、可愛らしいミツバチの個室で、あるいは甘くしたたる蜜倉なんだと思えば、かろうじてやりすごせそうな気がしかけるのも束の間、ひとたびまざまざと目の当たりにする集塊――短い鉛筆まがいの六角形の空間が幾重にも束ねられて、毛穴のように、生きた卵や幼虫がごっそり詰まっている。巣は働きバチと女王バチの体温で、孵化をうながす適温が保たれており、ちょうど人肌程度の生暖かさが渦巻いている。歪《いびつ》なようで、かぎりなく几帳面なアラベスク模様が犇《ひし》めいている。

うわあああああ!

エミールは恐慌を来《きた》しかける。全身が蜂に巣食われていく慄《おのの》きを覚える。はちみつを狙う獰猛な熊の爪さながら、やたらめったら掻き壊したくなる。

一度、ひどく取り乱し、重たい斧を振りあげて、強迫観念に憑かれながら、ズッタズタに蜂の巣を切り崩した。あとかたもなく滅多滅多に壊したところを、ドラガに無言で押しとどめられた。この時はさすがにエミールも、ドラガを鞭で打ったりしなかった。

ドラガは寡黙に巣の残骸をかき集めると、煮沸消毒済みの乾いたリンネルでくるみこんで、死んだミツバチと巣の残骸ごと、はちみつを丁寧に手で搾《しぼ》った。だれかの首でも慎重に……確実に……捻《ひね》り潰してきたような、弔《とむら》いの手つきをしていた。

そのはちみつは売り物にしないで、最後の一滴までエミールが、ライ麦のサワードウパンにクリームチーズと一緒にたっぷり塗って、コーヒーと一緒に食べきった。泣きはらして嗚咽《おえつ》と一緒に息苦しく食事するような甘さだった。涙を飲みこみながら虚脱状態で人心地つく、忘れがたい奇妙な味わいが、よみがえる気がするのだった。

エミールの蜂の巣への偏執は、まったく衝動的で、生まれついての弱点であり、恐怖症である。平素はできるかぎりうじゃうじゃうじゃを孕《はら》む集合体に近寄らないで養蜂箱を遠巻きにして、苦手意識をなだめつついる。

だいいち花は好きだ。

養蜂家は花が咲いているのを目にするのが一番、嬉しいのだ。

旅先でほんのひととき行き会って、情報を交換するだけのほかの養蜂家も、共通して誰も洩《も》れなく、はちみつ以上に花を好いた。いかに旅が辛かろうと、連れと喧嘩しようともだ。花があると脊髄反射の速さで顔がほころぶ。

——我々は花追い人さ。花が咲いているとトキメクし、花が駄目だと心もしおれる。

ドラガは蜂除けの防護服をほとんど常時、身に着けているわりに、ミツバチに恐れも嫌悪も、また愛情もない。丁重に扱いはするが、収穫の喜びも興奮もない。

花になど一抹も心を奪われたり、掻き乱されたりしない。……ついでに奴は甘いものも不得手で、子供の頃はみんなが甘いものを好物としていた筈なのに——はちみつなぞより赤ワインのほうが、よっぽどドラガの気慰みになるのだった。

ドラガは午前中に巣箱をめぐり、午前分の蜜を収穫する。

箱型の養蜂箱の内側はファイル箱《ケース》さながら抽斗《ひきだし》状に枠をこしらえてあるアインハイト式で、枠内にハニカム模様の巣が張られていく仕組みである。棚状に巣が段々と並べられて納まっている。ドラガは抽斗を一段一段、棚から外す。こまめに蜜を収穫しないと、ミツバチは貴重なかぎろいの雫を貯蔵食として消費しだす。ミツバチにはかぎろいの雫のかわりに、レンゲや菜ノ花のはちみつ、あるいは殆どの場合、砂糖を溶かして煮詰めた糖蜜を給餌してやればよい。

ミツバチがかぎろいの蜜を溜めこんだ蜜倉は、一室一室に、蜜蠟《みつろう》と花粉をこねたワックスを盛って、きっちりと塞がれている。

左官屋のミツバチが隙間なくみっちり塗り固めたその蓋を、ドラガはヘラ状の鉈《なた》で、薄くこそげ落として、均《なら》すようにやんわりと削り崩し、個室内に蓄えてあるはちみつを採取するのだ。

気まぐれにエミールも手伝った。

煙でミツバチが出払って、蜜をはらんだ蜂の巣を、手動の遠心分離器の樽に入れる。紙芝居小屋のオルゴールを回すみたいに、樽についたハンドルをぐるぐると手で漕《こ》ぐ。躍起になって蜜を樽に振り落として、巣がカスカスになるまで搾りとるのだ。

そよ風を浴びながら、その日の一番蜜を舐めて、身にしみわたる香《かぐわ》しい甘さを賞味すれば、醜悪な蜂の巣への理屈でない嫌悪感も、まろやかに立ち消えた。

苦手の早起きだって苦にならない。代えがたい収穫の、すがすがしい快感なのである。

日がてっぺんに昇ると、ドラガは眩しすぎる太陽の熱気に疎ましげに眼を閉ざした。既に一仕事終えた風情で、木蔭に留め置いているジプシー馬車の中に引きこもった。暗幕をおろして仮眠を取るのだ。

そのあいだにエミールは、川の水をブリキのバケツでせっせと汲みあげた。火にかけて湯を沸かし、女性の靴の形に似ている錫製《すずせい》のバスタブを幾杯ものバケツの湯で満たしていく。浴槽を張ったら、おもいきって裸になり、見晴らしの良い高原の花々に囲まれながら、温かい湯船につかる。蜜蠟入りの高級石けんを几帳面に泡立てつつ、のびやかに入浴を楽しむ。石けんは燻製《くんせい》チーズの色をしている。

人ッ子ひとり見あたらない。目隠しの粗布の幌《ほろ》や、粗末な衝立なども必要ない。広大な花畑に漕ぎいでる小舟さながら、中でゆらゆら——心地よいひとときに、のんびり浸《ひた》る。

屋外での入浴は毎度スリリングだった。解放感がすさまじい。白い咽喉《のど》をして立派な角を伸ばした鹿が、二メートルほど先をゆったりと通り過ぎた。すこし先で居かえって、黒目がちの眼差しでエミールを凝《ジ》ッと見つめた。エミールは石けんの泡が顔を伝って、目に入りかけながらも、湯音もたてずにドキドキしていた。

入浴が済むと、残り湯と川の清水で、日干しレンガほどもある大きさの石けんを擦りつけて洗濯をする。ジプシー馬車と木の枝にロープを渡して、洗い物を引っかけると、木の杭に切りこみをいれただけの簡素な洗濯ばさみで留めておく。澄んだ空気は乾燥している。いつの間にエミールの洗い髪はすっかり乾ききっている。この時節、日が沈みきるのは夜の九時近くで、昼過ぎに洗濯物を干しても日が暮れるまでにリンネル類は充分かろやかにパリッとして、さらりとした良いにおいがしているのだった。

ようやくドラガが長い昼寝から起きてきて、午後分のはちみつを収穫しにまわる。時には分蜂《ぶんぽう》の準備をしたりする。分蜂はミツバチの巣の暖簾《のれん》わけだ。

ほかにも馬やロバの世話、馬車の手入れ等の力仕事をすべてドラガ一人でこなした。そのあとで一頭にブラシもかけてやった。エミールも気が向けば、馬やロバに餌や水をくれた。たまにはブラシもかけてやった。エミール鞍《くら》を載せ、鐙《あぶみ》を靴の踵に噛ませて、遠乗りを楽しんだ。荷馬車用の馬なので、軽やかに駈けはしない。それでも自分より大きな動物を制御しながら馬上で風景を見下ろすのは、晴れがましい昂揚感があるのだ。そんな乗馬の延長に世話をした。

ドラガは、がっしりと芯のありそうな体軀に加えて、腕っぷしと持久力に優《すぐ》れていた。その上、自己を律してもいた。不平一ッをこぼすでなく、打っても響かぬだけでなく生身の感情が欠落している。なにしろ元兵隊だ――諜報活動やら秘密工作に励んでいた革命家だったなら、インテリな兵隊だ。初めて出会った時から働き者の手をしていた。いくら才気を培《つちか》ってエレガンスを纏《まと》おうとも、アクセントのない言語を複数、駆使しようが。――僕とはちがう、よその人間。そうエミールには一目瞭然だった。

いまでは、もっぱら中世ペスト医の黒装束を想起させる防護服で全身を覆っているから、エミールは、網目越しからわずかに透けるドラガの白目の影が傾くのを、せいぜい目ざとく察してみせるのみである。細やかな表情があったとして、汲みとれる術《すべ》もない。

夏場の浅い夜が、遅まきながらようやく更けてくると、ドラガは一日分の仕事を終えて顔をあらわにする。星空が明るく感じるほど満天の夜空の下《もと》、地上は圧倒的な闇に塗りこめられて、夜の澱《おり》にとっぷり浸かっていた。

さっきから、クルミの殻が割れるような音がする。

どんぐりが降ってくるようで——弾けながら、甲虫が次つぎカンテラの灯を目掛けてくるのだ。罅入《ひびい》りそうな勢いで硝子《ガラス》の火屋《ほや》に体当たりしてくる。

やおら、ドラガが腰を上げた。

大きく武骨な掌を機敏にしならせると、エミールの肩を弾くように不意にどついた。

エミールはまったく虚を突かれて、驚きを呑みこんだ。

エミールの肩に毒虫が留まりおりていた——ドラガは即座に地面に叩《はた》き落とした。紙切り虫に似ているツチハンミョウの一種だった。ミツバチの巣に幼虫を寄生させる。人間にも有毒で、分泌液で皮膚が焼け爛《ただ》れる。

毒虫はしつこくカンテラの灯に執着し、玉虫色の翅《はね》を起こした。飛びあがろうとするそぶりを見せると、ドラガが靴底であっさり踏み潰した。

エミールは控えめに、目を瞠《みは》った。

カンテラの光でかろうじて照らしだされるドラガの面相を、ふり仰いだ。

やや無精ひげがあり、剃ると見違えるだろうが、剃らないほうが苦味走《にがみばし》った色気が増す。背が高く、肉体労働に従事する者特有の、引き締まった頑健体のゆったり重たい身のこなしをしている。目の下は、隈《くま》なのか涙袋が暗く翳《かげ》って、やや粗野な印象をもたらす雑味のある眉の下で、陰鬱な影が差した、風格のある金色の瞳だった。——ハンガリー産のアカシアの花のはちみつほど、シャンパン色に輝いて澄んではいない。オレンジの花のはちみつほどヤニ色ばんで濃くもない。ちょうどクローバーのはちみつくらいの金色がかって……。

エミールが詳しく見定めかけたとき、光の加減かドラガの瞳孔の底が、ほら……いまも……夜行性の光沢を放つのだった。

川面は瞬いて、幾層にも織りなした輝きが連なっている。

水面にまばゆい想いを映し見ながら、エミールは小石を拾った。モーションをつけて、スライディングするように下投げすると、小石はトビウオさながら水を切って水面をバウンドする。幾つか放《ほう》ってうまいコツを掴んだエミールは、いつしかだらんと腕をおろしていた。岩場や川面をぼんやり眺めている自分に気づいた。

……エミールの母親は、大きなダイアモンドの指輪を、掌がふっくらと温かくてしなやかな指に、はめていた。そろいの眩《まばゆ》い首飾りをつけて胸元を飾るのは、とっておきの装いだった。

双子のエミリヤは、年頃になったら母親の首飾りを譲り受けると約束をしてもらっていた。

エミールは、将来お嫁さんに来る女性に、母さまの指輪をお渡しなさいと。だから花嫁さんは、母さまから大事な指輪を奪うだけのステキな女の子じゃなきゃいやよ——。

——母さまはそしたらなにを指にはめるのさ。

——そのときは、あなたがたのお父さまに何か新しい宝石を買ってもらいましょう。

まだそれなりに幼かったエミールは、同い年のエミリヤと画策した。

――ねえ、いまにぼくらが結婚するしかなくなるよ。エミリヤは涙型したダイアモンドのネックレスで胸元を飾れるだけじゃなく、ぼくはエミリヤにダイアモンドの指輪を渡せるし。母さまもエミリヤになら渋らないだろ。ぼくはエミリヤを好きだから、それでみんな幸せで両得になるって寸法なんだろうか？

――あたしべつに指輪は欲しくないわ。母さまはきっと恩を着せるし。指輪ってのは拘束具《こうそくぐ》の暗喩《メタファー》だもの。

――メタファー？

エミールは靴を履いたままで、エミリヤの隣で、芝に広げた敷物の端に腰を下ろした。手遊《てすさ》びに足元のシロツメクサの花を摘んだ。まるっこい花弁のついた柔らかい茎を引っこ抜くと、白い花をボンボンのように揺すったり、小さくはじいたりした。黒い粒のような小さな虫がついているのを見つけて、遠くに放《ほう》った。

――エミール、四ツ葉のクローバーを探してるの？

――いや。ありもしない四ツ葉を這って探すくらいなら、ぼくは花を編むかな。ねえ、エミリヤ、メタファーって？

プロメテウスは神々から火を盗んだ。

それで岩にくくりつけられる刑罰を喰らった。

プロメテウスは美丈夫だし、神から不死の呪いをかけられていて、内臓を猛禽類《もうきんるい》に食われるも尚、生き永らえる。だから永遠に、尖った嘴《くちばし》で内腑を引き裂かれ、苛《さいな》まれつづける無間《むげん》地獄だ。

さすがに気の毒に思いだした神々が、お前はもう充分に罰を受けたし、だからといって罪科《つみとが》は免れぬ。今後も戒《いまし》めとして永遠に岩に体をくくられているがよい、と。岩を砕いて、石のついた指輪を指にはめさせる。事実上の解放とともに、お前はいつまでも神の罰を受けつづけ、拘束されている。その戒めをゆめゆめ忘れるでない――と。

――へーえ。

――指輪は魂をいましめる道具なのよ。神父さまをはじめ、聖職者がみんなつけてるのも、結婚するとお互いに指輪を交換するのも、そういう意味合いよ。双方の自由を縛りあう、魂の拘束具だから。母さまからの指輪をエミールが譲りうけたら、母さまがエミールを拘束する。その指輪をあたしがもらったら、母さまはエミールを使って、あたしを縛る。見張られながらエミールといるなんて。肩がこっちゃう。あたしはエミールと好きなように好きなだけ一緒に居たいの。

――それがいいね。

エミールは、摘みとったシロツメクサの花の首を、左手の親指に二本、そろえて持つと、片側の一本の茎をぐるりと隣の花の頭にくぐらせ、キュッと花の首を絞《しぼ》った。クローバーの茎は、しなやかに細くて扱いやすい。タンポポみたいに途中で切れて、白い液が粘ついて手や服についたり、空洞になっていてグニャグニャに折れたり裂けたりしない。ばらばらだった小さな二ツの花が、頭を寄せて、一ツの少し大きな花房になったので、同じ要領で一ツずつ、隣の花に花を寄せて、仄白い花の頭に茎をめぐらせ首元で引き絞った。

ひき結んだ茎を軸にして束ねて編みこんでは、順々に花を一列に連ねていった。

――エミリヤ。だったらネックレスも首輪とおんなじ理屈にならないかな。賜った人に対する服従のしるしとして、身に着ける。贈った側の顕示欲《けんじよく》を満たす小道具さ。だけど、父さまは純粋に、母さまが喜ぶ顔を見たかったんだよ、きっと。悪くいえば、ごきげんとりだけどね。似合うとおもって贈ったんだ。それは顕示欲じゃないよ。

――意識的じゃなくっても、無自覚できっと自己顕示欲よ。だって晩餐会とか夜会とかで必ず母さまに身に着けさせるもの。この涙型のダイアの首飾りをつけた貴婦人はギュンツブルグ家の妻なのです。そう持ち主を明らかにして見せびらかすのね。あたしたちがミカや、パス（犬の名だ）に、首輪をつけておくのとおんなじ道理よ。でもどうせならすてきな首輪で、本人もいやがらずに身に着けてくれると嬉しいじゃない？

――じゃあエミリヤはなんでそんなネックレスを欲しいのさ。

――だって、綺麗なんだもの。あたし似合うわ。

エミリヤは全く悪びれずにニコッと笑って、両腕を上げて大きく伸びをすると、シフォンの飾りリボンが結んである帽子を脱いだ。

――きっと、誰よりもよ……！　春の小川のキラめきを全部封じこめたみたいで、すてきよね……。もらったら日がな陽に透かして見ていたいの。

ばさッと後ろに倒れこんで、芝に寝転がった。

正確には、芝に広げたキルトの敷物の上に寝そべった。

脱いだ帽子を顔の上にフワッと被せた。

エミールはしばらく黙っていた。エミリヤが、帽子の網目の隙間から差しこむささやかな半円の天球に飽きて、やや息苦しい気がしながら、けだるそうに眼を閉じるのがわかるのだった。

——エミリヤ。

……なあに？

——じゃあさ、花の冠は？

エミールをうかがうように、エミリヤは帽子を浮かせて顔を覗かせる。後ろ手に肘を突いて、おずおずと半身を起こしかけた。

エミールは待ちかねつつ、甘くせがんでエミリヤを促した。

——さあ起きてよ、エミリヤ。

エミリヤは彩りが灯るようにニッコリ笑った。起きあがって、長い髪をなびかすように頭を小さく振った。春風を髪に孕ませてから、ふんわり毛先をゆすった。

エミールは、本当はエミリヤの髪を十本指のあいだで撫でつけて、指どおりをくまなく感じたかった。クローバーを摘んだ指先は、しかしずいぶん青臭くなっていたのだ。そのままそっと慎重に伸びあがった。天使が頭上の光輪を、王族に戴冠するような神々しい仕草で、シロツメクサの花冠をエミリヤの頭に載せた。

うれしく照れ笑った。エミリヤはとびっきり可愛かったのである。エミリヤも、鏡を見るようにエミールの眼差しに見入ってから、そっとほころぶように笑うのだ。

——似合う？

――わが双子ながら妖精みたい。ミュシャの絵にある花冠の赤毛の娘。あれよりも、ずっとみずみずしくて、かわいいよ。

――サラ・ベルナールよりも似合ってる？

――サラ・ベルナールなんて高級娼婦だよ。比べるのもどうかしてる。

――もと高級娼婦でしょうよ。ミュシャの絵のモデルなのよ。今は女優よ……！

エミリヤは立ち上がって、庭に面した屋敷の窓硝子《ガラス》まで駈けていった。窓硝子《ガラス》の暗い反射に、外から姿を映し見た。しばらく身を乗りだして前を向いていたかと思うと、横を向いたり、首をしならせたり花冠の角度を変えたりといそがしく、窓硝子《ガラス》に向かってポーズをつけていた。戻ってくるなり、胸に飛びこんでくるようにエミールの首筋に抱きついた。花の頭をよせて茎を絡ませ編みこんだ、シロツメクサの花みたいに、襟首に腕を絡ませ引き寄せて、

――いちばん好き。エミールがあたしに編んでくれる花冠が一番好き。すてき。

――照れるよ。……まさかあの母様のネックレスよりも？

――あったりまえよ！　当然だわ。

――重たいし、くすぐったいエミリヤ、髪がさわって、うはは
笑いながらエミールはエミリヤをやんわりじっくり抱きしめて、ふたりで無邪気に浮かれて、こんがり焼きたてのパンになったみたいな柔らかい心地がしていた。屈託もなく、ばかみたいに涙ぐむまで笑っていた。

飽くまで笑いころげていれば幸せだった。

小川は、山頂からの雪解け水が流れこんで、澄んだ輝きを放《はな》っている。両足が浸かると毛細血管がしびれて凍りつきそうな冷たさで、水流は重たいのだ――と実感する。浅瀬に思いがけない深みが潜んでおり、エミールの捲《まく》った服の裾からそっくり水が吸い上げられて迫ってきた。

エミールはさっきまで、清流の岩場に分け入るように踏みこんで、フライフィッシングの釣竿を振っていたのだが、釣れない川釣りに愛想を尽かした。体も冷えてきたし、竿を投げだし、柔らかい草地に上がった。

(あれ？　あの人どうしたんだろ)

くたびれたキャラコのエプロンをかけた妙齢の女が、スリッパふうの木靴をつっかけて、コルセットをつけていない体でうずくまって、冷たい川面に自分の顔を映し見ている。オタマジャクシやアメンボでも数えているのか。あたかも待ちぼうけを喰わされてもう何時間も立ちんぼで、新しい靴があたるからしゃがみこんだようだった。冷たい川の中に。

「おねえさん、だいじょうぶ？」

ブリキ製で持ち手のついている甲冑めいた大きな牛乳の缶や、ヨーグルトの甕《かめ》、底を藁《わら》で籠に編みあげた酒甕なんかを、川で冷やしておくのは夏場に珍しくない。直射日光が当たらぬ岩陰を利用して立てかけて冷水にさらしておいたり、釣った魚を料理するまで生簀《いけす》に囲っておく――しかしこの近辺に民家はない。

若い女は、まるで冷やしておいた食材が流されでもしたかに途方に暮れていて、蹌踉《そうろう》とさした当てもなく水辺を彷徨《さまよ》っている。ときどき歩きかたを忘れたみたいに、棒切れさながら突っ立って、木靴のまま川の中に踏みこんでいく。頭は黒地に柄物の三角巾《スカーフ》で金髪を包みこんでいる。危なげにつっ転がりそうに傾《かし》がって、

「おねえさん。おねえさんっ――てば！」

エミールは、少々やけくそ気味の腹立ちまぎれの口調になって、甲高くかすれかけた咽に、どすを利かせて声を張った。若い女がずんずん進み続けるので、長竿を川岸に捨て置いたままで、水しぶきを上げて駈け寄った。対岸から踏み入って、痩せがたの青白い目をした女のそばにいったん詰め寄ると、エミールは歩幅を緩めてゆっくり近寄った。

若い女は、エミールの声が鼓膜に届かぬようで、また視野も疎《おろそ》かだ。エミールは気勢を殺《そ》いで、女の肩に慎重にそっと手を置いた。

「おねえさん、なにやってんのさ」

女は振り返った。エミール一人分の人いきれを肌身に感じて振り返ったようで、

どうも――

挨拶なのか、謝るような小さい会釈をした。つられてエミールは「……どうも。あの」

女の痩せた肩を、手負いの鳥を飛び立たせぬ要領で軽やかに押さえつけた。

「なんて呼んだらいい？」

「ソーニャ」

「僕はエミールだよ」

と、自分の胸に手をあてた。

「ああ、そうそう、あんたは泣き虫のセシルだっけ」

「エミールだよ。養蜂家の――ここは初めてなんだ。いろいろが」

はっきり断定できないが、ソーニャは耳が片方不自由なのか――せせらぎと、足元の水の流れの冷たさに気もそぞろだ。

「ああ。養蜂家のうちの子かい、そうかい。わたしはソーニャ。栃ノ木《マロニエ》の裏にある家、わかりゃしないね？」

「あ、わかる。ここから三十分ほど歩いた先のマロニエの花の大木に、白い花芽がたくさんほころびかけていた。うちの巣箱を仕掛けにいったら、ドラガがどやされたってさ。ドラガって、僕の連れなんだけど」

「あれ、やだよ、怒鳴ったのうちの兄さんだ」

「ミツバチが家畜を刺したらどうするんだ――って言うんだけど。虻《あぶ》や蠅《はえ》と混同してんだよ。ミツバチなんだから、香り高い花にしか寄りつきゃしないのに。スズメバチじゃあるまいし、出会い頭を闇雲に襲ったりしない。耳の脇をくすぐるような羽音をたてながら、飛んでいくだけなんだけど……。家に赤ちゃんでもいるのかな」

「うちの兄さんに、わたしから話をつけてほしいわけ？」

白々しく気乗りしない冷めた面持ちで、ソーニャは威嚇めいて空目にチラッとエミールを窺った。

「そうじゃないんだ、べつにいいよ。ここは蜜源が豊富にあるし」

エミールは、濡れた手を服にこすりつけてそっと拭ってから、掌を平らかに差しだした。グラスを盆の上で運ぶ執事さながらの手つきで、無理に引っぱりよせぬ加減をしながら、ソーニャの手をエスコートした。

川は浅瀬で、脛までの水位だが、川底を洗う流れは勢いがよく、冷たさが骨を穿《うが》つ。

エミールは辛抱強く、ソーニャが歩をもたつかせているのを、ゆっくり待つように誘《いざな》った。

「ね、なんかなくしたの？　おねえさん。探しもの」

「いや、わたしはいいんだよ」

「うちに帰ろう。もうちょっとここに居たい？」

「あんた、帰りたければお帰りよ。さっきから連れが、坊やを心配そうに見下ろしてんじゃないの」

ふり仰ぐと、ドラガが例の頭陀袋《ずだ》を被った全身暗々とした不格好な蜂除けを着込んだまま、エミールを遠く見張るように、のっそり歩いている。

いつもは午睡中なのに、どういう料簡《りょうけん》だ。忌々しくさもしいヤツ——川にまでまず降りては来まいが。

エミールは、自分が中性的な容貌とかろやかな物腰で、女の娘《こ》に警戒心を抱かせないのを自覚していた。女性に優しくするのが好きだし、女性を軽んじてもなければ、必要以上に恐れてもいない。感じの良い扱いを心得ていて、別段、肝に銘じなくとも自然と身に染みついているがままに振る舞った。すると滞在先のちょっとした隙にいちいち気を許して好かれる――というかモテた。

その都度、裏で糸を引くようにドラガがあのいでたちで登場するのだった。嘴型《くちばしがた》のとがったマスクをつけたなら、全身を黒で覆った中世ペスト医の一丁上がりだ。不気味な死装束の仮装みたいな形《なり》で、周囲でチラついて人を物色する。さしあたっては興味のない素振《そぶ》りで、こちらの成り行きに目を光らせている。

疎《うと》ましい。たまらない……。

エミールは、ソーニャと川岸に上がると、本当はすぐにも靴を脱いで、靴の中にたまった水を捌《は》けたかった。初対面の女性の前だし――あくまで紳士的に姿勢を正したままでいた。長らく会わなかった遠い親戚同士みたいな気安さで問いかけた。

「近頃どう？　あんまり調子が良くないの？」

「川に来たら、ずいぶん気分がよくなったね」

「そいつは、良かった」

「あんたはどうだい？」

「この川は綺麗でいいよね、ソーニャ。淀みが流れて、いつのまに澄んだ時間が過ぎてるよ」

エミールはドラガを尻目に見やって確認した。

（……嫌な奴が下りてこないぶんにはね）

若いソーニャは二……三歩、とぼとぼと老婆じみた足取りで歩を進めていたが、にわかに立ち止まった。

「わたし、最近疲れてね。ほんとにもう、つかれて、疲れて、つかれて……」

涙の出ない泣きべそ顔になったかと思ったら、エミールの手を振り払って、背筋だけ変に頑なにしゃんと伸ばしたまま、両の掌で白い顔を覆った。静かに泣きだして、

「もう、しんどくてね。しんどくて」

ソーニャは、エミールのまだ背が伸び途中のいささか小柄な肩口にとりすがって「もうねえ……もうね、わたし疲れて」──

エミールは胸がいっぱいになりかけ、困惑気味に黙ってそっと、ソーニャの肩を抱き寄せた。間近にいながら、遠く見下ろすように若い女に目をくれた。肘から下に、傷みかけた果物まがいの青痣《あおあざ》が浮かびあがっている。三角巾を襟足ではなく顎下に結《ゆ》わえて、やっぱり耳を隠しているのだ──

エミールが、かける言葉もなく傍《かたわ》らにいると、妙齢のソーニャは我に返って顔を起こし、エミールを振り切って、すたすたと早足で歩き出した。再び川のほうにと、危なっかしい足取りで、ズブンと一歩を踏みこんだ。

「わたし、一人で戻れるよ。一人でここまで来られたんだから」

「送ってくよ」

「いやだ、後をつけてくるつもり」

「いやならやめる。でも、じゃあ川を渡るまで。向こう岸まで。だってよろついてて危ないよ。ね？」

気掛りなのかドラガが終始しつこくこちらを見守っている。

鼓膜を洗うせせらぎを連れにして、エミールはボロボロになった譜面を読みながら、鼻唄交じりに口ずさみつつ、今日も小川の端《はた》をうろついていた。

大気はひんやり澄んでいて、涼しい光をもたらす太陽は白刃さながら音もなく肌を削った。熱くないがヒリヒリと沁《し》みて、そよ風の息吹を享受したいあまりに帽子を被ってこなかった軽率さを、ちょっとばかり後悔した。

散歩がてら、マロニエの木のある家のほうへ川の流れを伴って、下りつついると、銀毛の白鳥のひなが二羽……呑気に、川端のなだらかな草地で日向ぼっこをしている。

（かわいいな。双子だ。仲良しだ）

ひなの脇を固めている白鳥の両親が、エミールに一瞬、注意を向けて警戒してから、無害であると即座に判別をつけた。

エミールは楽譜を翳《かざ》して、目深に庇《ひさし》をつくると、前方の見慣れた人影に手を挙げた。

「やあ、ソーニャ」

「――どうもね。きのうの養蜂家の……えっとセシール？　ミレイユ？」

「エミールだよ。ソーニャに会えると思ってた」

「そうさね、エミールだ」

「はい、これ石けん。昨日、約束したろ？」

「約束なんてしちゃいないわ」

「そうだっけ？　あげるよ。知りあった記念に。世界中で五本の指に入る高価な石けんなんだよ。うちの蜜蠟《みつろう》が入ってる。上質なんだ。王室御用達のマルセイユ石けんにも引けをとらないから」

マルセイユ石けんは染物業者が、ふつうは洗えぬ絹物を洗浄するのにも使えるくらいで、しかし蜜蠟が入っていないとクレヨンみたいに油臭い。「紳士淑女の御用達《ごようたし》だよ。市場に出すと遠くからいつだって買いつけがきて、高値ですぐ捌《は》けるんだ」

修道院で、青白く水気のない顔をした修道士や、二重顎を隠しているような修道女がこしらえている、伝統的な製法をドラガが伝授してもらった。

「本当だ。いいにおいがする。甘ったるい」

ソーニャは、脳天に甘美な驚きが抜けていった顔をした。

「蜜蠟の甘い匂いさ。花の蜜に由来する。工場の廃油で作ってるそこらの安い洗濯石けんのたぐいとはまるで質がちがう。これで洗うと、体中がなめらかで、うんとかぐわしくなるよ」

「あんたがつくったの？」

よれよれのエプロンのポケットにストンと落としこんで、そこだけソーニャのエプロンが重たげにストンとまっすぐ下がった。

「ロウソクやクリームは、僕も手を出すけど」

ミツバチによってもたらされる恩恵は、はちみつのみならず——蜜蠟は簡単な加工で良質な蠟《ロウ》燭《ソク》となり、鯨蠟《げいろう》からつくる蠟燭とちがって生臭さもない。火を灯すと蠟が溶けて、凝縮した花の香りが甘く滴る。

蜜蠟は、人の爪や、魚の鱗に似ている透明の欠片で、ミツバチは蛇腹《じゃばら》状の腹部の隙間から捻出して、嘴《くちばし》でこねて巣材に使う。

蜜蠟は湯せんにしたり直火にかけたりして溶かしてワセリンと混ぜれば、紳士が好む良質なポマードにもなる。もうひと手間かければハンドクリームにも、淑女が愛用する甘い香りの高級石けんにも化けた。

巣材からとれるプロポリスも、磨き粉を混ぜれば苦くない歯磨き剤に変身する。ヴァイオリンをはじめ高価な木製楽器のつや出しにも使える。ローヤルゼリーは、栄養価の高い滋養食として上流階級のご高齢な客層に、根強い人気があった。ほとんど一分の隙もない。シルクと同様、ミツバチは、ささやかながら一ランク上質の豊かさをもたらしてくれる。

「石けんはさ、固める薬品の調合に、ひと手間かかるし……つまり劇薬を使うんだよ。だからドラガが作るんだ。僕は、ほんとは、ええとこの若様だからね」

茶目ッ気を出し、冗談めかして言ってのけると、

「あんたが若様って？　そんな野良着の若様なんて、いやしないよ」

ソーニャは痛快そうに、エミールの背中を叩いた。嘲笑うのを隠そうともしないで、「そんな食えもしない冗談、なぜいうの。うちの兄さんもだけど、男って百にもならない嘘をならべて見

栄を張るのはどうしてなんだろ。粗末な流浪民馬車《ジプシーワゴン》で、野宿まがいに転々と、その日暮らしをしている流れもんがさ。雨の日だろうと野ッ原で野良着のズボンを下げて用を足してるんでしょ。人を笑わせるにも程があるね」

エミールは静かな目をして、じっくりとソーニャを見つめ返した。手にしていた朽ちかけの葉っぱのような譜面を二つに折り畳みながら、無言でゆっくり笑った。……うちの屋敷には水洗トイレがあったんだよ。

「まあ……わりと貧乏だけどね、育ちはいいのさ。なにしろ僕は三食昼寝つきの御身分だもの。良い木蔭があればハンモックを吊って蚊帳《かや》をかけて、昼寝もできる。それに花追い稼業は夏場だけだよ」

空気はあくまで澄みきっていて、やや肌寒い。

エミールは楽譜を背中のサスペンダーに挟みこんで、なだらかな土手を描いた草地に、無造作に腰を下ろした。

「一国一城の女王バチを、スルタンさながら複数膝元に侍《はべ》らせてさ、何万という働きバチの群集を召しかかえてるんだ。この辺一帯、野原も谷もこの山も——至るところに咲き揃う花々の芳醇な蜜を全部ほしいままにして、僕はもっとも上質で甘い蜜を集められるだけ手元にかき集めて、一等澄んだ上澄みを最初にいただく。若様どころか王子様だよ。ドラガはさだめし、その召使だ」

「ふうん。お気楽」

ソーニャは俄に興味を失い、エミールのある種、詩的な表現に嫌悪感すら覚えてみえた。「馬鹿が見栄ばかりを張って、殿様ぶって」

自分こそが馬鹿にされたと思っているかのようだった。

小川は清流で、水に濡れた川底や岩肌がサファイアの深い青だった。宇宙の銀河をまるごと地上に転写したみたいに、ひっそり密やかに反射していた。

「だいいち僕らはただの花追いじゃないよ。極光《オーロラ》を浴びて育つ幻の《銀の蘭》の蜜を探してる。ソーニャは知らない？　銀の蘭について知っていたらなんでもいい、教えてくれない？」

《銀の蘭》は、青い焰《ほのお》を吐きだす蒼龍《そうりゅう》が守っている。

冷たい夜霧と龍の涙を吸って、銀の蘭は花開き、甘い蜜をもたらす。「銀の蘭の蜜は、か、かぎろいの雫も比較にならない。どんな万病をも癒す万能薬だと聞いている」

「あんたっていくつ。十六くらい？　おとぎ話を信じるとはずいぶん幼稚だわね」

「おとぎ話っていうか……与太話かな」

エミールは少年らしく、草原に背をつけて寝転がると、頭の後ろに腕を組んで枕にした。

「坊や、このへんにオーロラなんて出やしないし、もっと北に行かなけりゃ。だいたい、そのおとぎ話が本当だと思えやしないんだけど」

「蒼龍が吹く、青い焰ってのを、極光だと解釈しただけだよ。か、かぎろいの谷のそばに、かつては銀の蘭が見つけられたと聞いた。銀の蘭から採れる幻のはちみつが、僕はどうしても欲しい」

ソーニャはほとんど頭ごなしにエミールを見下ろして、悪態まがいの台詞を吐いていたのだが、エミールの語気の変化を察してか、隣にやってくると腰を下ろした。

エミールはそれまでの軽妙さを強《し》いながら、

「双子がね、いるんだよ。片割れなんだ。僕の——」

咄嗟に言うべきことの整理がつかなくなって、ゆっくり吐息をつきながら、しまいに口籠もった。

「……病気なの？　その子」

その《銀の蘭》の蜜こそが……僕らの病を癒すんだ。

「何年こんなデタラメな暮らしをしてんだい、あんた」

「……養蜂？　四年目になる」

「そんな銀の蘭の蜜をあてにするくらいなら、かぎろいの雫を、早々に金持ちに高く売りつけて、お金に換えなさいな。病気なんだったら、はやく良いお医者に見せたほうがましだわ。はるばる銀の蘭を探して来たのなら、かわいそうだけど無駄足だわ。《青い焔を吐く龍に、守られてる銀の蘭》この辺一帯を治めてた領主様の紋章だ」

「領主だって？」

「もと領主様。地主だね」

「ますます無駄足じゃないかもしれない。紋章ってのはさ、領土の民話だとか土着の名産物、伝説やらを準《なぞら》えて象《かたど》っていた例も多いんだ」

つまり一種のトレードマークだ。

仮にエミールが今、ドラガと紋章をつくるとする。ギュンツブルグ家の不死鳥《フェニックス》ではなく、ミツバチの巣穴の形を模した六角形の盾、鉾《ほこ》を交わらせて、輝ける黄金のミツバチを描いた紋章にするだろう。「銀の蘭の紋章を掲げた領主が、ここ一帯を治めていたなら、事実、銀の蘭が生えていたのかも」

「そういうもんかねえ」

「この山や、かぎろいの谷も薬草も、全部、そいつんちの持ちもんなの？　ソーニャ、酪農家もライ麦畑もさ」

「ここらの農家は、自分で土地を持ってるわよ。橋を渡したり、道を舗《し》いたり、小学校を建てたりすんのが領主様。名士なわけ」

教会に莫大な額を寄付したり、自警団や火消し組合を適宜、配備したりもするのだろう。

「それでソーニャ、領主――地主は誰だって？」

「クルゼンシュテールン家。クルゼンシュテールン一族の御歴々《おれきれき》は、銀の蘭と蒼龍にちなんだ…

…ちっとずつデザインの異なる紋章をつけてんのよ」

――ほう。

クルゼンシュテールン家……。

エミールは勢いよく半身を起こしながら、

「くわしいね」

「バカにしないで、常識だわ」

「そのクルゼンシュテールンの連中はさ――地代じゃなくてなんで食ってんのかな」

「税金よ。世帯ごとに人数分だけ上納すんのよ。成人したらね。兄さんは、わたしの分も払ってんのよ。世帯の男が、女の分も払ってくれてる。だからわたしは大きな口を利けやしないんだ」

「――それで税金を払うと、このへんの男は家の女を殴れるって寸法なわけ？」

ソーニャが、自らの肩を抱いて猫背になった。エミールは、

――寒くはない？

目で訊きながら、

「ねえソーニャ、税金は怪我させても赦免《しゃめん》される代金なの？」

「そうよ。うちじゃね」

ソーニャの兄は兵役から戻ってきた。兄が戻る少し前に両親が死んだ。

「このへんで戦争なんかあったかな？」

「小競《こぜ》りあいなら。大きいのは今はないけど、有事には女子供を守れるように、男連中は厳しい訓練させられてんのよ」

「そうだろ？　守るための兵役だろうよ。それを威張るに事欠いて、家で自分で傷めつけてちゃ世話ないね。ソーニャ、家畜並みの扱いじゃんか。家畜だったら殺したって罪に問われない。だいたいなんでそんな酷い意地悪ができるんだ。――僕は双子のエミリヤに絶対そんな真似しないよ？　なにがなんでも守るって誓って……」

日だまりだったが、吹きぬける山颪《やまおろし》に弄《なぶ》られて、エミールは体中が軋《きし》めく凍えを覚えた。息が痞《つか》えて、続ける台詞も立ち消えた。

「……わたしんちじゃ家畜のほうがよほど大事にされてるね。乳牛はミルクを搾《しぼ》れるでしょ。どうだお前も悔しかったら乳ぐらい出してみろって。おれさまが味見してやるって、しょっちゅう言われてんだわ……お嫁さんが呆れた顔して止めに入んなかったら、一体どうなるやらだ」

「へえ！　そんな下種《ゲス》によく嫁さんが来たもんだ。そのお嫁さんもずいぶん不幸じゃないか。似た者同士でもないなら、そのお嫁さん、さぞや美人じゃないんだろ」

「なに言ってんのかね、この子は」

「妹のソーニャのほうがお嫁さんより小綺麗だと、たぶんそれだけでその兄貴は釈然としないのさ。兵役から戻って、両親もいなくなって、子供の頃は洟《はな》も引っかけなかった妹が、日増しに娘らしくなってみれば、目の色が変わる」

「似合いの夫婦なんだわ。いつも飲んだくれてるわけじゃない。樵《きこり》もするし、頼れる男らしい良い旦那――そう兄さんを自慢してまわってんだし」

「じゃあ兄貴はしらふで妹を殴ってんの？　上等だね。なんで朝から晩まで世話焼いてやって、殴られなきゃならないのさ」

「お乳を出せないから。家畜じゃないって生意気な顔をするからね。たまにエミール、君みたいなのと、こうして息抜きに油を売ってるし」

ふふん、とソーニャは蓮ッ葉に笑ってみせた。ポケットから石けんをとりだして、大事そうに顔に近づけて香気を嗅いだ。目を伏せて口をつぐむと、聖堂のマリアさながら高貴な顔つきだ。

「そのままじゃソーニャ、いずれあなた死ぬよ。殴り殺されてね」

「ばか言ってんじゃないわ。さすがに、血を分けた妹相手にそこまでやりゃしないわよ。手加減してくれてるんだ。今まで殺されてないで、生きているのが何よりの証拠だから。そりゃ痛むけど、いちいち怯えたりしやしない」

「……虫の居所が悪い時はだれでもあるよね。僕なんか、ほぼしょっちゅうだよ。ソーニャだって、たまには近しいものに八ツ当たりもするだろうか。大の男だったら飲んだくれたり、妹を小突き回したい時だってあるかもしれないね。きっと……そうなんだろうね。悪気はないんだよ。

——殺される人はそうやって、まさか殺すまでの危害を加えてきやしないと甘く見くびって、相手を見誤っているんだ。……虫の居所が悪いから、熱した火掻き棒で、力任せに腕や脛を打つなんてのは……すでに大目に見てやっていい限度を超えてる。妹の耳たぶに焼けた鉄を据えて、無理やり頭を押さえこんで、そんなの許しちゃいけない。教会の牧師とか……神父とかに相談したかい？」

「兄さんは頭に血が昇って、手が滑ったんだもの。神父様を騒がすほどの沙汰じゃありゃしない。このところ億劫《おっくう》で教会にご奉仕もしてないし、都合よく助けばかり請うだのって。厚かましい——

——」

牧師や神父に告げ口できないのは、下手に波風をたてて兄貴や兄嫁の反撃に遭うのが怖いからだ。もうとめどなく疲れ切っているからだ。

「……ソーニャ、あなたが歩いていられるのは、死なずに生かしてもらってるのはさ、力の加減をした兄貴の愛情のおかげ？　骨を折るまで力任せに殴られなかっただけ感謝に値すんの？　そんなの足が立たなく腕が使えなけりゃ、家事の人手が足りなくなる。兄貴は瞬時にそう利己的な機転を働かせただけだ。そいつを《うっかり手が滑って力の加減を誤った。悪気はない》と、瀬戸際で踏みとどまった兄貴の愛情の成果だとでも？　いつまでもあなただって、もう誤魔化《ごまか》していられないんだろ？　そう思わなきゃ、やってけないんだろうけど、僕にウソつかなくたってい い」

「わたしが死んで、兄さんが罰せられるんなら、いい気味だ」

「ソーニャが勝手に転がったとか、家畜に踏まれたとか、言い逃れようはいくらもある。お嫁さんだって亭主の言い分に慌てて口裏を合わせる。もしも仮にあなたが虫の好かない妹であったって。当たり障りなく距離を置いていれば済むじゃないか。こんな……」

小さい妹に罪のないちょっかいを出すお兄ちゃんみたいなつもりで、自分の腕力が肥え太っているのを判っていない。自分が年を重ねてきた分、妹も同じだけ腕力を鍛《きた》えてきている。さもなけりゃ妹が劣っている——互角に殴れもしない、女ってのはこれだから役にも立たないと。奴にとって唯一の《女の利点といえる魅力》の性を搾取しようにも相手は女にできない妹だ——その分別がかろうじて残っているなら、ますます妹の存在価値など女未満の、奴には虫ケラ同然なのだ。

「ソーニャの人格など、一抹だって認めちゃいない。そんなもの昔も今もね、その兄貴にとっては存在しない。自分自身が人格者じゃないやつは、相手に人格があるだなんて思いもよらないんだ。だから平気でむごい仕打ちができる。家父長のケジメで、お仕置きだの——そんな口実が通用する域をとうに超えてる。ねえソーニャ、あなたはさ、男ってのは多かれ少なかれそういう生態だと思ってる。実際、殺人を犯す大半が男だ。あなたの兄貴より腐ってて、下劣で手に負えない連中がいるのを僕は知ってる」

他者に悪で報い、買収されて簡単に人を殺す。暴利をむさぼる高利貸しさながら、邪魔者を恫《どう》喝《かつ》し、蹂躙《じゅうりん》する。「だけど真ッ当な奴だって、少なからずちゃんといるんだよ」

「そういう育ちのいい、ええとこの坊ちゃんは、金持ちのお嬢さんの相手をすんのよ」

「ちがうよ。粗野かどうかは育った環境が響くけど、下種《ゲス》かどうかは生まれも育ちも実は案外関係ないよ。生え抜きの特性なんだ。あとはゲスにも高踏にも単純に流される、クズの浮草が取り巻いているだけ」

「なんであんたがそんな立派な口で言い切れんの。あんただってしょぼくれた浮草じゃん、生き方からして」

ソーニャみたいな立場の者に、エミールはたびたび出くわす。

地元の人間より波長があうのだろう。エミールが人当たりの良いよそ者の未成年で、長居せず、必ず旅だつ保証がある花追いゆえに。地元の誰某に告げ口される心配も、秘密が漏れる懸念もいらない。恥をかき捨て、ひととき気を許しやすいのだろう。場合によってはソーニャのように随分とぞんざいな……あけすけな態度で心を開くのを、エミールは驚かなかった。慣れている。

――ドラガと角を突き合わせているよりは数段ましだ。はるかに居心地が良いのだ。

「坊やさ、あんたが召使の男をこき使ってるの、わたし知ってんだからね。紳士ぶってるつもりかしれないけどさ、おっかない形相して、すごい剣幕で、鞭でひどく打ってんの見たんだから」

川向こうは、牧草用のレンゲ畑か――。

ほんのり赤紫を帯びた雪の結晶を糸で通して中心でくくったみたいな小花が、連綿と先までぶわっと広がっている。たしかドラガは、ここにも養蜂箱を一ッ仕掛けにきた。

「……あいつはいいんだよ。ドラガは特別だ。あいつの罪滅ぼしなんだ――償わせてやってる」

「そらおんなじだ！　兄さんがよく言うセリフだわ。スープがしょっぱい、アイロンがけで洗濯物を少し焦がした、言いつけを聞き返すな……何度言えばわかるんだ。うまく聞き取れないのは、耳をガツンと打たれてからなのに。小さなヘマをからかってさ、そう、日々わたしに償わせてやってる」

「――それとは違う。だいたいドラガのほうが僕より強い。格段、腕力で勝《まさ》ってる。頑丈で、下手をすれば僕がやられてもおかしくない。弱い相手じゃない。ちっとも」

ソーニャの反応はよくある。痛いところを指摘されると自衛反応から見せかけの虚栄心と敵対心で食ってかかるんだ――。むやみに非難がましく、的外れにしつこく食い下がってくる。大体はそれで親身になろうとした人間は腹を立てるし、愛想も尽かすだろう。

エミールは譫言《うわごと》のように抑揚もなく訥々《とつとつ》と、

「……ソーニャ……そんな兄貴……とっとと捨てなよ。いい加減に……逃げだしなよ」

「逃げるってどこに？　どうやってよ？　身でも売れって？　それこそできない辛抱よ。訳知り顔で勝手言って、そそのかさないで。わたしはべつに平気なんだ！」

くたびれたエプロンを掻き毟るように引っ摑んで、ソーニャは地団駄さながら汚れでも叩《はた》き落とさんばかりバサバサ揺すった。エプロンを、もみくちゃにしてから、腹立ちまぎれに、つんのめるように立ち上がった。砂でも吸いこんだみたいな頑なな表情で。家に帰る一歩をそれでも踏みだせずに躊躇《ためら》うのだった。

ポケットに入れた石けんを重石のように思い出したか、膝を沈めて再び腰をついた。エミールに背を向けたままで「大体そうよあの大の男がどうして、細腕のこんなヒヨッ子に、おとなしく鞭打たれてんの」

「――エミリヤとの約束だからだ。ドラガが僕らに逆らわず――守って――仕えるんだ」

遠くのライラックの木が揺れる音がざわついた。

まるで不揃いの雨粒が落ちるような音が、風になびいた。仄かな薄紫の花が、まばらに散って川に流される。

「さっきからあんた、自分ばかり、ご立派な兄ちゃんぶって――」

「僕はエミリヤの兄貴じゃない」

風で落ちたライラックの薄紫色の花が、手すりのない粗末なデッキの橋桁《はしげた》に溜まっていて、ライラック色の広がったスカーフが川面に貼りつき、漂ってみえた。

「むろん僕はエミリヤの弟でもない。双子なんだ。エミリヤも、僕の妹でもなく姉でもないよ。片割れなんだから。おたがいが鑑《かがみ》なんだ」

男女の双子はさほど似ない。科学的にもそれが通説で、しかしエミールはエミリヤを、エミリヤもエミールを手本にした。お互いが真ッ先に、お互いしか見ていないで、お互いを一番信頼しあった。だからおのずと似てくる以上に、鏡のように振る舞った。エミリヤの振りを見て、我身を振りなおして、お互いに似せあい、あるいは役割を演じあう。双方、暗黙のモットーだった。

　親や家庭教師などが事あるごとに双子を比較し、切磋琢磨《せっさたくま》と良い刺激剤という目的で意地悪く競争をけしかける。かかる窮屈で陰険なたくらみからも、うまく免《まぬか》れていた。《同じ顔なのに、この子の方が美しい》とか、《同じ年回りなのにこっちの子は覚えが悪い》その手の引き合いに出されたり、たとえ露骨には論《あげつら》われずとも自発的にそんな自覚に至るにしては、男女差ゆえに、目に見えた比較をされる意味がなかった。

　時として論われ比べられても、（――男の子のエミールは優しくて人懐っこい。女の子のエミリヤは人見知りで素ッ気ない。むろんエミリヤも困っている相手にはとびきり親切だけれど、エミールにしか心を開かない。エミールは女の子とくれば誰にでも等しく優しくする。でもエミールが甘えたがるのはエミリヤだけで……）

――そんなのエミールは男の子だからだもん。

――エミリヤは女の子だからじゃん。

――なんて親たちは馬鹿なんだろうか。

――知ったような顔であたしたちを、そうだよぼくらのこと、ろくになんにもわかっちゃいない！

　エミリヤは聞きわけの良いふりして、どう大人たちの目をあざむくか、しきりに考えをめぐらせてる。もちろんよ。エミールは、いったん利かん気の坊やになると手に負えない。だけど歯向かうのは気持ちに整理をつける段階で、すでに最終的には従うつもりになっていてよ、ね。

ふたりで意気投合して一緒に大人をかつぐ、罪のないいたずらに専念し、心地よく憂さを晴らした。

「ねえ——鏡は結構だけど。じゃあ、あんたが双子の片割れについて話すとき、三ッも四ッも年下の妹についてるみたいにときどきなんのは、どういう理由《わけ》?」

エミールは身じろぎした。

絶句して、空を見上げると、羽虫が宙を横切った。——ユスリ蚊だな。

……会話がうまく運ばない。ソーニャは頑是《がんぜ》ない婆さんみたいな突《つ》ッ慳貪《けんどん》な口ぶりでいやに噛みつく。エミールが年端もゆかぬ少年なのに、親しげに知ったような口上をぶつので、素朴な人間には警戒心もなく心を開かせるいっぽう、ふと不信感を募らせる逆効果なのだろう。なめらかな口当たりで優しい意図を説いても、曲解されて伝わるだけ……ならば、もういっそ口を噤《つぐ》もう。

ソーニャは頭のスカーフをほどいた。結びなおしながら、相変わらずエミールに背中を向けたままで、独り言めいて空々しく聞こえよがしに「……この坊や。おめでたいわ」

エミールは上着を脱いだ。

背を向けたソーニャの肩にかけてやった。

ソーニャは邪険に突っぱね振り払うかと思いきや、憮然としたまま無視を決めこんでいたものの、ゆっくりと身頃をかき寄せた。

エミールに向き直ると、険しい顔は今にも泣きそうだ。

あったかい？

エミールは無言で語りかける目つきをしながら、

（ここは……うすら寒い、エミリヤ。はやく帰りたいよ）


昼下がり、珍しくドラガは午睡もとらず、ひとつの養蜂箱を熱心に気にかけていた。

新生の女王バチが羽化する頃合いだからである。

女王バチは巣内で唯一の生殖機能を持つメスである。

性別が未分化で中性にちかい働きバチの生態と比較して、女王バチは体格がよい。通常の六角形の巣穴の枡目に繭が納まりきらない。巣の表面に落花生状の房ができるので、見分けがつくのだ。

女王バチの羽化は、ほかの働きバチとおなじく、夜に始まりひっそりと翅《はね》を広げるのだが、新生女王バチの羽化がせまると、旧女王バチは白昼の引っ越しをするのだ。

巣の女王バチが老いてきて代替わりをする場合は同居も起こりうる。たいていはしかし旧女王が旧家を若手にあけ渡し、自分はなじみの侍女らと半数の働きバチをひき連れて、分家を果たす。この状況を人工的にうながすのが分蜂――蜂の巣の暖簾《のれん》分けだが、自然現象としても起こりうるのだ。

世帯から分かれたミツバチの集団は、新しく巣をこしらえる適当な城を見つけられないと、壊滅的に野垂れ死にして、濡れたもみ殻のような死骸の山と化して発見された。

かといい気ままに木の洞や岩肌などに新居をこしらえられても、養蜂の扱いに大いに困る。ミツバチは太陽が出ているときしか飛行しないから、ドラガはやむなく昼間も起きて、現女王一団の転居先を今か今かと見張っているのだった。新しい養蜂箱の入口と内部に、元々の巣で貯蔵していたはちみつを塗りつけて、警戒心をやわらげる。必要に応じては煙を駆使して、新しい巣箱に誘導せねばならない。

引っ越しが万事うまくいけば、新たな巣箱に、また扉絵を描こう。

エミールが寝静まっている夜更け、月光の下で、新生女王バチの羽化でも待ちながら、ひっそりと描くとしよう――。

「ごめんください」

ドラガは無言で顔をあげた。

「お仕事の最中に申し訳ありません。かぎろいのはちみつを採《と》ってらっしゃる？　どうぞ譲ってくださいませんでしょうか。はるばるここまで参りましたの。もちろん、お代金はそれなりに」

卸業者か？　どう見てもほっそりとたおやかで――貴婦人の風体をしている。薄手の乗馬手袋をはめて、くるぶしまでの丈のエレガントな巻きスカートを穿《は》いているが、内側に乗馬ズボンを着こんでいるらしく、乗馬ブーツを履いていた。それでも午後のテラスで女友達とお茶でもするのにふさわしいブラウスが、昼下がりの蜉蝣《かげろう》の羽根めいて陽に透けていた。薄手のマントか春用のショールだかを手にしていて、うっすらと汗ばみながら、肌がバラ色にわずかにほてっていた。

ドラガはいつもどおり、服喪中さながら蜂除けの帳《とばり》を下ろし、中世後期の大鴉《おおがらす》じみた黒服のペスト医師も顔負けに、全身を覆っていた。女はしかし、たじろぐ風情もなく、養蜂家の装いを先《せん》から見知っているようである。暗い帳の内側でドラガがなんと訝《いぶか》ったかを的確に察していて、

「すぐ近くに馬を一頭、停めてあるんです。そこからは歩いてまいりました。先カンブリア時代の変成硬岩が、ずいぶん急勾配でしたもので。すこし馬を休めてやりたいわ。それに……こんなに良いお天気なんですもの。靴底に青々とした草を踏んで歩きたくて」

うっすらとした笑いをため息混じりにそっと押し出して、涼やかである。どことなく少女の口ぶりをしていて、媚がない凛とした声色は軽やかだが、なぜかくつろいだ気分をそそられる。

女の帽子を首元で結んでいる絹のシフォンの長いリボンが、山風でヒラッと棚引いた。

帽子のひさしが優雅に張りでていて、顔の半分は影になっている。暗い髪つやが、陽の当たっているところだけショコラ色に明るく艶めいている。たたずまいで既にずばぬけた美女なのは見てとれた。が、香ばしい感じは掻きたてられなかった。

この女は食えない。——自分には食えぬ女だ。

「いかほど御用で」

「とりあえず、この壜に入るだけ、なみなみといっぱいに」

女はショールを持った手に筒状の布袋を下げていた。中から底の分厚い、パスタ入れほどの大きい広口壜が、するりと姿を現した。

「二リットルは入るか」

ドラガが量り売りするのを、女は眩しげにやや眉間を寄せて、春の木漏れ日を液状に封じこめたような、はちみつの光沢に目を細めた。

ドラガが居たのは木蔭だし、女は帽子を被っているのだ、ふとした隙に眩しそうな顔つきになるのは癖なんだろう。あるいは誰か近しい人の癖なのだ。見つめあううち、仕草が似通ったり伝《う》染《つ》ったりするほどの近しい相手だ。その近しい者に想いを馳せていると、この女はつい眩しげな顔つきになるのにちがいない。

「噂に聞いてはいましたものの、かぎろいの花追い人に巡り合えるか一か八かで、会えてよかった……本当にありがとうございます」

「味見しますか」

「よろしいのかしら」

ドラガは女に細い木杓子を手渡した。女は水飴を巻き取るような手つきで、蜜の上澄みを器用にからめとると、上を向いた。口を開けると、ぽったんと垂れてきた一滴を舌がすんなり受け止めていた。ちょっとした、はしたない所作まで優雅でむしろ可愛らしさすら引き立てた。一滴も粗相をしない。襟元に垂れもしなかった。

女は口をつぐむと、人との間に垣根を巡らす眼差しをゆったりすべらせていたのが、機敏に目を上げた。顔に陽が差し、ラヴェンダー色の瞳だった。

ラヴェンダー色の瞳など、ドラガは初めて出くわした。

「……おいしい。クローバーのはちみつなんかとは大違いなのね。ねっとりとした粘りがない。

ヤニ臭く口中が甘ったるくなりもしない。アカシヤのはちみつほど澄んだ花の香気と透きとおったなめらかな舌ざわり、品のある甘さともちがう。香りは少しオレンジの花のはちみつに似ています、涼やかな酸味で。でももっと複雑で高貴なスパイス……丁子を刺して煮つけたリンゴめいた甘い香りがする」

ドラガは今や、はちみつをまったく賞味しない。子供の頃のはちみつの記憶を思い起こそうとした。甘かったはずだが――当時の味覚や嗅覚は漠としてさえ蘇らなかった。冬に白濁して結晶化したはちみつは、肉の油が冷めて白く濁って固まっているのを見るくらい、興ざめした。それでもトーストに塗って食べると、しだいに溶けて蜜が澄みわたり、キシキシと歯にあたる結晶の残骸が、パンにざらついた層をつくって心躍る舌ざわりだった。

「……なめらかにまとわりつくわ。上質な紅茶の茶葉の缶をはじめて開けた時みたい……もっと仄《ほの》かで、でもはっきり記憶に残る香りがします。メープルシロップに似ている口あたりだけど、コクがあるわ。余韻がいつまでも甘い。色が濃いはちみつにしては珍しい、しつこい胸やけがおきない。すっきりとした後味で、いくらでも舐めてしまいそう」

そう笑ったとき、ちらっと育ちざかりの少女めいた無邪気さが覗いて、目つきは大人の女のいたずらっぽさがあった。

「本当においしい。良いお仕事をなさってくださってありがとう。来た甲斐がありました。帰り道はうんと気持ちも明るいわ。お代金はこれで……足りるかしら」

「……充分です。お釣の持ち合わせがないが――」

「けっこうですわ」

「では石鹸《せっけん》と、蠟燭《ろうそく》を……現物で。荷物になるがよろしければ」

ドラガは作業台の抽斗《ひきだし》から、蠟引き紙でくるんだ石鹸の包みを取り出し、蠟燭を折れないように、襤褸布《ぼろきれ》にくるみ手渡しながら「もしも、クローバーやオレンジの花などの、ややねっちりとアクの強いはちみつが苦手なのであれば、砂糖がわりに料理に使うといい。ソースでも、酢漬けでも。ジャムにも、焼き菓子にでも。時間をかけて煮詰めて寝かせた風味が、即席でかなう」

「あら、それはありがたいわ。そういたします。……料理が得意でいらっしゃるのね」

「いえ。自分はまったく。……連れの受け売りで」

「いずれ、このかぎろいの雫を市場に卸《おろ》しますかしら？」

「そのときは安くとも五倍は値が張ります。それより安ければ、まがいものだ」

「ええ、それはそうよね、この山道ですもの。移動だけでも手間でしょう。残念だけれど仕方ないわ。たくさん買って帰るには、今は山道を下るのがあまりにも困難ですから。欲張って壜を割ったりする羽目になったら元も子もない、みんなの苦労が水の泡ですものね。蜜の味にひたる前に、私も賢明にならなくては。市場に出たときには、それではたくさん頂戴しに上がるとしましょう。今日は急ぎ、どうしても欲しかったの。病人がおりまして……食べものがもうまともに咽《の》喉《ど》を通らないんです。だから少しでも体に良さそうな、滋養の高いものを口に入れてあげたくて」

「かぎろいの雫は、湯に溶いて飲むだけで、病人には薬膳のごちそうと同じほどに、霊妙な作用がある。一日一日、健やかに命を存《なが》えると聞いています」

ドラガにはさしたる根拠もなかった。だが効かない理由もなかろうと。過剰な売り文句で宣伝したわけではない。勇気づけて励ましたかった。

「ええ」

若い女は嬉しそうに、機嫌良くひっそり、はにかんだ。もしも目の前に居るのが不吉な大鴉《おおがらす》めいたドラガでなく、また足場がもっと整っていたならば、くるっとスカートの裾をひらめかせ、ダンスのターンを決めそうに上機嫌な軽やかさだった。些細な励ましで看病人がこうもときめいて、はしゃぎたくなるほどに。その病人は既に悪いのだった。眩しげに眼を細める、きっと女の恋人だ――。

鳥の声も風のざわめきも、ひととき凪《な》いでいる。

巣箱のミツバチの羽音だけが、かえって寡黙な昼間を永遠と長引かせている。

初夏の木漏れ日が柔らかく瞬きながら、女の服に垂れこめている。

女は、王室用イースターエッグをこしらえるダチョウの卵でも持ち帰るかのように慎重に、はちみつ壜を袋で包んだ。ドラガが馬まで荷物を運ぼうと申し出ると、あっさりと謝絶した。重たいはちみつの壜を手にしながら、浮きうきとした足取りは軽い。それでいて着実な歩調で、来た道を下りはじめる。

「こんにちは」

「こんにちは」

エミールが帰ってきて、両者は気さくに笑顔で挨拶を交わした。山でのやりとりの常識を心得ているようにすれ違った。エミールはいったん行き過ぎてから、足を止めて振り返る。女のスカートの裾や、帽子のシフォンのスカーフが波立つ後ろ姿を、ぶしつけなくらい露骨に見やった。なにが引っかかり……腑に落ちないのか、エミールは木蔭まで登りつめてくると、疑り深い声色で冷たく、

「なに、あの人。卸問屋の買いつけじゃないね」

「はちみつの客だ」

「谷まで、はるばる？」

「病人が居るのだと」

するとエミールは、いまだ状況を量りかねる、ふさぎこんだ面持ちで、自分の胸を指差した。

「ここに……あの人、銀の蘭のブローチを刺していなかったか？」

我を罰したまうな
主よ、怒りにまかせて試練を強《し》いるな
途方に暮れて悲嘆に打ちひしがれているのだから
ああどうか、すぐにも目をかけてほしいのです
恐怖に戦慄《わなな》き、骨の髄から心底まで
かくも顫《ふる》え、軋《きし》れながら

いつまで耐え忍んでいればよいのか[1]

夜更けにドラガは蜂除けの装備を脱ぎはらって身軽になると、冷えこんだ屋外で焚火の番をしながら画材を広げた。

新しい養蜂箱の戸板を前にして、パレットナイフで油絵具を練る。油絵具の薄め液などは引火せぬよう注意を払う。むろんその希釈液も蜜蠟を使う。

火からすこし離れて夜空をふり仰ぐと、焚火から煙と火の粉が舞いあがって、星もよく見えなかった。

ふと、真っ暗だったジプシー馬車の中が、うすらぼんやり明るくなった。エミールが蠟燭を灯したのだ。

(……眠れないのか)

「だめだよ、ほら……いいかい」

平素とやや異なるトーンで、エミールの話しぶりは胡乱《うろん》な近寄りがたさが響いた。

女の子の聞き役に徹する、いつものあっけらかんと軽やかな調子でエミールが口にしたなら、かわいらしくて優しい台詞が、くぐもっている。

「……悪夢を見るなら、僕がきみの目に目隠しをしてあげる。眠れないなら一緒に寝よう。大丈夫だよ。悪いことなんか、もう一切、起こらない」

ドラガは居心地が悪くなった。

エミールは口先だけで優しくなだめる声色で決めつけて、いやに大人びて落ち着き払っている。枝がしなって夜闇を鞭打っていた。弦《つる》さながら空《くう》を切り裂く。きれぎれに擦れる虫の声と、遙かから押し寄せる狼の遠吠えが連なって、山颪《やまおろし》が渦巻いた。渓谷のほうぼうを占めている雑音が束になって吹き下ろし、

「ああまた、この響きがいや。悲鳴よ、亡者の合唱が……谷に湧《わ》きだして」

訴えかける声の主は棘々《とげとげ》しく苛立っていた。語尾を吐き捨てがちに、威嚇するようだ。「身悶え泣き叫んでいる慟哭《どうこく》と……嘆き声みたいで」

霧笛さながら――夜が長々とひっきりなしに溜息を吐《つ》く。

「ほら、だめだよ、耳を押さえると余計こわくなるんだ。自分だけ置き去りで、冷たい凩《こがらし》の渦に取り残されるよ」

「暗い狂騒が……休みなくざわめいて――」

「梟《ふくろう》の声が低く呼んでるんだ。でたらめな木管楽器の音あわせみたいじゃない?」

「聞きたくない、風の音は大嫌い……！　耳に入ってこないで」

「こんなふうに風が騒ぐと誰でも不安や不快になるよ。風の強い晩は……僕も好きじゃない」

焚火はますます剣呑《けんのん》に燃えさかって、エミールの声にヴェールが掛かった。

「黙んないで。なんかずっと喋っててよ、エミール」

1　旧約聖書《詩篇》第Ⅵ章 i 節〜 v 節

「きっと、鉱山跡や自然洞に山颪が吹きこんでね、大地の夜泣きまがいに響くんだろうさ」
峠向こうにはたしかに鉱山があったはずだ。岩塩か銅鉱石だかが採掘され、廃坑道も含めて数十キロにわたる空洞が蟻の巣状に、地底深くを這っている。坑道には酸素を確保する井戸式の風孔が一定間隔で空けられている。強風が吹きこめば、ちょうど笛の音孔とおなじ作用をきたして響きもするか……。
「ねえ、ほら、両手を外して。いいかい、僕ずっとしゃべってるだろ」
エミールの声はあくまで優しげに、睦言《むつごと》じみて言い含める。
「ふるえているなら抱きしめてあげる。髪を撫でて首筋にそっとキスして、僕が一緒にお祈りを言ってあげる。だから——大丈夫……。もう誰もきみに危害を加えたりできないよ」
おまじないのように、一定の抑揚で途切れなく、こう唱えだした。
《耳をお貸しください、神様。
この溜息に、耳を傾けて。
僕らの嘆きを聞いてほしい。
夜ごと朝ごとあなたには僕らの声が……この祈りが届いているでしょう?》
——旧約聖書の詩篇、第五章あたりか……。エミールは低く口ずさむ調子で、
《どうか正道を
敵がいるんだ——連中は一ッとして真実を語らない
奴らは悪意と破壊そのもの

喉笛は人を呑みこむ暗澹《あんたん》たる墓穴のごとく開いていながら
舌先三寸の口上で誤魔化《ごまか》している
主よ、正義の道筋をまっすぐ示せ》
エミールはゆっくりと呪う淡々とした口ぶりで、次第に、恨みがましい早口の険しさを増していった。
《神よ――奴らに有罪の咎を科せ
自らの術中に陥らせよ
連中は己の罪科によって放逐されねばならないはずだ
なぜなら奴らは……》
――ガツン
物騒な物音がして、ドラガは腰を上げた。
そっと伸び上がって、ジプシー馬車の内を覗きこんだ。
馬車の昇降口は戸を立ててあるが、鎧戸は間口をやや開《あ》けたままになっている。
砂埃を吸ったレースのカーテン越しに、若い娘の後ろ姿が見えた。長い髪に白いヴェールを被って、レースを施したモーニングガウン……？　いや……舞台用のドレスだ……。
ミュシャのポスターで見かけるような、白いモスリンの衣を纏《まと》っている。
大きな姿見に身を寄せていて、囚われの姫君が窓に張りついて外界を夢見るくだりのようだ。
鏡には蠟燭の小さな灯が映っていた。

カーテン越しにヴェールを纏った背中は、エ……ミ……リ……ヤ……

ドラガは全身の循環が凝《こご》る動揺にズンと強張《こわば》った。

しなをつくって冷たい鏡に寄りかかっている白いドレスの人物は、やや身を乗り出すと、鏡の中の暗がりに居る人影めがけてつんのめり、額を鏡に打ちつけた。

ガン

「なぜってやつらは」

ゴン

「エミリヤ、きみを……」

ガツン

「こっちに来てよ。エミリヤ、頼むよ……」

エミールが女装して鏡相手にやりとりしている。一人芝居をうっているのか……？

エミリヤをそっと抱きしめ、エミリヤの髪や首筋に顔をうずめんとする。陰影を長く引きずった細腰が、鏡の前に身を乗りだしては、冷たい鏡面に阻まれる。女装した自らの影にすり寄って、一羽飼いの鳥カゴの小鳥が、鏡にはりついて留まり木を動かないように。鏡の前を磁石のように離れない。

姿見は、ジプシー馬車を払い下げで入手した折、ついてきた家具装備であった。巡業するロマの踊り子たちが着飾った姿を映してきた。

エミールは肌寒さをしのぐように体を縮こめながら、身を絞らんばかり自らの肩を固くかたく抱いた。断続的に微弱な電流でも流されたように小刻みに震えていた。忍び泣いている――或いは……嗤《わら》っていた。

「頼むよエミリヤもういやだこんなのは一緒に居たい」

鬘《かつら》の長いウェーヴの金髪をヴェールごと柔らかく、次第に掻き毟って顔をすっかり覆い隠した。自嘲めいて押し殺す乾いた息遣いに咽《むせ》びつつ、起きあがりこぼしのように体を揺すった。

――ゴツン

ゴン

鈍い音をたててしめやかに、ゆっくり額を鏡にぶつけているのだ。

オスバチが羽化してから二週間が経ち、いまは繁殖期の真っ盛りだ。

エミールにしてみると、オスバチは正確にミツバチとは言いがたいのだった。蜜を集めてこない。花粉や蜜にかかわるあらゆる仕事と切り離されている。巣作りや、幼虫の世話など、いかなる役目も負わない。

オスバチは繁殖期の一定期間にだけ巣内に孵《かえ》ると、あとはひたすら、はぐったれて、だらだらしている。気ままに外に飛んで出て、花粉を食べたり蜜を飲んだりして、呑気にしているだけである。片手間にも巣の家事や育児に手を出さない。

蟻《アリ》の場合、羽蟻になるオス蟻は、巣が攻撃されると勇猛で、甲冑をつけた獰猛な兵隊さながら機能するらしい。ミツバチの場合、オスバチは巣の警護に役立ちもしない。敵が来たらやっつけるのもメスの働きバチである。

女王が単独で外出するのは、生涯一ツの目的だけで、交尾のために空を飛ぶ。あとは四年間弱、ひたすら産卵するだけの一生だ。一年間におよそ二十万個を産卵する。

オスバチにとって巣の女王は母親にあたるから、のんべんたらりと外でブンブン翅《はね》を唸《うな》らせ、集団で管を巻いているしかないのも、致しかたないのだった。

新しく羽化したばかりの、よその新生女王バチが飛行すると、のらりくらりとたむろしていたオスバチは俄然、露骨に目の色が変わる。新生女王バチのふりまく媚薬にくすぐられ、いっせいに連なって後を追いかける。

交尾のあとカマキリなどは、下手をするとメスに頭から食われるため、残酷であるとしきりに気の毒がられている。いっぽうスズメバチ等は、よその巣に攻め入って、巣の女王バチを幾匹もの雄バチが次つぎに襲って輪《まわ》し、孕ませ、自分らの受精卵を幾万と産卵させながら、巣内全部の先住蜂を奴隷にする。そもそもスズメバチの生態は、アリと酷似している。土中や廃材に巣食って、肉食である食性といい、スズメバチはハチであるミツバチよりも、よっぽどアリに生態が近いのだ（毒針のある巨大な羽蟻と思っていたほうがいい）。侵攻した雄バチは、幼虫や卵、元いたサナギを、備蓄食料や餌として入念に食らいつくす。奴隷が弱ればやはり食う。——次第に自分らだけの種《しゅ》に侵食していく。自分らの新生女王が孵ったら、古い女王を食い殺して征服は完了する。人間の倫理観に照らし合わせなくとも、虫の尺度にしてみたって獰悪《どうあく》だ。

エミールは、ドラガと滅多に会話をしない。それでも四年、二人だけで旅をし、生活を共にすれば、わずかな言葉の端々にも、ある程度の素性はおのずと知れる。奴はそもそも、エミールに過去を明かそうとも隠そうともしなかった。エミールがドラガの過去や素性を一顧だにしない以上に、ドラガは己の過去に無関心だった。

スズメバチの生態についてエミールが知りえた生態は、そんなドラガの受け売りで、ドラガによれば、国許において我が物顔で他民族が母国を治めるのを、スズメバチになぞらえるのが常識だった。自分らはミツバチだ。スズメバチと拮抗し、蜜をはじめ様々な幸と富で、確かな平和を地道に築く。

ミツバチは針を持っている。他者をいたずらに攻撃するでなく、自己防衛のためだけに針を使う。攻撃の利く盾だ。しかし一度使えば死ぬ武器だ。命を賭すからには時と場所を選んで慎重に、最も効果的に――。

敵であるスズメバチの体格は三倍大きい。連中の武器は毒槍で、幾度でも刺して、まだしぶとく襲いかかる。一対一では相手にならない。

ミツバチは巣がスズメバチの襲撃に遭うと、一匹のスズメバチに対して二～三百の団子になって襲いかかる。押しくらまんじゅうで敵を熱気とスクラムの簀《す》巻《ま》きにして、窒息死させる。

そんなところがドラガのかつての同朋の熱き団結を高めるシンボルとして、さぞやふさわしかったのだろう。……エミールは動植物や昆虫などを、政治的あるいは宗教色に染めあげて咀嚼《そしゃく》するのを正直あまり好いてはいないのだが。

ドラガはもっぱら他人事《ひとごと》のようにこぼすのだった。主義者の一員として加わるには、修道院で一定期間、養蜂稼業に携わるのが禊《みそぎ》とされていた。逸脱行為などで謹慎処分を喰うと、やはり養蜂の無償奉仕に携わって、刑期があけるのを待つ。洗礼めいた通過儀礼だ。

花から花へ転々と渡る養蜂稼業は、外で大半の時間、顔を隠していても不審がられない。（まっとうな養蜂家には大いに迷惑な話になるが）隠密に情報収集しつつ資金繰りもかない、うってつけの隠れ蓑《みの》になっただろうと。エミールは容易に想像がつくのだった。

新生女王バチの飛行が始まった。

ミツバチの交尾はずいぶん騎士風で、情熱的というか……オスにとって分《ぶ》が悪い。

交尾目的で外にでた女王バチの後を、幾匹ものオスバチが飛行して、やっとお目あての交尾にいきついたいわば勝利のオスバチは、交尾が済むとお払い箱だ。巣に戻れないのだ。交尾にありつけなかった哀れなオスバチと同様にだ。

以前からエミールは、吹き溜まりの岩場などでオスバチが転がっている死骸を幾度も目にしていた。

生まれてこのかた、ぐうたら気ままに暮らしてきたオスバチが、初の交尾で頑張りすぎて昇天するかわりに、地に落ちるとは。まったくご機嫌な体《てい》たらくだよ――

そう鼻先でせせら笑ってやり過ごし、ときには靴のつま先で軽く蹴飛ばしていた。

――オスバチの宿事情など、知ったことか。

幸か不幸かエミールは、今日はミツバチの交尾に真っ向から出くわした。

よく晴れて、薬草にしたたる朝露の名残が虹色のプリズムを放つ、草原は鮮やかな日ざしの海だ。

青空は、宇宙の星空が透ける気がするまで突き抜けている。かえって暗い酩酊感を及ぼすほど深い青だった。

プッチン

焚火に紛れていた生木の皮が、炎の中で弾けとぶような音がして、女王バチと交尾中のオスバチが足元に降ってきたとき、何かしらのアクシデントかと思った。

女王バチは、交尾の直後に——というか真っ最中に、オスバチを文字どおり切り離す。自分にくっついているオスバチが飛ぶのを忘れて……疲れたんだろうか翅をせわしなく動かすのをやめてぶら下がりかけた途端、下腹部をプチッと引きちぎったのだ。オスバチは腹から真ッ二ツに断たれて絶命した。

女王バチは一回の飛行で一ツの巣を購《あがな》うだけの、一生分の受精がかなう交尾をする。その際に溜めておいた精子を受精させて幾年にもわたって大量に産卵する。一回の外出で複数のオスと交尾をするのは珍しくない。

他のオスバチは、前の勝利者が、ぷっつり裂けて地に落ちたのを目のあたりにしておきながら、てんでたじろがなかった。怯みもせず、むしろ妙技で嗾《けしか》けられたみたいに、次々と交尾に名乗りをあげた。

女王バチにひっついている先客の下腹部の切れ端は、ハチの頭くらいの大きさもあった。それを、後釜のオスバチは無造作に取りのけた。順繰りに行儀よく交尾に臨んだ。交尾に至ったオスバチがすべて例外なく、パチンと破裂し切り離されて、抜け殻さながら地に落ちた。

（……先駆者が下手くそなだけで、自分だけはうまくやれると思っているのかなあ）

壮絶だとか、おぞましく破廉恥《はれんち》だとか、たとえようは様々あるが、エミールは正直なところ、ほとほと呆れかえった。物珍しく神妙に観察しているうち気の毒を通りこして、馬鹿らしくなった。むろん、ちょっとは胸も悪くなった。

女王バチは頃合いを見計らって巣に戻った。

重たげな体で低空飛行し巣に戻ると、雄の残った部分がくっついたままで、下足《げそく》を脱ぎはらうように、働きバチに取り去ってもらっている。

——おつかれさま
——さあこちらへ
あとは産卵の毎日か。

人間の倫理や感性を虫ケラの生態に押しつけてみても無意味だし、的外れだろう。

しかしひっそり投影してみるのも勝手なのだ。

いかなる生物も身内に甘く、できる範囲で一定の思いやりを示した。協力関係は、なにも人間さまが思いついた特技じゃない。では他の生物と、人間との大いなる違いといえば、人間が他者に自己投影をしでかす共感と投射力の高さにあった。

腕力や脚力、繁殖力、あらゆる点でさまざまな他の生物より劣っている人間の、良くも悪くも唯一無二のそれがめずらしい才能なんだ――。

エミールには、一生を一番満喫して、生きいきと輝かしいのは働きバチに見えた。

羽化した働きバチは、そよ風に向かってヴェールのような翅を楽しげに翻《ひるがえ》し、だれよりも身軽な体で、空を飛ぶことに長《た》けている、儚い少女のニンフのようだ。

いそいそと蜜を集め、春爛漫《らんまん》の花に夢中、光の季節を謳歌しながら、わいのわいのと仲良く巣をこしらえる。外に収穫に赴くのが、いささか億劫《おっくう》になる年波を迎えると、女王の世話をする侍女になる。あるいは幼虫のお守りをする乳母になる。かつて自分がしてもらったように、妹の世話をなにくれとなく焼いてやり、一箇月余の生涯を閉じるのだ。

ii　たすけて僕はこれ以上ながく――

てユリアン
ユーリック――

夜更けに目を醒ましながら、ユリアン・フォン・クルゼンシュテールンは恐怖で全身が硬直していた。

前後不覚の怯えに陥って、ほとんど恐慌をきたしかけた。

ユリアンは寝不足にて飲酒すると昏倒するようにすぐ眠った、その浅い眠りを過ぎてほどなくして、必ず金縛りにあった。明りをつけたまま横になり、消す間もなく眠っていたときなど、運動を司る意志と神経と、筋肉とがちぐはぐで、肉体の鋳型《いがた》に拘束される。無理に起きあがろうと力を入れ、ふり切らんばかり身体を動かそうと焦ると、ますます恐ろしくも身動きがつかなかった。だから金縛りだと認識できるだけの理性が覚めているときには、諦めて再び眠りに身をゆだねる。あるいは次第にほどけてくるまで根気強く待った。

ユリアンはしかし、金縛りにあっていたわけではなかった。体は動くし、明りも消えていた――（灯心が燃え尽きたのかもしれなかったが）。なのに金縛りがとけた直後さながら、全身いっぱい汗だくに疲弊していた。眠りのモラトリアムから、恐ろしい現実に引きずりだされた驚愕に憑かれている。

部屋は夜闇に沈んで、静まりかえっている。

キナ臭いとか、浸水しているとかの切迫した危険に晒されてもなさそうだ。体に大きな不調や苦痛もない。なぜこうも自分が怯えているのかわからない。

世の中すべての邪《よこしま》で得体の知れぬ悪疫が闇に溶けこんで、染みいってくる——鬼気迫る戦慄に支配されていた。

ユリアンは枕辺へと手を伸ばした。よく知った空間で手を伸ばすのに勇気がいる。暗闇で魔の手がユリアンの手指を乱暴に摑んで、へし折りながら、より息苦しい奈落へと引きずりこもうとする気がした。

手探りでマッチを擦り、枕頭のランプを灯した。

部屋全体が見わたせる。白々しいくらい平然といつもどおりの家具調度に取り囲まれている。なのにちっとも落ち着けない。ユリアンは、ベッドの上で身を起こした。異様に高鳴る鼓動をなだめつかせようと、枕を胸に押しあてた。

適度な重みと柔らかさで抱き心地のよい枕は、大量出血した血液を吸いこんで止血をうながすように、ユリアンの駈け足の鼓動をやんわりと受け止めた。ユリアンは枕にこの上ない愛着を覚えるほどだった。時計を見ると、寝台に入ってから二時間がたっていた。

ユリアンはパジャマの上にガウンを羽織ると、部屋履きをつっかけた。もう夜じゅう眠れない気がしていた。この部屋に一人で居ちゃいけない。

出よう。

どこへ？

リオネラの寝室に？

……ばかな。

甘く不埒《ふらち》な誘惑を払いのけ、扉を開けると、暗い廊下に不可解な音が響いていた。

大聖堂を満たすパイプオルガンの壮大な演奏が鳴りやんだあと、場内に浸透する残響——来たるべき静寂とが拮抗する、音楽の余韻。あるいは打ちつけた音叉が耳の後ろで永遠にか細く震えているかのごとく、鈍い調べだ。口細のガラス壜を笛にして吹いてみたとき、くぐもった空気の振動が鼓膜の底を打つような……。異様な感覚が鼓膜から忍び寄ってくる。

これが、えもいわれぬ恐怖の正体か？

ためしに部屋に戻って扉を閉めたら、室内には漏れ聞こえてこない。

ユリアンは廊下に出た。夜の廊下は肌寒く、闇が染み透っている。

エレベーターホールの暖かい明りがほんのり漏れて、薄明るい。

フェルディナント兄が病んでから、階段がきつくなった兄貴のためにリフトを……豪華な暖炉の煙突一つを潰して、エレベーターシャフトにしたのだ——。

相変わらずガスバーナーの涼しげな青い炎が長い舌で舐めずるように、曖昧な音階が廊下中をくぐりぬけて、ともすると聴覚のチューニングが合わせきれぬ。神経を張りつめていないと、目の前にあるのに気付かないだまし絵の中の、隠れた記号を読むように、鼓膜がいたずらに音階を探ろうとする。火のない暖炉に煙突から凩《こがらし》が吹きおろしてくる風音と、やや聞きまごう。ただもっと心臓あたりが絞られる不快感がつのった。山奥で鳴く、甲高《かんだか》い鹿の声とか、遠い汽笛……。

龍の咆《ほ》え声はきっとこんなだ――。

骨まで顫動《せんどう》して、悪寒を引き起こす。

屋敷は三階建てで、ユリアンの部屋は二階だから、豪華な吹き抜けの階段ですぐ階下に下りられる。だが明り恋しさのあまりに、ユリアンはエレベーターホールへと遠回りに廊下を抜けて、リフトに乗った。

扉を閉めかけたときに、灰猫が隙間をすり抜け、リフトに乗ってきた。のどもとから腹にかけてが白い。足先も白い。粉砂糖の上を、濡れた足で歩いたみたいだ。猫はユリアンの足元に優しくまとわりついて、パジャマの裾に鼻面を押しつけ、甘え声で鳴く素振りをした。実際に声は出ていなかったが――。ユリアンは猫を抱き上げて、肩に寄りかからせた。猫はターコイズ色の首輪が結ばれていて、おしゃれなペンダントの鑑札をつけている。

凝ったデザインなのか鏡文字になっていて、革製の首輪には、

《迷猫を保護された方はギュンツブルグ家まで――》

即座にユリアンは苦々しさが込みあげた。やり過ごすように、顔を歪めて失笑した。

ギュンツブルグ――？

あのギュンツブルグ家か？

まさかな。……ギュンツブルグ家は、フェルディナント兄が一掃した。

――柱時計の鍵穴が軋んで、閉じこめられていた扉が開いて以来、ユリアンはリオネラを神さながら信頼した。

❦

リオネラは煙に乗じてユリアンを助けに来たのだ。レースの縁どりのハンカチできっちり口を押さえていた。身をかがめ、煙をくぐり、緞帳《カーテン》にでも燭台の火が燃え移ったかに見せかけて。

煙幕を焚くに至ったのは、リオネラの機転だった。遠く離れた敷地内の厩《うまや》から、藁《わら》の束のかたまりを調達し、あちらこちらの部屋の暖炉に放りこんで火をつけた。煙に包まれた屋敷で、悪漢の目を攪乱し、途中で出くわした二人を殺してきていた。

《いっぺんにじゃないわ。うまくいったのは不幸中の幸い。背後からどすんとぶつかって心臓を刺しただけ》

リオネラは、強い使命感に駆られた者特有の、視野の狭い面持ちで抑揚もなく告白した。ユリアンは、リオネラの煤《すす》けた青白い顔に手を添えて、見入り、抱きしめながら、

ありがとう――あなたは無事？――ありがとう――ありがとう

何度となく言おうとして全く胸が痞《つか》えて、一言も言葉にならずにいた。

ユリアンは襲撃事件から対外的な交流を一切断った。限られた人間以外と接するリスクを冒さなかった。基本的に同室するのはフェルディナント兄と、リオネラだけ。

使用人を含めて身内と呼べる親しい面子《めんつ》はほかに残っておらず、しばらくの間はクルゼンシュ

テールンの苗字も隠して身を潜めていた（……その間は姓をリリエンタールと名乗った）。

リオネラは、そんなユリアンを哀れんで、家庭教師役を買ってでた。

だからよけいユリアンはリオネラに見捨てられたら死ぬと思い詰める程度には依存した。リオネラが無事でいるか、いつだって見張っていたかった。リオネラに見守られていたい。ユリアンはリオネラの姿が見えなくなると居ても立ってもいられない。取り乱して探しまわり、見つけると癪《しゃく》にさわって泣きたい気がした。無闇に髪を引っぱりまわしてむしゃぶりつき叩きたくなるくらい、暴力的に好いていた。

……だってあなたを、生きるよすがにしてるんだ。

リオネラに病的に依存していると冷えびえと自覚できるだけの判断力は残っていた。子供じみた言動として見境なく許してもらえる年齢も過ぎていた。日々、ユリアンは水も漏らさぬ貴公子然として努めた。リオネラを痛めつけたり辱《はずか》しめようとする暴挙に及ぶほど、おかしくならず辛うじてとどまった。

フェルディナント兄はいつだろうと紳士でありつづけ、万事、察知していたとしても、いちいち議論したり断罪したりするのに、あまりに疲れ果ててもいた。何事にも酸っぱそうな面持ちで、黙って目を瞑《つむ》っていた。ユリアンが軽はずみにリオネラへの感情を口走らず、頑なに口を閉ざして慎みある態度でいるかぎり、フェルディナント兄は根掘り葉掘りと、詮索はしなかった。

――目には目を

兄はだいいち、我々クルゼンシュテールン家掃討を命じた首謀者を突き止めるのに忙しかった。

病身を押して、独断で匪賊《ひぞく》を徴募し、連中に命令した。
——ギュンツブルグ家に制裁を
事態を荒立てるにあたって、フェルディナント兄は誰にも相談しなかった。
《ユーリック。明日からまた我々は晴れてクルゼンシュテールンの家名を誇ろう。殺された皆も、そうするのをきっと許してくれるだろうから》
兄がユリアンに微笑《ほほえ》んだ時はじめて、万事、兄の想定通りに運んだのだと——ギュンツブルグの皆殺しは決行された。ユリアンは察したのだった。むろんユリアンも望んでいた終止符であった。

⁂

……だから、ユリアンは苦笑した。リフトの中で灰色の猫を撫でながら、

(——忌まわしいギュンツブルグ……だがさほど希少な苗字でもなかろうさ)

ユリアンは腕の中にいる迷い猫の柔らかな温もりにまで、もはや憎悪を覚えはしなかった。

一階に着いてリフトの扉を開けると、漆黒の暗がりが待ちうけている。

猫はしなやかに息づいて仄温かい。いくら撫でても咽喉《のど》を鳴らさない。が、この若い猫のおかげでユリアンはだいぶ心強く、
ミカよ——

呼びかけるように見つめたら、応じて猫はユリアンを見あげた。暗がりで目が反射する。ユリアンが何のご褒美も持ち合わせていないと察するや、無愛想に目を閉じた。

一階に踏みだすのは、冷たいインク壺の底へ潜っていく気がした。

古墳の窖《つちぐら》に続く地下道さながら、黒い血を打ったようにしずまりかえっている。上の廊下で聞こえていた《龍の咆え声》は、やんでいる。

自分の靴音が静かに反響する玄関ホールで、ユリアンは壁面の明りを灯した。

廊下は高い天井に陰影が暗々と助長され、トルコ風の拱廊《アーケード》のように映った。光源から離れるにつれて折り重なる影のアーチが幌型に高く連なって浮かぶ。

腕の中のミカの顔をのぞきこむと、猫はユリアンの気配に目を開けた。眼球に精神が息づいている。炯炯《けいけい》とした光源が、ゆらりと瞳の内側で照りかえった。夜行性動物の目はなぜこうもはっきりと際立って正体を明かすんだ。

ユリアンは長い廊下で寒々しい足音を捗《はかど》らせた。

複雑に入り組んだセントラルヒーティングの冷たいダクトが、パイプオルガンの数倍も長い音響効果をもたらして——ふたたび、不可思議な響きかたをして聞こえてきていた。霧笛めいた……龍のハミング——木管楽器の音あわせを遠く聞くようである。

——……ピアノか？

ユリアンは俄然、胸にせり上がってくるどきどきを、神妙にこらえた。

（……あ、こらっ）

さっきまでユリアンの腕に抱かれておとなしかった猫が身を捩《よじ》らせて、すり抜けた。ユリアンの心音の変化にむずかるみたいに敏捷に腕からストンとフロアに飛び降り、タッタと暗がりに駈けだした。

ユリアンは迷い猫を追いがてら、音の正体をたどって一枚の扉の前に立った。

猫は見失っていた。いまや音色ははっきり聞こえた。

恐怖感が揺らぐほど好奇心が高鳴って、胸が疼く。

ピアノはゆっくりと、たどたどしいくらい丁重に、瞑想に耽っている柔らかい音色で鍵盤を渡る。もつれた女の髪を、まろやかな指通りをさぐって地肌に指をもぐらせ、やんわりほどいていくかのような運指である。

ベートーヴェンのピアノソナタ……第一四番――嬰ハ短調――作品二七ノ二――第一楽章。

月光のソナタだ。

水底に沈んで凍りついていく声なき声を密やかにすくい上げる。湖畔にゆらめく月光だ。

第一楽章は短い。しかし行き着く澪標《みおぐい》を見失ったように、最後のフレーズに差しかかる一歩手前で、月光が鍵盤を波立《なみだ》たす足音が、ふりだしに戻る。いつまでも行き来を繰り返して、弾いている。美しい繰り言のようである。

……呆然自失で曲に憑かれて指の赴くまま、耳心地のよい音色に逆らわず音符をたどり、のめりこみすぎていると、譜面の反復記号を幾度通って、何度弾いたか。どこで終わりに向かうかを忘れるのは――わりとよく陥る麻痺状態だ。心地よく指が走り、鼓膜が音楽に溺れているのだ。

……しかし《月光》に、かかるループを引き起こす反復記号はあったろうか……？

屋敷の扉は、いずれも背が高い。

ドアの把手《ノブ》が、背丈のあるユリアンの鳩尾《みぞおち》の高さに位置している。子供の時分は使用人がいちいち扉を開けてくれないと、自由に行き来できなかった。

目の前にある扉は、しかしさほど豪勢でなく、使用人部屋の風合いでこぢんまりとして、柩《ひつぎ》の蓋を想像する彫りこみが施《ほどこ》されてあった。

ユリアンは何か思いだしかけ——把手に手をかけた。

窓から月影がぼんやり射しこんで、マホガニー材の見慣れたグランドピアノが置いてある。月光に映しだされて、まるで大理石の硬い冷たさで、いつもより重たげに陣取っている。牀《ゆか》の羽目板も、月影が投げうつってまるで舗石が——墓石が敷きつめられているようだった。厳《おごそ》かに朽ちかけた廃墟の永遠に閉じこめられたようで、しかし、よく見れば常日頃ユリアンがピアノを練習するミュージックルームである。灯も燈さず、月光の仄暗い影の内で弾いているのは、フェルディナント兄であった。

ユリアンは無言で兄を見守った。

こんな夜更けに——起きていて平気かい兄さん？　横になっていなくて大丈夫なの？

フェルディナント兄は、不味いものを口に含んで堪《こら》えている顔をした。しんどそうに肩を上下に大きく震わせて、背中が波立った。キィッと踏みこんだペダルが軋んでガタンッと跳ねあがった。

ピアノがやんだ。

兄は掌を口元にあてがいつつ、血を吐いた。気泡の入り混じった逆流が押し寄せて、声にならない呻き声をひき攣らせた。喘《あえ》ぎこんだ兄にユリアンは慌てて駈け寄った。フェルディナント兄のか細く痩せた背中をさすった。洗いざらしたシャツがじっとり汗ばんでいた。結核菌毒素により自律神経が異常な緊張をきたして、体温調節とは無関係の盗汗《とうかん》に悩まされるのだ。そのせいで浅い眠りがすぐに醒め、寝つけないのだろう。肌になじんだ布地越しに、ゴツゴツとした骨格——痩せてすり減ったような背骨がユリアンの手に当たった。

シャツの上には、娘のようにコルセットが腰から胸までをぎっちり締めつけている。二列に走る金属の杭状の留め具に紐を絡げて、コルセットが編みあげられ引き結ばれている。

フェルディナント兄は脊椎のカリエスが進行して胸椎がすっかり駄目になっていた。病巣の残骸（すなわち壊死……膿瘍《のうよう》……腐った骨）を、摘出する外科手術を幾度か受けた。以来、起きあがっているにはコルセットを締めて背骨と肋骨を支えている。

リオネラは献身的にフェルディナント兄を看病したので、兄は身ぎれいに管理されていた。さほど惨めに窶《やつ》ればむ悲愴感を覚えずに、穏やかにいられるようだった。

リオネラがどこからか調達してくる薬で、兄の痛みは劇的に軽くなり、いつのまにか消しとんでいる。それでもフェルディナント兄は息苦しく涙ぐむように血に噎《むせ》んだ。ユリアンはいつも黙って背中をさすり続けた。兄はリオネラと二人して、寡黙に目を潤ませながら、ただお互いしか見たくないようにしばしば微笑みあっていた。

喀血は咳き《しわぶ》と共に鮮血が喀出されるので、いかなる患者も——いつだってどんな病状をも冷静に受け止めきれるフェルディナント兄ですら、当初は非常に驚いて慄然《りつぜん》となっていた。リオネラはなるべく慌てず、丁寧な態度でフェルディナント兄に不安を抱かせぬよう、適切な処置を機敏におこなった。

血液を喀出しやすいように三〇～四〇度の半臥の姿勢をうながし、横臥位ならば病んでいる側を下にして喀出させた。

脈をとりつつ、フェルディナント兄の背中をさすってやりながら、喀血が病巣の悪化を意味するのではないのだと、自然に出るものは出してかまわないのだから――

そう穏やかに説明して、フェルディナント兄のみならずユリアンにも安心感をもたらした。かといい、窒息を恐れて、つい矢鱈《やたら》めったら、たてつづけに強い咳をするのはいけなかった。結核病巣によって組織が破壊され、血管が破けて出血するのだから、せっかく止まりかけた喀血も、肺の強い運動によって傷口が決壊する。抑制させなければならない。

ユリアンが傍にいたら素早く合図をよこした。（フェルディナント兄が、とかくユリアンを遠ざけたがっていたせいもあった。）ユリアンはすみやかに部屋から出ると、氷囊《ひょうのう》を用意した。患部に氷嚢を当てて、胸部を安静にして傷口を鎮静化させるためだ。だからこの氷囊は氷ほど冷たくなくともいい。

リオネラはフェルディナント兄の背中に手をあてて、ときには兄の背中に柔らかく抱きつくようにして、呼吸を規則的にするように誘導した。

喀血量は口いっぱいに吐いたとして一〇〇cc程度で、あまり大げさな容器ではなく、かといい溢れるようでは足らぬから、適切な容器で喀血を受けたら、できるだけ当人の目に触れぬようにして血液を捨てる。小さな配慮だが、兄のたまらない気持をすこしでもやわらげるのに、欠かせない気遣いだった。

口腔内に凝血が残ったり血液臭がするのは不快だから、喀血後は静かに嗽《うがい》をさせる。嗽はぬるま湯のほうがきれいになるが、水の冷たさは口腔内の血液臭を一瞬で忘れさせる効果が高い。お湯で嗽をして、用意できるなら清潔な雪や氷を口に含ませるのでもよかった。喀血はさほど頻繁には起こらなかったが、冬になるとユリアンは敷地内を歩き回りながら、どこの雪や氷が清潔か、いつも気にしながら見て回るのがいつしか癖になっていた。

口腔内をきれいにしたら二〇パーセントの生理食塩水を一〇〇cc、ゆっくり飲ませる。リオネラは、はちみつを溶かして飲みやすくしていた。(これは食塩が血中に入ると浸透圧の関係で、組織から血液凝固を高めるトロンボキナーゼが血液内へ流入し、止血作用を高めるのだ。)

咳の直後で嚥下がままならないときは、リオネラが兄にリンゲル液を注射した。

血で衣服が汚れても、着替えは症状が落ち着いてからにする。日ごろから兄は入浴を好んでいたし、盗汗のせいでいくら肌着を替えても気分が悪いらしくもあった。入浴に困難をきたす折には、リオネラの手を借りて清拭《せいしき》した。リオネラは時として一リットルの湯に小さじ一杯の割合で酢酸を混ぜた、すると過剰な発汗を抑制するのだ。

兄は噎せこむと、いつだって厳《いか》めしくユリアンから顔を背けた。極力、ユリアンを近づけぬよう(――そうだ結核は伝染する)忌々しげに払いのける。

いまも口の端で髪の毛を咥《くわ》えていながら、横顔を逸らそうとする。

ユリアンは、許しを請うように膝を折って、髪を指先で拭うように、取ってやろうとした。髪の毛はユリアンの指にへばりつき、ヘ音記号の曲線を描いて垂れ下がってから、濡れた重みでゆっくり落ちた。見れば兄は、血に塗《まみ》れた髪の毛を吐いていた。フェルディナント兄の髪はこうも長くない。血に濡れながら月光に鈍く光る、赤みを帯びたシャンパン色の髪は、リオネラのとも到底違う。べったりと膜を張ったようにこごなって長い。

白と黒の冷たい鍵盤の上に、生ぬるい蛇さながらにのたうっている。うっすら湯気のたちそうな血が鍵盤の隙間に伝い、楽器の咽にしたたり落ちる。鍵盤はいつしか獲物を食らった肉食獣の下顎の前歯のようだった。

ユリアンは立ち去りたかった。フェルディナント兄はしかしもっと逃げ出したいにちがいなかった。身に病が棲みついて逃げようがないのだ。脱ぎ捨てたい肉体ごと組み敷かれて、息もろくに吸えないで、異物を吐き戻すしかない兄貴自体を気味悪がったらいけない。

大丈夫だ。大丈夫、心配いらない――

そう無責任に自分に言い聞かせ、口先で繰りかえし安心をもたらしたくとも、ユリアンは声が出なかった。今に始まったではなく、もうずっと、ユリアンは口が利けない。

声を出せば死ぬのだ――リオネラに閉じこめられ――発声の欲求が強引にねじ伏せられて、以来、機能しなくなった。《咳込んでみてちょうだい》

リオネラにうながされ、ユリアンが咳込んでみると声が漏れる。声帯機能を失ってはいない。惨殺された家族の遺体を目の当たりにしたショックが綯《な》い交ぜになって、文字通り失語した。

当初は発声せずとも言語化した思考回路を保てていた。しゃべれないのが歯痒く、ゆき場のない言葉が胸苦しかった。諦めてくるにつれて、声が出ないのに慣れた。症状を受け入れるにつれ身軽になった。おのずと言葉で考える習慣も怠惰になった。日増しに自身の言葉自体が深く沈殿して、ユリアンは心底から無言になりつつあった。感情も思考も、言葉と結びつかない。文にしたためるのさえ拙《つたな》くなっている。長々としたためられぬなら、選び抜かれた言葉を磨いて端的に記せればよかった。が、手早く一筆書きで綴って人にみせられる程度の相槌と伝達しか、考えが至らなくなっていた。

ユリアンは案外、不自由しなかった。たまにリオネラは、ユリアンが口を利くように焚《た》きつける。《なにをしてほしいの？　どんな不躾《ぶしつけ》なお願いでも聞き入れてあげるわ。口に出して言ってみてごらんなさい。ユリアン》

反論を仕向けたりだとか、いろいろを試されて、ユリアンは余計に胸が潰れながら、今にもリオネラにうっかり脅迫めいた懇願をしでかさんばかりになる（……安易に声が出ないほうが、その点は都合が良い）。

また何を口に出せたとしても、フェルディナント兄の容態は慰めようがなくゆっくり確実に悪化していた。談話は呼吸を速めると同時に肺をいたずらに振動させ、咳嗽《がいそう》――ひいては喀血を引き起こす。もっぱら筆談なのはユリアンだけの仕様でなかった。そもそも生半可な気休めや、口から出まかせのまやかしが透けるのは、むしろ耐え難く近しい者同士で、軽率な気慰みの会話などいっそ根絶やし放棄したほうがお互いの理に適《かな》った。

それをユリアンの体は先んじて本能的に悟っていた。

だからユリアンは今も黙々と――フェルディナント兄を苛《さいな》んでいる苦痛の波がひとまずひくまで、祈るように、ただ辛抱強く淡々と兄の背をさすりつづけた。

兄はひとしきり胸の痞えが下りて、喀血がおさまったらしい。

ユリアンは部屋の隅にある重たい水差しから、フェルディナント兄に冷たい水を汲もうとした。兄さんは口を漱《すす》ぎたかろう。

伏せておいたグラスを起こした。

暗がりで水を注ぐと、まるで流れのゆるい浅瀬の川底がかき混ざり、澱んだ砂利が舞い上がってくるように、薄膜の破片が煙のように水差しに立ちこめて、グラスの水に混じった。ユリアンは目を凝《こ》らした。

(――なんだこれ)

グラスの汚れか?

では洗面器に水を張ろう。フェルディナント兄はひとまず手を洗わねばならない。強風が鞭打つこんな夜更けに、外の井戸まで連れて行くのは忍びない。

洗面器に流し入れた汲み置きの水には、ヒラヒラと透明の鱗めいた欠片が次々に湧《わ》き上がる。掻き混ざっては、やや白濁している半透明の異物がヒラっと浮かびあがって、

(蜜蠟?)

指ですくってみると、めくれた爪だった。

剝げた大小の生爪――縦に筋が入ったり、先端が形良く、やすりで削られていたりする。一ツ一ツの形状に思いあたる節がある。父上の、これは母様の……この短い曲線は小間使いのアリシャ、長姉のヒルダガート、次姉のオルガ……

はやく――枕辺のナイトテーブルに手を伸ばして、灯を点けるんだ……悪夢だ。

ユリアンは腕を伸ばして灯りを点けた。明るみに引き戻した手には、濡れた手の内側から指の股から、まるで不揃いの鱗――できものがびっしり貼りついて光を乱反射している。死者の爪が無数に張りついて、ピラピラと浮いて水を孕んだ爪が裏返しに反り、血を含み、表向きのやら、割れたのや……

ユリアンは仰《の》け反《ぞ》った。

燭台が派手にひっくり返って、巻き添えに目覚まし時計が倒れた。肌に粟たち、身をこわばらせて慄《おのの》きながら、

（いやだ――。助けてリオネラ）

ユリアン

「ユリアン……！」

リオネラの呼び声がした。暗がりの中、ユリアンはシーツを泳ぐように手探りでリオネラをたどりあてるなり抱きしめた。

目を開けると、リオネラが気遣わしげに情け深い眼差しをして、こちらを見ていた。さもユリ

アンの悪夢を覗きこんでいたかのようにだ。ユリアンはうろたえて、いっそうむずかりたくなった。魘《うな》されて悪夢から呼び起こされた時には、どうしたのと素《す》ッ頓狂《とんきょう》に、白けるくらい夢とそぐわぬ落ち着きを以《もっ》て、そこはかとなく迷惑そうに見つめられるべきなのに。怪訝《けげん》そうに——あるいはやや神妙に。それでようやく体感した夢の現実味と、実際の現実との落差に——気恥ずかしくも正気づいて、濃霧さながらまとわりつく悪夢がすみやかに晴れるのに。

リオネラの髪を、鷲づかみに絡めとりながら、ユリアンはなるべく静かに息をこらえようとした。〈ああ——〉

リオネラは、亜麻織《リンネル》の長袖で丸首のあいた、ゆったりとしたナイトガウンを着ている。リンネルに寄せてある大ぶりな襞《ひだ》がガーゼまがいにもたつくのを掻きわけて、ユリアンは闇雲にリオネラを肌身に引きつけた。リオネラの鎖骨と首のなだらかな窪みに、口を押しつけた。逆巻くむせび声をなだめ殺そうとした。リオネラのもつれかけた髪をいっそう乱しながら、不気味な夢から解き放たれた実感をかき集めようとして、ユリアンはリオネラの亜麻布の襟首の縁《へり》を咥《くわ》えた。引きちぎらんばかり咬みついた。——だいじょうぶさ。

鼻づらですり寄るように、ユリアンはリオネラの甘やかな肌を嗅ぎながら、

ほら、この人はこんなにも涼やかだ。すべらかで、深い温もりが息づいているんだ——。

まっすぐもろに注がれてくるリオネラの視線を受け止めきれず、慄《おのの》きながら、やんわり亜麻布一枚を隔てたむこうで、柔らかく張りつめている肌身に、闇雲《やみくも》に埋もれていきたかった。リオネラが猫《ミカ》さながら器用に身をくねらせて逃げださないか、ユリアンは殺気立っていた。

夢見の感触がしつこくあとを曳《ひ》いていて、手の内のリオネラを、余さず探ろうと手ごたえをたぐり寄せた。ユリアンは激情が剝きだしでいたずらに迸《ほとばし》るのを制御しかねた。

「ユリアン、今日は何年何月何日？　答えて」

ユリアンは顔を起こした。暗がりで仄白く浮きあがるリオネラの顔を見つめた。生ぬるく濡れて息づいている目と目を呆然と、まぐわせた。

ユリアンの目色から、リオネラは心得たように、

「ならあなたは何歳？　年齢よ」

十九……だ。

——そうか

ユリアンは汗ばんでいた全身に夜気が透った。アルコールで拭《ぬぐ》われたようにスウッと、はばったい熱気が抜けていった。そうだ。

フェルディナント兄は死んでるんだった。

生暖かい雫が、つッと冷たく熱をさらって顎に伝った。ミュージックルームに入るとき目にした扉は、兄貴を葬った柩の蓋にまぎれもなかった。リフト工事は、技術者を呼んで設計と見積りをとって、煙突を壊しだした矢先に、もう必要がなくなった。ほんのこないだ二週間前——いや二箇月も前になるのか……。

結婚式の襲撃からは、今度の秋で七年だ。

ハハッ——

声もなくユリアンは、失態を自嘲気味に吐息で払いのけた。なんて間抜けなんだ、おれ——。さもよだれでも拭う手つきで、手の甲を素早く顎筋に走らせた。あくびの残骸でもあるかのように涙をぬぐった。暗いからきっとリオネラの目に留まるまい……。

ユリアンが潤んだ息を呑みこむのを、リオネラは黙って見逃した。片耳を狐に食いちぎられた仔ウサギを見つめるのと同じ目つきを向けられた。灯のない暗がりで哀れみの眼差しが却っていやってほど生々しく伝わってくる。

リオネラは幾年たっても若々しいままで美しい。ユリアンが十二で初めて出会ったときの昂揚が、いっそう胸に込みあげて焼きつくのだ。七年かけて研ぎ澄ましてきた想いが内腑に垂れこめる。

いつから、この女はおれの隣で寝てくれるようになったんだっけ——？

「ミカってだれなの」

リオネラが、心なしか茶化す口ぶりを演出しながら、窘《たしな》めるような優しさで、ユリアンをやわらかく見下ろした。「好きな娘《こ》の名前？」

ユリアンは全身が鬱血する気がした。

リオネラは《ミカ》が迷い猫のたぐい、他愛ない通りすがりの名であると承知している。見透かしているくせに、わざとこちらを逆撫でして——親しみのこもったおふざけや妬きもちの類であるならまだしも——こんなに近くにいて、震えているおれを前にして、なぜ茶化せるんだ。

ユリアンは顔を顰《しか》めて、暗がりで凄むようにリオネラを見返した。

リオネラは怯《ひる》むどころかユリアンを甘く許す打ちとけた口ぶりで、優しく、

「ユリアン。あなた、寝言を言ってたわ」

ユリアンは渋いように、ゆっくりぎゅうッと目を閉じた。

「……ユリアン。あなたは夢の中では言葉を失ってなどいなくって、きっと自由に思考を言語化できているのね。いつも私に言質《げんち》を取られないか油断も隙もなくいるせいで、声を出せないだけなんでしょう。私がいなければ、もっと気楽にふるまって、自然と凍った声も雪解けて、口から流露《りゅうろ》に言葉が口を突いて出てくるのかもしれないわ」

ユリアンは胃壁が生暖かく罅割《ひびわ》れてくる感触がして、声を押し出そうとした。

——意味がないんだ、あなたがいなけりゃ口が利けても意味がない。伝えたい想いはぜんぶあなたにむけて。食い下がりたいのも、知った口を利かれて我慢ならないのもあなただけ。さもなきゃメモ書きに、一筆綴れるだけの言葉があれば用なんざ足りる。むしろ多くの雑音から解放される。自分の世界はそれでさほど不自由ない。長々と気持ちを伝えて、互いに有意義な契約を交渉する道具なんか他に必要あるか。

沸きたつ反駁《はんばく》に波立ちながら悪寒じみた心細さが突き上げて、ユリアンはリオネラを抱きすくめた。

力なく押し戻されるように、ユリアンは、首のつけ根に軽くキスされた。思いやりに満ちて、やわらかい上辺だけの、それで却って深く杭打つように釘を刺された。

「眠って、ユリアン」

(いやだよ――)

眠ったところを見計らってどうせあなたは部屋に戻る。目が届かぬうちに荷をまとめる隙をいつだって窺っている。

「ユリアン。あなた、もうずっと何日もまともに寝てないわ。眠って」

だって眠ると悪夢を見るんだよ。

……さっきの悪夢で、フェルディナント兄の弾いていたピアノのペダルが、ギィッと軋みながら跳ね上がった。あの響きは、ユリアンの譫言《うわごと》を耳ざとく聞き咎めたリオネラが、注意深くこの寝室の扉を開けた蝶《ちょう》番《つがい》の軋みだ。続いてドアが閉まった振動――。

いつだってこの女は知らぬ間にユリアンの気持ちに忍びこんで、企むように優しくする。せいぜい気まぐれに横に来る。それだけだ。

心から一緒に居てくれた例《ためし》は一度もない。

ユリアンは、リオネラの首を片手で軽く押さえた。頸動脈が打つ拍数を、漠然と指で数えた。鎖骨のくぼみにリオネラの温かい血流を押し止《とど》めんと、じんわり指先をめりこませた。

「……やめてちょうだい、ユリアン」

リオネラは抑揚に乏しく、重たく翳《かげ》った声色で、こわばりもしない。いきりたちもしない。さして苦しげでもなく、至極平静に言い放った。

それでもユリアンの柄《がら》に合わず強靭な大きい掌の内で、リオネラの細い咽喉《のど》がごっくんと固唾《かたず》を呑んで動いたときに、ユリアンは二人だけでいま闇に守られて生きている。生身の絆の手ごたえを意識した。すこし遅れて鈍い昂揚が色濃く体中に充満した。いまにも自分のうめき声が低く漏れ出そうで、ユリアンは指の力が抜けた。

「ユリアン。わたしも寝るから。眠ってちょうだい」

リオネラは、ユリアンの重たく開いた瞼を指先で撫でつけた。糊づけて封をする手つきだ。ゆったりと押さえつけるのだ。

iii　もう息を殺していられない

夕霧が立ちこめる川の向こう岸で、ドラガがロバを連れているのが垣間見える。レンゲ畑に仕掛けておいた養蜂箱の回収に来ているのだ。

「僕、女装が得意なんだよ」

「へ？」

ソーニャは、神経質げに笑いながら、「女装？　からかってんじゃないわ」

「こんど気が向いたら御覧に入れようか？　ちゃんとかつらもドレスも持ってるから。あ、僕は陰間《かげま》じゃないよ。おあいにくさま」

「陰間って？」

「いわゆる……ソドムとゴモラ的な行為をだね……引き寄せる――そう男娼さ」

「ふうん、そうなんだ」

ソーニャは、さほど意に介していない。

「いや、だから違うって言ってんのさ。双子がいるって言ったろ？　子供の頃、よくエミリヤの服を着た。うんと繊細にできてるシフォンとか、モスリンとか、肌ざわりが軽やかで。エミリヤもね、僕の水兵帽を被って、セーラーに半ズボンをはいたりしてさ。最初は着かたに戸惑うからね、お互いにお互いのボタンを留めあって、ベルトを締めてやったり。もちろん入れ代わりも試したよ。それぞれのベッドを交換して毛布にもぐって乳母や親を驚かすのから始まってね。やっぱりお互いを理解するには、たとえ上辺だけでも、なりきってみるのが一番の近道なんだよ。芝居を通じていっそう仲を深めて絆を強くしていく。その名残が抜けきらないんだ。——街まで下りたとき、仕立屋のショーウィンドウに綺麗な外出着や靴やなんかが飾ってあると、あの子なら……僕の双子なら似合うだろうなって——つい、大枚叩《はた》いちゃうのさ。少しくらい陽《ひ》に焼けて色褪せてでもね。あとでちょっぴり後悔するかわりに、自分で着てみて、悦に入《い》る。趣味みたいな、人生の余興さ」

　小さく赤い紅輪タンポポや、深いサファイアブルーの澄みとおったスカビオサの花がささやかに咲いている。はぐれたようにミツバチが一匹来ていて……たぶんうちの子だな。

　紅輪タンポポもミツバチも互いにくすぐったそうで、ミツバチはお辞儀をするように付かず離れず行ったり来たりと空中で距離を測りながら、着陸の頃合いを見定めている。

「女装はね、コツがあるんだよ」

　エミールは得意になって語ってみせた。「成人の男が女装するとき、気をまわすのはヒゲとか脛毛とか、場合によっちゃ胸毛とか、化粧の仕方とかの肌感だ。あとは髪……似合うかつらを用意して、せいぜい咽喉《のど》仏を隠す。スカーフを巻いてブローチで留める。帽子をかぶって、ドレスを着る。そこまでやれれば上出来なほうだ。ドレスを着るからにはコルセットも締める、必要に応じて詰めものもするだろう。だけど一番大事なのはそこじゃない」

「コツ？　しぐさとか声？」

「しぐさはね、女装をそれなりに整えると、おのずと周囲の期待と、装身具のあるべき姿に順応して、脚を閉じて椅子に腰かけてるもんなのさ。たとえばね。気づけば自分の髪を指でつまぐったりだとか、女性らしい仕草をやってるもんなんだよ。そもそも女らしい仕草ってのはさ、女だからという以上に、髪をふんわりゆっていたら、帽子の風よけの紗をおろして、首で優雅にリボン結びにする必要が出てくる。レースが豪華なふわっとしたブラウスを着ていたら、角砂糖を紅茶に浮かべる手つきも袖口を気遣って、おしとやかになってる。そういう美しい所作への順応に過ぎないんだ。僕はそうはいっても女の服に慣れてない。だから、あんまり無様《ぶざま》にならぬように心がけるし、かといいわざとらしくして奇妙に目立つのもみっともないから、いちいち慎重になるだろ。すると女性の服を日常的に着こなしている颯爽とした女性より、よっぽど初々《ういうい》しく、女らしい仕草になってる。コルセットを締めたり、高いヒールの靴を履いたり、レースの縁どりの長いスカートを穿いたりすれば、風にそよぐように自然と誰でも《女らしい仕草》になびいているんだ。よっぽど意識的に《自分らしく》真ッ向から男らしい振る舞いをして梱突かないかぎりはね。そうしてみると男も女も、日常の社会生活において、思ってみるほど、さほどの差はないのかもしれないよ。だけど忘れちゃならないのは関節を隠すこと」

「関節？　肘とか——手首とかの？」

「あと膝と、くるぶし。手指も忘れずにね——関節だらけだろ。適度に肌を露出するのは大事なんだ。見せすぎてもダメだけどね。覆いすぎると、男なのを隠しているのが却ってあらわに透けて見えるんだよ。その境界線が関節なんだ。僕はまださほど背も大柄になってないし、身づくろいと化粧を一からきちんとすれば、あとは笑顔……はにかみかたで、女の子で通用するよ」

「たしかに坊や、そこそこ可愛い。場合によっちゃ、かなりの美少女のたぐいかね」

ソーニャは川べりの原っぱに寝そべると頬杖をついて、エミールをまじまじと見た。

「だけど骨格はやっぱり女の子のエミリヤと比べてみると、僕の関節が徹底的に似つかわしくないんだよ。だから肘と膝を隠すのは必須だ」

手首にリボンを結び、あるいはブレスレットをはめて、レースの手袋を忘れずに。冬だったら毛皮のマフだ。

「関節以外は、なるたけ覗かせる。胸元も、襟足も。そこはかとなく粉をはたいて、香水を染みこませたハンカチを胸元に忍ばせてもいい。街に下りて着飾って歩けば、お茶とケーキには大抵ありつけるよ、僕は。誘われんだ。で、次の約束をして、トンズラさ。相手の紳士は、僕を少年だとは思っちゃいないからね。目上の者に挨拶しろだの、人を人とも思わぬ小僧っ子扱いで、軍隊さながら長々と説教をぶつ真似は控えてくれる。偉そうなのは変わらないし、おまけに鼻持ちならぬ独特のいやらしさが滲み出てくるけどね。やっこさんは最初から最後まで僕に担がれているだのとは、思いもよらない。素敵なコケットとの今後に期待を高めつつ、真意を探りあう、あやういひとときを楽しんで、お茶代なんて安いもんさ。大きな損はさせてないね。僕はやっぱり男だから、若い娘にどんな反応をされたいか。男にどこまで踏みこませると危ないか。自分に照らし合わせて、まあ見誤らないよ。どんな立派な紳士も、したたかで分厚い面《つら》の皮を剝いだら、内心はわりとウブ。さもなきゃ、とんでもなく傲慢で、分を知らない。そのどっちかさ。あるいは両方だ。いずれにしたって餓鬼だからね。僕自身とさほどのギャップも感じない。おかげで肩ひじ張らずに気ままなお芝居が楽しいよ」

「あれまあ、とんだ――」

「役者だろ」

エミールはクスッと悪戯っぽく笑ってみせながら、肌寒さに、自分の腕を身に引きつけた。腕をこすって熱を熾《おこ》した。

いつの間に暗い。

紅輪タンポポに寄りついていたミツバチも気付けば姿が見えなくなっていた。天気が翳《かげ》ってきたのか、陽が落ちたのか。フラミンゴの羽根の赤味を孕んでいた明るい雲も、薄闇の消し炭に埋もれて、夜風が垂れこめてきていた。

昼間は鬱陶《うっとう》しいほど光を乱反射して、川底まで柔らかに陽光を封じこめていた川面は、まったく暗く冷たくて、白々しい音ばかりがせわしない。

この付近は街灯などもってのほかで、電気も満足に来ていない。ソーニャもそろそろ帰り道が気掛りらしく、スカートについた草や土くれを手で払いながら、立ち上がった。

「あれ？　ソーニャ、落としたよ？」

エプロンのポケットにでも入れておいた丸い小さな手鏡が、立ち上がった拍子に川に滑り落ちたか。エミールは慌てて身を乗りだしたが、摑み損ねた。

さいわい、鏡の小さな明かりが目安になる。みるみる離れていくから仕方がない、エミールは、靴を履いたまま暗い川へと踏みこんだ。ほんの片足一歩だけで取れる筈だった。見ている先をあッという間にすり抜け、暗い流れの中を滑り、時おり沈む。深さの加減を量りそこねて、ここだ……と手を突っこんで、もっと先を流されていく。

上へ下へ、浮かんだり沈んだり、転がりながら流れていく光は、水に映ってチラチラし、距離感がつかめない。

川底は石でごつごつと不安定で、絶え間ない水音と流れの渦中にてエミールは前後左右の感覚が攪乱され、バランスを崩してひっくり返った。暗がりで尻餅をついて、下着まで水が透ってズンと冷たく全身に衣服が張りついてきたときに、凍える恐怖感にじわっと支配された。

(なに、やってんだ——僕は)

浅瀬に踏みこんできた何者かに襟首を引っ張りあげられた。首根っこを摑まえられつつサスペンダーをぐいと吊り上げられた。

草地に放り投げられるようにして、エミールは這いずって岸に上がった。

エミールは一気に震えだしながら、黒い影を見上げて、しどろもどろに弁解した。

「だって鏡がさ……」

「あれはかぎろいだ。追うな」

ドラガは頭の被りものを脱ぎはらった。暗い影がいっそう立ちこめる——翳りの深さを強調する隈《くま》が黒々として、炯々《けいけい》と揺らぐ光を湛えた厳しい目つきだ。エミールは夕闇の底に坐って、出口を見上げている心地で、奴の真意を穿つようにドラガの素顔を見ていた。

ソーニャがつんのめりそうに駈け寄ってきた。

「ソーニャ。鏡を落とさなかった？　取れなかったよ、ごめんね」

つくろい笑いをしてエミールが謝ると、ソーニャは生まれたての仔鹿を思わせる足腰で危うく膝をこらえるように立ちつくしながら、ただ茫然と首を振った。薄汚れたエプロンを外すと、エミールの顔やら手やらを拭った。

エミールは、なされるがままでいたが、

「そろそろ……行かなきゃ」

「そりゃそうだわ、はやく火に当たらないと、ぜんぶ乾かさなけりゃね。また明日」

エミールは頭《かぶり》を振った。

「お別れだ。そろそろ僕らは……行かないといけない」

新たな目的地を目指して、荷造りを済ませて出発せねばならない。

「……店じまいだ。明日にもここを発つ。かぎろいのはちみつは、もう充分に採れた」

かぎろいの谷の薬草の開花時期は、すでに盛りを過ぎた。「……むしろちょっと長く居すぎた」

「もう一日だけ待ってくんない？　おねがいよ」

エミールは、ゆっくり聞き返すかわりにソーニャを黙って見返した。

ドラガが物言いたげな暗い目つきをエミールに寄越したのがわかった。エミールはドラガに、ぞんざいな一瞥をくれて突っぱねた。

ソーニャは、男二人の目線の動揺と、寡黙なやりとりを、エプロンを手にしながら、夕闇に浮かび上がる仄白い顔つきでひとりぽつねんと見守っている。

エミールはソーニャに向き直った。「どうして」

「はちみつをどうせ市場におろすでしょう？　それまで同乗させて。街に下りたら必ず住みこみ先を見つけるから。連れてってよ」

レンゲ畑の養蜂箱を積んで待っているロバが、強風に煽《あお》られた足取りで、風もないのにズタッと足をもたつかせた。蜜を蓄えた養蜂箱が不安定にぐらついた。

エミールはソーニャの肩越しに、呪いをこめて忌々しくドラガを見やった。せいぜい射抜くように威嚇してやり、ドラガは心得たように背中を向けた。頑丈な背筋が暗がりで真っすぐ際立って見映えした。若い娘であれば寄りかかり、ついすがりつきたくなるだろう。

ドラガは待たせておいたロバを宥《なだ》めつつ、そのまま手綱を引いて遠ざかっていく。

ソーニャは、ドラガに目もくれずエミールにまっすぐ訴えかけた。「わたし、一緒に行っちゃだめ？　お願い。働くから。……わたし片耳がダメだしね、すぐには住みこみ先が見つかるかわかりゃしないけど、学もないしね。だけど……」

「そんなのはいい。ただ決して楽な旅じゃないよ。それこそ野辺で用を足す日もある。晴れの日ばかりじゃない。嵐の日なんて最悪なんだ。いちど家を出て僕らと一緒に来たら、簡単には引き返せない。別れを惜しむ人はない？」

「居たらいつも独り川辺でつくねんとしてやしないわ。むろん引き返すなんて、はなから考えるもんか……家出してから舞い戻ったら、居場所なんてありっこない。エミール、あんたに言われてから日がな考えてたのよ。日増しに、片時だってもう家に居るのが嫌なんだ、ただ行くところがないだけ」

エミールって初めて呼んだ、ソーニャ。

エミールは寒気をこらえきれずに、ずっしり重たく水びだしになっている全身をずりあげる心地でソーニャを見つめた。歯の根がガチガチぶつかるのを噛みしめてこらえながら、ソーニャを安堵させたくて精いっぱい笑いかけた。

「わかった、ソーニャ。そもそも僕が言ったんだ。逃げだしなって……よく決心した。仕事は冬までにゆっくり見つけられればいいさ。今から慌てなくても、きっと大丈夫だ。手荷物は最小限にまとめて、こっそり出てくるんだ。それから必ず書置きを残しておいで。朝までは、ばれない場所に。でも必ずわかる場所に。でないと遭難でもしたと村中で捜索が掛かっては大事《おおごと》だ。あくまで短い手紙を書き置くんだ。誰と行くかなんて書いてはだめだよ。できる?」

「やる」

ジプシー馬車の花追い人が発ったのと時を同じくして、若い娘が姿を消したとあっては人さらいだと勘繰られる。いらぬ追手がかかっては、かなわない。

「出発は明日の晩だよ」

「夜なの?」

「ミツバチは日中、外で蜜を集めて、日暮れ前には帰ってくるから。夜の睡眠時間以外に、越冬期でもなく陽の高いうちから長時間、巣箱に閉じこめて移動するのはミツバチにとっててんで好ましくない。僕らの稼ぎ頭だし、大事にしてやらないと。それでソーニャは抜け出せる？」

「平気。へましないわ。兄さんは今の時期、日の暮れる前に夕食を取ったら、酒場まで飲みに出る、さもなきゃ近所にカードをしに行ってやっぱり飲むから。帰りはいつも午前様だもの。わたしが牛の乳しぼりをする朝方に起きてこなくて初めて義姉《おねえ》さんが気づくはず。だから必ず、待っててよね？」

「もちろんだ。明日、旅立ちの前に戸外でささやかなパーティをしようよ。大がかりなのはできないけど、それでもはちみつ尽くしの料理で腕を振るうさ」


エミールは数年前まではよくエミリヤと服を交換した。男役と女役を入れ替えたり、似せあったりして、芝居をするのがもっぱら二人の遊びなのだった。

エミールはエミリヤを演じ、エミリヤもエミールになりすまして、芝居ッ気を逞しくしていた。たまに両親や使用人を担いで、出来を確かめた。

エミールに賢さがあるとするなら、エミリヤのおかげだった。エミールはエミリヤともども徹底的に世間知らずで、その分、双子は二ツでなく四ツの曇りない眼で世界を眺めた。澄んだ網膜に映る人間を、物珍しげにくまなく観察した。ときどき無自覚に早熟《ませ》た見解を繰りひろげて、大人たちの顔色が変わるのを、即座に察して二人で無邪気に屈託なく取り繕った。お互いで子供らしさを補いあう術を体得した。

一人ではおよそ思いおよばぬ理解を二人で深めて、意識を高め、あるいは腐敗させるのだ。藪に匿《かくま》われている朽ちかけのローマ式霊廟で、水辺の花に埋もれて死んでいるオフィーリヤを再現する。あるいはバルコニーの逢瀬をくわだてるロミオとジュリエットだ。

ままごとで、ごっこだが、それでも本格的にやる。

熱心に遊んで原文で読んだおかげで、英語の古文が達者になった。

エミリヤは本気で女優の道を目指しており、たしかに天性の女優めいて美しい。台詞の行間を読んで、登場人物の心境を解するのが得意だ。いっぽうエミールが一番得意なのは、エミリヤの髪を編んでやることである。

エミリヤは、またエミールも歌が好きで、屋敷に出入りしている音楽教師を唸らせもした。

この子達にはもっと本格的なレッスンを受けさせるべきです――。

両親は、双子を断固としていかなる学舎にも入れたがらなかった。安全と警備に不安があるからだと。のちの事件を鑑《かんが》みれば、両親には既に具体的な懸念材料があった。漠とした不安でなく、きたるべき有事に備えていた。しかし寄宿舎に暮らしたならば……。――僕らは襲撃を免れた。その可能性を考えてはみなかったんだろうか。親と暮らせば守ってやれると……近くにいれば子供は安全なのだと信じていたかったのか。あるいはたとえ短くとも今この幸せな時間を……ギュンツブルグ家は生きるも死ぬも皆、一緒。共にあれば、心細くもないからって……？

エミールは別段、学校に憧れもしなかったが。同級生との人づきあいは、双子同士で既に実践済みで、これ以上に愉快で刺激的と思えなかった。学力自体に不足はないから、行ったら行ったで、程々にうまくやれたのかもしれないが。

——双子なのに性別がちがう。つまりぼくらの違いはすなわち全部が男女差って都合で片付くのかな。

——あたしたちは本当は同一人物で、だけど二人いる。二種の肉体を持っている。二種類の可能性を体現している。まあそうなんじゃないかしら。

——はしかだって一緒にかかったしね。

——おたふく風邪も、水ぼうそうも一緒にやったわ。あたし、ひとつだけ、わき腹に痕が残ってる。

——おそろいだね。ぼくと。

——そうね。ふふ。

——みぞおちにも小さく二つばかり、ぼくは丸いやけどみたく残ってるんだけどさ。

本当はエミリヤの背中にも一ッ、痕が残っているのを知っていたが言わなかった。エミリヤはきっと気にするし、わからなくていい。自分で鏡に背中を映してみても、おそらくよく見えないくらいの、ささやかな痕だ。大人になったらきっとますます薄く目立たなくなるだろう。それまで、ぼくが秘密にしておくくらい罪じゃないよ……。

——ねえエミール、こないだの修身の時間で、新約聖書の『エペソ人への手紙・第五章』をやったのを覚えてる？

——《夫は妻を、おのれの肉体さながらに慈しむべし。妻もまた夫を、おのれ自身のように愛すべし》だろう？

——ちょっと違う。《妻は主《しゅ》に仕えるように、夫のもとに降《くだ》るべし。なんびとも、おのれの肉体を嫌悪する者などいない。みずからを養い慈しむものであるから。妻の肉体は妻自身のものにあらず、夫のもの。夫の肉体は夫自身のものでなく妻のもの》とんだ詭弁《きべん》よね。

——ああ、エミリヤ。『コリント人への第一の手紙』でも言ってるけどさ。《欲情によって信仰が妨げられるならば、男は致しかたない、早々に女を、妻に娶《めと》れ。そのほうが堕落するよりましだ》とある。実際……聖書の至るところにね。

——ひょっとしたら男の人にとって、真理を突いているのかもしれなくたって。信仰の邪魔になる欲望なら、はけ口に女を妻とし手元に置くほうが、娼婦を買うより身のためだ。そう公言して、舌の根も乾かぬうちに、夫婦の一心同体をまことしやかに謳《うた》うだなんて。聖人面にも程がある。笑っちゃうわ。はけ口にされる女のほうは、たまらないわ。それで一心同体のつもりで好きにされても笑止だわ。

——たしかにね。ギュンツブルグ家に悪さするお遊びを考えるあまり、お祈りに励む時間がないなら、早々にギュンツブルグを召し抱えよ。憂さを晴らし、陰湿ないたずらをしてもいい。所有者は誰しも自分の持ち物を大切に扱うものだ、召使を意のままに酷使し、虐げる者などいない。そんなデタラメ言われて有難がっていたら、足りないんじゃないか。

――聖書は万人のための読み物なんかじゃないと思う。女の人に読まれる想定をしていなかったんですもの。一見、女の人に向けて書いているくだりも、男の人に、女のあるべき見本と、女との関係性を呈示しているだけだもの。

――のちのちまで、こうも読みつがれる想定に足らなかったんだよ。書き手は神の御言葉《みことば》を伝承する敬虔《けいけん》な使徒にせよ、もとは当時のただのおっさんだもの。いや、迫害を受けた分、きっと卑屈なおっさんさ。

――おかげであたしはずいぶん不愉快ったらないわ。

――殺すな、盗むな、手あたり次第に攫って、奴隷にして虐《しいた》げると社会が乱れるっていう、最低限あるべき社会規範を定めてる律法だ。聖書は、低レベルの価値判断のラインを世世《よよ》の荒くれや匪賊どもに、ご丁寧に示してやってんのにさ。それを最も理想的な神の御心《みこころ》みたいに高尚ぶって受け止めようとするのが、履きちがえてんだよ。

――神さまとの関係については常に高尚で敬虔な信仰が、求められているから。

――そりゃそうさ。慕い、救い、救われ、または罰する。この関係性の根幹がぐらついたら、親方をなくした子分と同様、信徒はごろつきに逆戻りだ。

――その点を厳《おごそ》かに強《し》いられるせいで、他のガイドラインまで厳かで崇高だと見誤るのね。

――とおり一辺倒《いっぺんとう》の浅はかな想定しかできてないんだ。おのれの肉体を嫌悪する者などいない。みずからを養い慈しむ……ってさ。おのれを嫌悪していて、みずからを痛めつける人間だって、およそごまんといるしねぇ。そういう人は妻を……あるいは夫を……自らの片割れとして、おのれの代償としていくらでも痛めつける。その愚行を聖書は戒められないどころか正当化して、婉曲的に奨励しちゃってる。美化すらしてるよ。

――真意は優しさをはぐくむ関係を提唱しているんでしょうけど。エミールの言うとおり、読み手次第でいくらでもどうとでも……。あるいは真意が優しさとか許容とかいう名のもとに愚行を正当化してるの？

――さあ、どうだか。病める時も貧しき時も一丁前に一心同体ってなら、そうなんじゃないか。

――そんな。それが試練なら、試練なんて神さまの虐待よね。

――どうしても恨むなら、人を恨まず、神を恨め。神を呪えって理屈だったら合点がいくな。さすが神さまだ。矢面《やおもて》に立ってくれる気なんだ。

――でも神を罵《ののし》ったり呪ったりしてはダメだと、聖書の至るところに再三、記されてるのよ。

――そこだよ、ね。だから悪魔が居るのかな？

――恨みたいなら悪魔を恨めよ。恨みを買わせる捌《は》け口で、汚れ仕事の悪役ね？　訓《おし》えがうまく機能しないときは、《悪魔の仕業《しわざ》》で、まあるく治まる。さもなきゃ《異教徒》と《魔女》のせいよ。

――ぼくは、自分を憎んだとしても、エミリヤに矛先を向けたりしないよ。絶対に。

――知ってるわ。あたし、エミールに八ツ当たりされた覚えがないもの。エミールは自分がどんなに怒られても、失敗してしょげていたって、あたしに優しい。怪我してても、熱が出てても

――

むしろ熱が出て体が弱ったりすると、エミールは箍《たが》が外れて無防備にエミリヤに懐いた。エミリヤはすると、エミールをじっと見ながら額に手を当てる。次におでこをごっつんこと重ね合わせて体温を感じあう。互いにさっぱりわからない。おんなじじゃないか？

ばあややを呼んで、体温計で計ってもらう。水銀の体温計を勝手に扱うとこっぴどく叱られるので、必ずばあやに頼まねばならない。すると大抵二人そろってパジャマに着替えさせられるのだ。それぞれのベッドに寝かしつけられ、いつも一緒に過ごすせいか風邪をひくときも熱が出だすときも同時なのだ。

——だってエミリヤに優しくしていると幸せなんだ。いやな気分も忘れるよ。自分が痛めつけられたとしても、ひどい目にあったって、真っ先にエミリヤを守りたいんだ。

——そうする自分を好きだから？

——うん。

エミリヤは、やや首をかしげて、ふわっとエミールを包みこむ、憂鬱が淡く影差すような笑顔で、

——好きよ。エミール。

——うん。エミリヤはぼくの真心を誰よりわかってくれる。わかってくれなきゃ犠牲にだってならないね。わかってくれれば、それでいい。あとでエミリヤにうんと甘えて、優しくしてもらうから。

ソーニャは花束を両手いっぱいに抱えてやって来た。

花束は新聞紙にくるんできていた。家の向かいにある花畑の間引いたものを、分けてもらってきたのだ。野ばらとポピーだった。ポピーは頭上の空さながら夕映え色をして、黒々とした夜闇を秘めているように芯が黒い。焼菓子に使うポピーシードや、高価なポピーシードオイルを捻出するためで、モルヒネを産出しない種《しゅ》である。

野ばらはほんのりと桜色をしている。野ばらといっても栽培種で、ローズヒップを採るイヌバラだ。イヌバラは一重咲きの小ぶりな野ばらで、藪を成す。眠り姫の城壁を取り囲み、這いのぼった茨は、おそらくこのイヌバラだったんじゃないか、と感心するほど絡まって育つのだ。それで枝打ちしたり、間引かざるをえなかった花々を、折よく譲ってもらったようだ。ふちが桜色の仄白い花びらに、中の花粉が淡雪の柔らかさで黄色く映えて、優しげだ。野ばらなだけに棘の数が桁違いだ。

ソーニャは、丈が長いままの花々を濡れかけた新聞紙にくるんでやって来た。ソーニャがエミールの隣に腰を下ろした時、花の冷たい香りに混じって、新聞紙のインキのにおいもまぎれてした。

ソーニャはとても嬉しそうだ。

アメジストセージの冴えざえと涼しげな房が四分休符のような曲線で、煙るように咲いている。その一隅に陣を敷いて、腰を下ろした。新聞紙を川辺に広げ、ポピーとイヌバラをブーケに誂《あつら》える。痩せた指に棘を刺さぬ注意をしながら、イヌバラを軸にして、ポピーと交互に不揃いな茎を束ねていく。膝元のアメジストセージを手折って、紫の穂を差し色として隙間に挟んだ。色合いを考えあぐねて、媚びのない器用そうな手つきで迷うひととき、しなやかである。

「ナイフある？」

「ああ。うん」

エミールがベルトに下げている革の鞘からナイフを抜いて渡すと、ソーニャは茎の裾を切りそろえ、藁を編んだリボンでくくった。仕上がった花束は、街のおしゃれなレストランの軒先を飾る華やかなフラワーポットや、妖精画の婚礼ブーケも顔負けに綺麗だった。

「昨日のお礼よ」

「僕に？　昨日の？　鏡だったら拾えなかった」

「じゃあ昨日じゃなくていい。お礼。ありがとね」

「なにもしてないよ。川でおねえさんに声をかけた、それだけだ。ソーニャに花を渡さなきゃなんないのは僕のほうじゃんか」

「ありがとう。もらっといてよ」

とっておきをわけてくれた感じがした。エミールは押し付けられるように冷たい花束を抱きながら――そうさ……養蜂家は花が一番うれしいんだ……。

新聞紙の上に散らばっている虫食いの葉や、枯れかけの縮れた花びらなどを、ソーニャは紙を広げてサラサラと川面にこぼした。散った残骸は川に消えると、夕闇で、流れていった先はもう見えなかった。

「——あのさ。ソーニャ」

「そろそろ行く？」

「僕は……嘘つきなんだ」

「……なに」

ソーニャはわずかに殺気立って、平素のように、すぐにもへそを曲げたりはしなかったが、怯えていた。本当は連れて行けない——たとえばそんな拒絶を恐れていた。

早合点を打ち消すようにエミールは、

「双子なんて、いないんだ」

「病気なんじゃないの？　じゃあ……銀の蘭を探してるってのは？」

「死んでるんだよ。とっくに」

——ギュンツブルグ家が襲われたとき、深夜だった。

双子は同じ部屋で、別々のベッドに寝ていた。

ギュンツブルグの屋敷は丘の上にあった。かつてほとんどの領主の屋敷が一等眺めの良い高台に陣取っていたようにだ。ギュンツブルグ家もご多分に漏れず——むしろ典型的な、二頭引きの馬車が二車線通れる広い道幅のカルディナル通り——なだらかな坂道がまっすぐ登りつめた先にあった。

沿道には剪定された街路樹がずらっと立ち並んでいる。年に一度か二度、強風が吹き荒れる晩に、街路樹の狭間を抜けて坂下にせき止められた風が、路面を一気に駈けのぼってくるのだった。

強風で知られた土地でもなかったから、地形と区画のもたらすイタズラだ。

強風は津波さながら押し寄せて、重たい鉄柵門を、錆びたブランコを漕ぐような音で軋ませるのだった。大勢の不揃いな跫音が迫りくる地響きをたてて、雪だるま式に膨れ上がった強風の束は、正面扉まで難なくたどり着いた。激しくドアを叩き、体当たりを喰らわせ、数時間もしぶとくノックを続ける。

そのうち、大きな風が波打った拍子に、鍵をかけて鉄製の閂《かんぬき》を渡してある扉が勝手に、弾け跳ぶように開いてしまう。玄関に下がっている数々の呼び鈴の紐がいっせいに煽《あお》られ、揺れ動き、いろんな鐘を闇雲《やみくも》に突き動かす。呼び鈴は執事が使用人との連絡をとる手段の一ツなのだが、風の音でエミールがなかなか寝つけずにいて、ようやく寝入りばなにさしかかった夜更け、突如いっせいに鐘が鳴りだす驚きといったらなかった。

肝を冷やしながらも勇気あるエミールは、幼いとき寝惚けまなこで、ふきぬけた中央階段の手すりごしにしゃがみこんで、階下のホールを見下ろした。使用人が慌てて扉を閉めに戻るまで、開け放たれた大きな扉が、バタン、バタンッ――と弁のように壁にぶつかっては野放図に跳ね返されてまたぶつかった。暗闇の中で人気《ひとけ》がなく、寒々しく閑散として、物音に気付いたパスが犬小屋から出てくる鎖の金属音が、開け放たれた玄関口から聞こえていた。

事件の晩、物音に目を覚ましたエミールは、
今回も物騒な風のしわざだ――

と、一旦やり過ごした。

「……みんな殺されたんだよ。僕だけ助かった」

§

玄関ホールの呼び鈴は、風特有の無秩序で気ふれじみた鳴りかたをする気配もなかった。エミールはしびれを切らして、寝台で体を起こした。膝を抱きつつ、エミリヤを起こすか迷っていると、強風とおぼしき騒音は、はたと止んだ。

パスの吠え声がする。

ついで何かが倒れて割れる屋敷内の振動と、抑制のきいた足音、耳慣れぬ低い声が立ち昇った。

エミリヤも機を見計らっていたように、バサッと身を起こした。

《なに、いまの。だれか来たわ》

《着替えろ、エミリヤ、服を着ろ》

エミールはベッドの裾の衣裳ベンチに用意しておいた翌日の自分の服を一抱えにすると、エミリヤに放り投げた。裸足のままベッドから下りると、自分はエミリヤの服をひっつかんだ。

《強盗だ、たぶん》

いまだ訝《いぶか》しげにベッドでエミリヤが耳を澄ましていたときに、火薬の破裂音が二発。いや三発……。エミリヤも殺気立ってベッドから飛び降りた。

《エミリヤはやく。ぼくの服を着るんだ。男の子の服を》

《エミールは》

《ぼくはエミリヤの服を着る。だいじょうぶ》

エミールは、明りもつけずに暗がりでエミリヤのドレスをつっかぶりながら、声を潜め早口で
《連中はきっと押込み強盗だ。武器を持ってる。若い女の子なんて見つけたとたんに、行きがけの駄賃に無茶苦茶する》
元々その気がなくったって、残酷に気が立ってるところをネグリジェ姿のエミリヤなぞ見つけたら、いい餌食だ。連れ攫《さら》っておもちゃにして、助けを呼ぼうとも声を上げられなくされた挙句に、なぶり殺される。事と次第によっては幾人もでさんざん狼藉《ろうぜき》を働き放題して、用済みに始末するだろう。《言ってる意味、わかるね？　エミリヤ》
エミリヤは黙って険しい目をして頷きながらネグリジェを脱ぐと、黙々とエミールの服を着た。エミールがエミリヤの白っぽいワンピースドレスの背中の貝ボタンに四苦八苦しているのを、エミリヤはエミールの背後にまわって、てきぱきと留めてくれた。エミールはエミリヤに帽子を渡し、エミリヤはウェーヴの銀色がかった赤い髪をねじって帽子の中におさめた。靴だけはサイズが違うので、それぞれ自分の靴ひもをきつく縛った。
《あたしが乱暴されるならエミールだって保証はない》
《わかってる。だけどぼくはエミリヤよりも足が速い。ずっとすばしっこい。お屋敷の御令嬢だとむこうが甘く見誤ったら、しめたもんさ。逃げ出せるチャンスはある。たとえ見つかってもね》
《ふたりしてクローゼットの中に隠れていれば》
《きっと見つからないかな。この家は広いんだ》

《ベッドがもぬけの殻なら、ばれちゃうかも》

《窓を開けよう。カムフラージュにさ》

カーテンの隙間から恐るおそる外を覗き見た。《あ——外に見張りがいる……》

連中が何人、居たのかは知らない。かなりの大人数——寝込みを襲われたとはいえ十数人は居る気がした。しらみ潰しに大きな屋敷の……小さな部屋まで一ッ一ッ改めて、使用人だろうと、誰であろうと生きた人間を問答無用で、機械的に射殺している銃声、短い蛮声——。

屋敷内は一斉駆除の土壇場と化してきた。

目を見合わせながら無言で心許なくおたがいの指を絡ませ、どうしよう。どこに逃げたら。どこに隠れよう。二人で部屋の隅っこの暗がりで立ち尽くしていたときに、

《逃げなさい！　子供たち！》

階下で母親の金切り声が聞こえた。《エミリヤ！　エミー……》

銃声だ。エミールと名を呼び終えぬうちに破裂した。

……ああ、あのときの母親の「親心」は果たして適切だったか。あの悲鳴は連中にぼくら双子が屋敷内に隠れていると暗に示しただけじゃなかったか。おそらくぼくら双子が二人仲良く悠長にベッドでいびきをかいていると思っていたに相違なかった、母は——逃げなさいと叫びながら

——助けて、助けを呼びにいって！

そんな悲痛な呼び声をあげているようにしか聞こえなかった。

母親の絶叫を合図に、二人して火がついたように泣きだして、エミールはエミリヤと勢いよく

廊下の扉を開けた。
長い廊下を駈けだしてすぐに黒い人影が物音もなく階段を登りつめ、双子に向かってくるのが分かった。エミールはくるりと踵《きびす》を返してエミリヤの腕をひっつかむと、もとの子供部屋に引き返した。エミリヤは人影の正体に気付いていたのだろう。一瞬、エミールに無言で異を唱える仕草をした。エミールはエミリヤを振りほどいて、やさしく突っぱね、寝室に押しやった。もう間《ま》に合わない――バタンと二人の間《あいだ》にドアを立てた。
エミールは廊下で腰をがっしりと男の頑丈な腕で摑まれた。体が宙に浮くと、スカートの裾が頼りなくエミールの膝をあらわにした。フワッとそよいだ、ひっそりとした空気がエミールの大腿をひんやり撫でたとき、
まずい――
エミールは声もなく青ざめた。髪だって女の子ほど長くはない、一瞬の攪乱《かくらん》のためであったはずだ。自分が正真正銘の女の子に見誤られていると確信したとき、足場から一気にくずれる危うい恐怖に襲われた。エミールが仕掛けた罠に相手はいわばまんまと掛かったにすぎなかったが――エミールはとてつもなく慄《おのの》いた。肘で相手の咽喉仏《のどぼとけ》を押しこくって、跳ねのけ、ズタッと両膝から一気に落ちた。脛を打ちつけた痛みにも瞬時に立ち上がらんとし、足掻いたところを、今度は羽交い締めに抱き起こされて、軽々と脇に手挟《たばさ》むように抱えられた。
《おとなしくしてくれエミリヤ。助けに来たのだ》
《ちがう》

ドラガよ違う……！　ぼくはエミリヤじゃないと喚《わめ》きかけたエミールの口を、大きな分厚い掌で遮二無二《しゃにむに》、ふさがれた。息苦しく、口を封じられた屈辱と絶望にちかい憤りで、涙が逆流して噎《む》せこんだ。息継ぐ隙も与えられずエミールは呼吸困難に陥った。思い起こすと今でもまともに息ができなくなる。溺れる者の口をふさぐドラガの手を払いのけようと藻掻《もが》くと、

《騒ぐな。見つかる》

ドラガは温度のない声で言いつけた。そのままエミールを庭園の霊廟まで抱えていった。頑丈で、頼もしい足取りが、霜柱の針を俊敏に踏み砕いた。

月光の下でエミールは荷物のように降ろされて、

《ばかッ！　ぼくはエミリヤじゃない。エミリヤは寝室にいる、子供部屋の――》

嗚咽じみて呼吸が引きつけ、声になっていなかった。鞭が空《くう》を切るような息遣いがヒステリックにひゅうひゅう喉笛を抜けた。エミールはしまいに無言でドラガを押しこくった。

ドラガは呆然としていた。エミールを助けるつもりじゃ更々なかった、助ける気が爪の先ほど有ったとしても、エミリヤを助けられた二の次の、ついでのつもりで――そんなのは端から承知だ。問題は、エミールがエミリヤの身替りに助かった、じゃあエミリヤはぼくのかわりに――

エミールは咽喉《のど》から血しぶきを飛ばす焼けつく声で、

《……はやく戻れ！　馬鹿が！　ぼくらは二人一緒に助かろうとしてたんだ！　ぼくはエミリヤと一緒に助かろうとしてたのに……よくも余計な真似をして。はやく戻れよ！　この恩知らずが。この――》

ドラガはエミールの罵りを聞き届けぬうちに、獣じみた目つきに立ち返ると、屋敷に舞い戻った。その間にエミリヤは男の子の格好で殺されていた。

エミールはソーニャに詳しい経緯は語らなかった。エミリヤは死んだんじゃない、殺されたんだ。若くともそれなりの寿命をまっとうして、親しい人に見守られながら安らかに息を引き取ったのと訳が違う。死ぬとき最も一緒に居たくない悪漢と一緒に居た。もっとも身近な者に突っぱねられて、捨て置かれた。

エミールは誰にも話したくなかった。ドラガが知っているだけでも苦痛なのだ。人に話せばエミリヤの死の恐怖や絶望のみならず、圧倒的敗北と屈辱の瞬間を――ぼくらの失敗を、幾度となく反芻《はんすう》し、咀嚼《そしゃく》しては吐き戻し、再度、呑みこんではえずく苦痛で蘇らせる。気高くあるべき死を、悪臭と涎まみれに汚すのとおんなじ気がする。

そんなのは耐え難いのだ。

銀の蘭の一党を同じ目に遭わせてやって初めて……澄みきった悲しみで、エミリヤを恋しく清らかに思い起こす芸当もきっとかなうのだ。

「僕とエミリヤは双子だけど、エミリヤは十二歳のままだ。同い年の双子なんてだからこの世にいない。エミリヤのことを話す時、年下の妹について話してるみたいだって言ったろ？　ソーニャ、そんなつもり僕は全然なかったんだ。ソーニャに言われるまで、自分で気づきもしなかった」

「……ごめんね。エミール」

「いや、僕こそ。騙すつもりはなかったけど、素直に言うのもいやだった。それで結局、騙してるのと同じなのを分かってて、黙ってたんだ」

エミールは、もらった花束を大事に小脇に抱えて腰を上げると、ソーニャに手を差しのべた。

ソーニャはエミールの手を取って腰を上げた。

「荷物、持つよ。ソーニャ」

「いいの？」

「今日だけさ。花をもらったし」

エミールは冗談めかして控え目に笑いながら、今やすっかり暮れた空をふり仰いだ。

「あぁ……エミリヤが居たらなあ」

エミリヤの柔らかい巻毛にさわると、ふわっとしたポピーのみずみずしい花びらをゆっくり握りつぶしていきたくなるのと同じ、あやういトキメキがいつだって奔《はし》った。イヌバラの花びらみたいにエミリヤは仄白い桜色の肌が香ったんだ――。

「この花束を持って帰ると、あの子がいればきっとすごく喜ぶよ……！」

炎の映った煙が立ちこめているように、鈍色《にびいろ》の夕闇がまだ赤味を帯びている。

連中は屋敷を焼いた――ドラガは罪滅ぼしのつもりか夜盗の一人を捕まえると吊し上げた。

すると悪党は強盗でなく雇われ匪賊である。リリエンタールと名乗る貴族に殺害を依頼されていた。《ギュンツブルグ家を皆殺しにせよ。跡取りを根絶《ねだ》やしに。女、子供も使用人も庭男も例

外なくだ》

依頼主であり雇い主の貴族は、青い焰を吐いている蒼龍と銀の蘭の紋章をつけていた。報酬の半分を、既に前金で寄越したのだと。

《目には目を——ギュンツブルグには制裁を》

屋敷まで焼き払ったら、倍の報酬を弾むと約束していた。

わかったのはそれだけ。

あとの知りたい情報は元より賊が知りえなかった。賊が恐怖に戦《おのの》き小便を漏らしながら、白目を剝いて白状している間にも、屋敷では既にカーテンが燃え盛っていた。ドラガはエミリヤの遺体をかろうじて助け出してはいたが、家財道具も宝石も一切が炎に薙ぎ払われつつあった。歪《いびつ》な高音が亀裂のように空気を割いて、窓硝子《ガラス》がはじけ飛んだ。塵と灰が砕け散って、寒空の下、庭園の外れの霊廟に避難していたエミールの膝元まで、キナ臭い煙の熱気が押し寄せた。

ドラガはむろん、捕えた匪賊を、奴なりの「ありきたりな作法」で殺害した。

匪賊にしてみれば恐怖のともなう、独創的で野蛮な殺されかたに相違なかった。

ソーニャはあんまり食べなかった。

カンテラに映し出される顔色はほんのり赤らんで優しげだったが、胃が凍えきっている。旅立ち前で緊張していたのか。大飯食らいで早々に厄介払いされたら困ると思って控えていたのかもわからない。さもなきゃ本当に胸がいっぱいだったのだ。

屋外に、粗末な折り畳み式のテーブルを据えて、それでもパリッと陽に干した上等なテーブルクロスを特別この夜のために広げた。ソーニャからもらった花束をテーブルの真ん中に置いた。そのまわりに並べた、ささやかながらパーティ用の食事の前で、ソーニャは涙ぐむような顔をしていた。

エミールは朝から竿を撓《しな》らせようやく釣り上げた岩魚《いわな》を、昼過ぎまで川に浸して生簀《いけす》の籠で泳がしておいた。籠ごと水から引き上げたら、リンネルにくるんで魚をしっかり摑むと俎板《まないた》の上で頭を下とし、きれいにさばくと、きちんと臓物《はらわた》を洗い流した。塩とヴィネガーでしっかり締め、オリーヴオイルと、はちみつ漬けオリーヴ、胡椒《こしょう》といろんな乾燥ハーブを刻みこんでマリネに漬けこんだ。味がまわったら花びら状にスライスして、はちみつ漬けにしてある保存用のレモンの輪切りを半月にカットし、刺身と交互に並べた前菜から始めた。スパイスを利かせてある、もったりとしてあったまるスープは、乾燥レンズ豆を昨晩から水につけて戻しておいて、肉の腸詰をぶつ切りにして炒めた脂と一緒に、根野菜と原型がなくなるまで煮込んだ。

こんがり焼いてフランボワーズのジャムを載せたワッフルは、むろんジャムもエミールがエプロンを掛けて野生のキイチゴを探し回り、エプロンいっぱいに摘み取って、裾をたくし上げて持ち帰った収穫物だ。産毛のように細かい毛が抜けるのが好きじゃないので、何度も水を替えて洗った後、自家製のレンゲの花のはちみつを惜しみなく鍋に流し入れて火にかけた。木杓子を片手に、焦げつかぬように付きっきりで煮詰めあげて、煮沸消毒した罎に保存してある。ちょっとした、とっておきなのだ。このジャムに、はちみつを少し煮詰めて、キャラメリゼしてからリキュール少々で割ったソースを絡めて、ワッフルと食べる。素朴で家庭的な甘さに、わずかほろ苦く鼻に抜けるリキュールが、まるで高級生菓子の余韻をもたらした。

それらをソーニャは、ほとんどお付き合い程度にしか口にしない。いいにおい——とか、うん甘い——おいしい、と聞こえよがしに独りごちた。

一口一口、億劫《おっくう》げに口に運んでは溜息をつくのだ。

「口に合わない？」

「ううん。すごくおいしいの。ほんとうに、驚くほどおいしいね。だけどいっぱいで食べられやしなくって」

「家で食べてきちゃったのか。仕方ないよ、ばれないためには」

「そうじゃないの。本当に、ありがとうエミール。胸がいっぱいで。明日の朝、おなか減りそう」

ソーニャはドラガを気にかけてもいた。エミールはソーニャと二人でカンテラの灯った大きな蚊帳の内に居た。ドラガは文字どおり蚊帳の外である。外は暗くてドラガの動向がわからない。ドラガからは明りに照らしだされる二人が、蚊帳越しにいやってほど透けて見えているはずだ。

「あの人は一緒に食べないわけ？」

「あいつと一緒に食事はしない」

エミールは俄に気分を害して言い捨てた。ソーニャは少し不満そうに、

「召使だから？」

「気にする必要ない。あいつと顔を突き合わせて食卓につくなんて、考えただけでおぞましい。僕は胸が悪くなるね。ドラガも一人の食事に慣れっこだ。主人の顔色を窺っているよりも、ずっとせいせいして気楽に飯にありつけるんだよ」

「そりゃわかるけど……一人だけお預け喰わせて、犬みたいに」

「ああそうさ番犬だよ！　そのために連れているんだ。召使であり、番犬だ。だいたい三人分いっぺんに並べられるほどの食器なんてありゃしないんだよ」

エミールは本気で不機嫌になる自分自身を抑えきれずに顔が強張《こわば》った。いついかなる時も笑顔を作れる特技のはずが、口の端が引き攣れて歪むばかりだ。反対にソーニャはとりなすように自信なげに笑った。エミールは、自分がまさに取り返しのつかぬ失態を演じているのを、まざまざと目の当たりにしている気がした。

「ごめん……ソーニャ」

「べつにいいの。わたしこそ勝手言って」

「――本当に。ごめんよ」

いつだってエミールは、虐待されて家出してきた娘やら――同い年くらいの少年の時もあった――そういう友に心底同情した。野宿同然とはいえ優しくもてなした。ささやかながら、はちみつ尽くしのごちそうに招待し、手料理をふるまうのは初めてじゃない。彼らは――友は――するといつだって帰るのを渋りだした。お願いわたしを連れてって。一緒についていく――。

ドラガがソーニャの背後に立っていた。

二人のささやかな言い争いの仲裁に入ったようだった。いつの間に蚊帳の内に身をすべりこませて、ソーニャの背中に忍び寄っていた。狭い蚊帳の内で、ドラガはやんわり身をかがめた。ソーニャは曖昧な愛想笑いを浮かべて、ドラガを自分の肩越しに脇見した。

ソーニャの背中は、見えない病気や不幸をたくさん背負いこんでいるように、辛気くさく痩せている。その背中に虫や葉っぱやらくっついてでもいるのかと、ソーニャは無造作に皸《あかぎれ》だらけの白い手をやりながら首をひねった。その隙に、ドラガは控え目に口を開けた。ソーニャの白く痩せた首を片手でとらえると、尖った犬歯でゆっくりソーニャの首に食いついた。ドラガの歯の先端が杭打つようにソーニャの耳下に深くめりこんでいた。いったん口を浮かせて、とたんに決壊して溢れ湧き出るソーニャの血液を、ドラガは果物の薄皮を突き破って果汁にありつく慣れた勢いで、毒液でも吸い出すように真剣で無表情な顔つきをして吸い上げた。

ソーニャは身動きが取れずに、眼だけ向き直ってエミールを見た。エミールは腹痛《はらいた》でもこらえているように、椅子から腰を上げかけた。ソーニャはエミールに呆然と目をくれて、ようやく状況を把握していた。悲しげに目を瞠《みは》って、絶望的に表情が曇ったが、深く重たい吐息をついたあとで、ゆっくりと胸苦しさを強《し》いるように、

「こんなわたしに、押しかけられて……断れなかっただけなんでしょ。本当はわたしのこと、連れて行けないのね。この食事も——全部その罪滅ぼしだったんだ」

エミールが頭《かぶり》を振りながら、目を逸らすように後退《あとずさ》りかけたのを、ソーニャは片時も離さんと……食い入る目つきで引き留めた。「途中で置き去りに、捨てられたり、誰かに売りとばされる

よりは、ずっとましだわ。それでも一度、聞き入れてもらって嬉しかったから、その分うんと悲しいけど……せめてワッフルはいただく。それからおとなしく……歩いて……家に帰るから。なにも言わない。だれにも……近しい者なんて、いないんだ」

「ソーニャ。君は一緒に居ていいんだ。僕は」

「エミール！　だったら……この男をなんとかしてッ！」

エミールは、食卓の上の銀のナイフに手を伸ばした、ドラガの心臓を一突きにしたかった。実際はソーニャの手からナイフを遠ざけただけだった。エミールは懇願するようにソーニャを見下ろした。ソーニャはゆっくり上半身を組み敷かれ、今やテーブルに押しつけられていた。

「はやく、エミール」

「わかってる――今やる」

「――エミール……！」

「ソーニャ――……ごめん。こんなつもりじゃなかったんだ。本当に御免。――ごめん」

ソーニャは鬱積した悲しみを絞りだすように唸《うな》った。癇癪《かんしゃく》を爆発させて、自由の利くかぎりテーブルの皿を地べたになぎ倒そうとし、躍起になってひとしきり踠《もが》いた。既に歯向かうべき力は、ほとんどドラガに吸い尽くされていた。テーブルに突ッ伏して、目を開いたまま動かなくなった。

エミールは本当に、ソーニャを助け出せたらどんなにか良かったろう。

ドラガがエミールをいつのまに狩りの囮《おとり》に仕立て上げ、獲物をおびき寄せてしまいに目前でありつくのを、エミールはいつだって心の底から嫌悪している。目を背けて遠ざかるしかできないくらい嫌なのだ。

ドラガにしかし食事が必要なのも知っていた。

ドラガが居ないと、エミールはまともに生きていけもしない。人外《ひとでなし》の非凡な力を借りぬかぎり、自分一人の力で復讐など到底、果たせない。事情を知りうる有能な味方はこの吸血鬼たった一人だ。

緯度の高い夏の日差しの下で、ドラガが並外れて消耗しているのは知っていた。

黒い網目の頭陀袋で全身を覆っていても限度がある。赤ワインは頓服的にドラガの貪欲な血の欲求をまぎらわす。一時しのぎとして劇的にエネルギーを回復させる。が、供給には足らぬ。根源的な渇望は癒せなかった。でもなおエミールはドラガに飢餓を強《し》いてきた。ドラガの腹を誤魔化しうるだけの赤ワインや蒸留酒《アクア・ヴィット》を、ジプシー馬車に積みこんで養蜂稼業の旅をするのは不可能だった。二十もの養蜂箱のスペースと、採取したはちみつ、生活道具――寝台や浴槽、バケツ、洗面器、着替え、鍋釜にエミールの食料、馬やロバの飼料――常にぎゅうぎゅう詰めだ。くわえて雨の日にはエミールとドラガが角を突き合わせて一緒に居られるだけのスペースを。最低限確保して、それでもまだロバに荷物を分散させ、時にはテントを張って、家財道具と仕事道具を留め置きながら移動していた。

山間におもむいて、はちみつの採取が順調に進むのに比例して、ドラガの赤ワインの備蓄は日に日に減った。反比例的にエミールは滞在先で不幸な女の子と近しくなる。この奇妙なバランスにエミールは太刀打ちできない。異世界の淵から異様な光沢を放つドラガの目線に晒されるたび、エミールは馬の鼻先にぶら下げられた人参並みに、身の細る心地を味わった。
ドラガはエミールには全く危害を加えなかった。それは当然だろう。積極的に自分から獲物に近づいて危ない橋を渡って狩りをせずとも済む。エミールを囮《おとり》に連れて歩くだけでいい。あとは毒蜘蛛さながら網を張っておれば、容易に御《ぎょ》しやすい獲物が向こうから頭を下げて飛びこんでくるのである。
ドラガはしかしエミールに、もの欲しそうな素振《そぶ》りをチラつかせもしなかった。ドラガが初めて血に飢えて行き倒れている時、エミリヤと二人で助けたからだ。あの時、足元に転がっていた赤ワインの酒壜の割れた破片を、エミールはエミリヤと二人で拾い上げると、お互いの皮膚に少しずつ傷をつけた。二人の血が絡み合いながら一筋に伝って落ちるのを、ドラガに飲ませてやった。施《ほどこ》してやったのだ。双子は、地べたでぐったりしている男が何を欲しているか。何に飢え、何を与えれば回復するか。はじめてロビーで出会ったときと別の生態になっているのを、誰に教わるでもなく咄嗟に把握できた。又いかに征服しうるかも。
《ドラガ、あなたさ……自分がおかしいの……わかるね？》
《……ああ、自分はなるほど随分おかしい。教えてくれ……いったい俺は――》
ドラガのほうがよっぽど自分の状況を呑みこめていなかった。初めての渇きが双子の清らかな哀れみの血で潤され（殺人によらずにだ）、おかげで生気を取り戻すと、ドラガはひれ伏して誓ったのだ。いついかなる時も、貴方がた二人の望まれるままに、この身を尽くそう。
この血の盟約は、ドラガ個人の情に厚くて律儀な執着もさることながら、吸血鬼に生ずる抗《あらが》いがたい掟――本能的習性らしくもみえた。月まで歩けとか、太陽をただちに沈めろとか、ドラガの技量で咄嗟に不可能な事由以外は、ほとんど絶対的なのである。どんな命令にも、逆らうほうがむしろ困難らしかった――人の血を吸うなという命令一ッを除いては。……ドラガは頑なに忠誠の誓約を立てつづけた。貴方がた双子の盾となり、鎧《よろい》となって一生仕えようと。この御恩に報いよう――。

エミールはドラガの頬を張った。

鞭を取りにいく手間さえ待てなかった。手近に転がっていた太い棍棒を拾い上げると、身を起こしざまに殴りつけた。滅多打ちに叩きのめし、ドラガが吸血鬼でなければ、顔が血しぶきをあげて頭が脳みその泥粥《どろがゆ》まがいに砕けていたろう。目玉が飛び出て、とっくに腕や首の骨が折れ、内臓が潰れて、血反吐の中身が飛び出ていたにちがいないのだ。

「このバケモノが、ゲスが！」

エミールは殴っているうちに汗のように無感動な涙が目にいっぱいたまって、つらつらと垂れた。涙を拭うのが負けたようで癪《しゃく》に触る。流れ伝うままに任せながら殴った。全身に汗が伝って、高地の寒空の下でエミールは内からぐしょ濡れに上気していた。

「人殺し！　異常者め！　卑劣な吸血鬼が」

ドラガは瞼の端が切れ、血の涙が流れるように顔が汚れた。鼻孔からしたたる衂《はなぢ》も、しかし、いつの間に止まっている。エミールは棍棒を振るうのに疲れはて、それでもまだ膝を折ったドラガの首を蹴りあげた。靴底で首のつけ根をぶちのめした。よろけたドラガは蚊帳を引ッ摑んだ。

天蓋のような形に蚊帳が破けた——脳裏を引き裂く、派手な音が夜闇に奔《はし》った。

エミールはドラガの顎を、地べた目掛けて踏みつぶした。

「あやまれ、ソーニャに謝れ、ひれ伏して謝れ。この僕に謝れ」

いくら殴っても呪っても、恨みをこめて睨んで打っても、ドラガは平素と同じだ。いっさいの無抵抗で、

「謝れよ！　罪を償え」

エミールはポケットから、山査子《さんざし》の杭を取りだすとドラガに投げつけた。いつだって昼間の寝ている隙に、こいつをお前の胸に打ちこむ算段をしないわけじゃない。

——僕は弱虫なんだ。

「遺体はお前が埋めろ。この杭をソーニャの胸に突き刺してから、シーツにくるんで、その花束と一緒に」

エミールは出口のない消耗にとりつかれて、ヘトヘトになるまで、ドラガに暴力を振るいまくり、こっぴどく叩きのめすうちに涙腺の抑制が利かなくなった。

「お前なんか！　なんのためにこの世にいるんだ。お前なんかがッ！　エミリヤを返せ」

ふだんはしっかり締めてある壜の栓が、どっかに吹っ飛んだ。後生大事に胸中に仕舞っておいた非力な己のやり場のない後悔が、悋気さながら熱い憎しみに沸き立って、無益に溢れかえり、エミールは泣きながら引き攣《つ》けかけた。嗚咽《おえつ》が胸苦しくて、もうほとんど譫言《うわごと》のように、

「お前のせいで、お前が」

襲撃の晩にドラガの掌で、口と鼻を塞がれた感触がよみがえる。涙が呼吸経路を逆流し波打ってくる。いきりたって息をさんざっぱら吸っても、いくら吸いこんでみても……まだ吸いこもうとした。肺が破れるまで大きな吹子《ふいご》を口に突っこまれて、やたらめったら空気を送られ急《せ》き立てられているようだ、胸が闇雲に膨らんでは収縮する。

今朝がた釣り上げた岩魚が水中から引きずりだされた時のように、口をパクつかせ宙に喘ぎながら、のどが干からび焼けつきそうだ。乾いた空気が野放図に行き来するのを抗しきれない。空気の圧迫が強まって、あられもなく吸いこみすぎる呼吸を飲みこもうと、膝からくずおれたのを、ドラガに抱きとめられた。

エミールは突っぱねて振りほどこうと楯突いたが力が足らず、せめて「どこへなりとも行っちまえ」と、「僕の前に二度とその穢《けが》れた姿を見せるな」と口に出したかった。

ドラガはエミールを抱き寄せた。エミールに胸を貸して、過呼吸になったエミールの鼻と口を服にうずめた。エミールをゆったり繭の中に閉じこめんとするように手脚ですっかりくるんでしまい、エミールはドラガの大きな手で黙々と背中をさすられ、自分でもドラガの服に顔を押しつけた。過剰な呼吸をせいぜいコントロールしたかったのである。的確に介抱されているうちに、次第にぐったりとドラガにもたれかかりながら、呼吸がなだめられて、息の仕方を思いだす。

エミールは、ドラガが居ないと息さえままならない。広大な原野に一人では寂しくて居たたまれない己の不甲斐なさを知っていた。生活力に足らぬ甘さも、常日頃から痛感している。だからソーニャに同情した。だからソーニャに共感したんだ。

それをこの吸血鬼に、まんまと足許を見られて――。

(……いや。ちがうよエミリヤ。番犬として凶暴な吸血鬼を飼ってるんだ。野蛮な用心棒に、たまには餌を御膳立てしてやる。飼い主としてそれが最低限の義務だ。これで僕らはまた新しい土地に出発できる。ドラガを道連れにして、こんどこそ銀の蘭を摘んでやる)

それだけのことだよ、エミリヤ……それまでのしのぎだ。

まともに息をして自分の足で立ち上がれるまで、いまはドラガに抱きすがっているしかない。全部が済んだら――すぐにも君の元に駈けつけるよ。エミリヤ、首元に絡みつく髪がくすぐるように……君の胸に飛びこんで、うんとまた抱きしめてもらうんだ。

iv　高鳴り　―*Aufschwung*―

広大なクルゼンシュテールン家の本邸は、銀の蘭の館と呼ばれている。

ユリアンは事実上、リオネラと二人だけで暮らしている。

使用人は居るには居たが、ユリアンに負けず劣らずまったくの無言だ。リオネラが工面して連れてきて、リオネラの采配によって動く影さながら――事実、おそらくは影だった。

リオネラが魔法の鏡で集めておいた文字通りの影なのだ。リオネラの魔力で操られて、働いてくれる。身頃を留めるボタンの合わせも逆だ。夜になると闇に吸いこまれて姿を消している。

夜更けには、壁や天井の電燈を全部点け、そのうえに手元の燭台や、ランプを灯してようやく部屋に一人ばかり使用人を召喚できた。曇天の日中には、平素から薄い存在感がますます霞んでみえた。

ユリアンは外出しない。使用人は屋敷内で働く。ユリアンは召使を伴って出かける真似もしないから、使用人が銀の蘭の邸宅の外や、勤務時間を外れて何をやっているのか知る由もない。興味もなかった。だからそんな気がするだけなのかもしれないが。

そもそもユリアン自身が家督を継いで数箇月、対外的に二十歳以上のふりをするのを常としていた。人の素性や行動を、とやかく問い質したり、監視していい身分でもない（フェルディナント兄が亡くなってから、さすがにまったく誰とも対面しないでは立ちゆかぬ時がある）。

ユリアンは戸籍をいじってはいないが、管財人がやってくると、一ツ二ツ年嵩《としかさ》のすぐ上の兄貴の振りをした。クルゼンシュテールン家を襲った皆殺しについてはいまだ有名だから、

《あの騒動のあと……それで書類上になんらかの不備でもあるか――？》

ユリアンは耐え難い記憶に打ち克つように――実際、リオネラ以外の何者とも接しているのは耐え難い――上着の胸ポケットから抜いた名刺入れをパチンと開いて、中の白紙に鉛筆で綴って見せる。すると良識ある人間は何事も大目に取り計らった。

咄嗟に返答する間《ま》のぎこちなさだとか、わざとらしい物言い、声が裏返ったり、掠れたりする懸念など、口の利けないユリアンには元より杞憂《きゆう》である。上流階級を絵に描いたエレガントな立ちさばきをお目にかけつつ、貴公子然としながら暗い顔をして訴えかければ、先方の憐れみの憶測にうまい具合に乗っかって、あとは頷いたり首を振ったり顔を顰《しか》めたりして事が運んだ。ときおり、二、三の注釈や注文を付け加えるだけだ。詳細は、リオネラ・ヴァン・ルシウス嬢が有能な秘書――と同時に家庭教師であり、もっぱらユリアンのピアノ教師であったが――女中頭でもあって、的確に対応した。

ユリアンは、リオネラが大丈夫と見込んだ限られた者以外と、やりとりしなかった。悪党が、いつユリアンの弱みに土足で踏みこみ、足許に付けいってくるかもわからない。

リオネラのスマートで狡猾《こうかつ》かつ辛辣《しんらつ》に人を見透かす才覚は、ユリアン自身に発揮されれば居たたまれないが、実際、頼れた。リオネラの見解は絶対でなくとも、ユリアンには絶対的で、少な

くともこれまでリオネラのおかげで裏切られたとか騙されたとか、とんだ見当違いで敵に鼻を明かされた――等々と咎めだてしたい状況に出くわした覚えは、一度もない。

リオネラは、美しい亡兄の美しいフィアンセだ。若き当主である義弟ユリアンを陰に日なたに支えて、従順につき従った。――表向きは。

実際あらかたその通りか……。ユリアンの助けになってくれ、頼れば応《こた》えてくれる。で、リオネラがユリアンに従順だって？

……ばかな。

「いかがされたので」

管財人が心底ユリアンを気にかけているそぶりで、怪訝そうな顔つきをいっそうどす黒く曇らせた。ゆっくり朽ちるように翳っていく屋敷内で、心霊物件の財産管理でも託されたように底気《そこき》味《み》悪げである。怯えつつ、全てを怪しんでいる。――たしかに七年前の婚礼の客は、百人は下らなかった。百人余――使用人を含めれば更に大勢が昼下がりに殺害された屋敷と、当事者の一人である。ユリアンと差し向かった瞬間から既に管財人は苦虫を噛み潰している面持ちで、気の重い顧客と接しているのがわかるのだった。

「このところ、いつも体のどこかに、お怪我を負っているようにお見受けしますがね」

ユリアンは昨今なにかしら体の一部が痛んでいた。浅い傷もあれば、深い打ち身も、一とおり取り揃えている。アルコールとオキシフルで消毒されてガーゼを載せた傷口を、包帯で巻いていたり、ヨードチンキが包帯から赤黒い血まがいに滲んでいたり、薄荷《はっか》香のただよう膏薬を塗りつけ患部を湿布で覆っていたりする。たいがい衣服で隠れているし、おもてに響かぬ気配りを怠ってはなかった。

包帯の巻いてある患部を、ユリアンはつい痛そうに……愛おしそうに……さも同情をそそる素振りで、今も、ひっそり無自覚に撫でさすっていたのだ。愛撫の片鱗を思い起こすように、うっとりしながら——実際はそうも生やさしくロマンチックな産物でもなかった。

痛みの名残は、肉を持った己《おの》が現実の足掛かりで、同時に霊感の装置だ。

深い物思いに耽りかけていたユリアンは、年のいった管財人の目敏《めざと》さに、大いに水を差された。

《痛風だ》

憮然となって、ぬけぬけと出鱈目《でたらめ》を短く紙に綴った。

「痛風ですと？　まさか！　その若さでなんと難儀な。私の父が痛風でして、ああでは、さぞやお辛いでしょう。父はしょっちゅう自身の老体を呪っておりますからな」

見え透いた同情をしてみせているうちに、管財人は存外ユリアンが本当に痛風かもしれぬと思い及んでいるふうだ。

「水分をたくさん摂取なさるとよい——とくに利尿効果の高い、お茶やコーヒーをがぶ飲みしてですな、汗をかいたり排尿をうながしたりして痛風の毒素を出すと、痛みが引く。症状がやわらぐのですよ」

ユリアンは傷を大事に守るように、しっかりと押さえつけた。痛みの記憶を滲みださせて、この身に向けられた愛着の刻印を炙《あぶ》りだすように確かめていた（……そうでもしないと落ちつけない）。現実と夢との狭間でむずかっている寝起き特有の感覚に囚われて、眠たげな顔になりながら頷きもせず、否定もしない。むろん寝起きでなかったし、最低限の礼儀をわきまえ神妙な顔をつとめて、管財人の思慮深い大きなお世話を、あいまいに受け流した。

「お若いのだから、充分な水分補給を怠らず、適度な運動に励んで汗をかくべきなんです、そもそもがね。それからよく眠る習慣を」

よく眠れるものなら、眠らせてくれよ。

ユリアンは、いったん放った鉛筆をゆるりと手元に引きつけた。

《汗をかくのは大嫌いだ。面倒も却下だ》

手前は舞台上のお姫様か――と鼻白まれんばかりの優雅な伸びやかさで、ユリアンはひときわ気怠《けだる》げに鉛筆の芯で、白紙を引ッ掻いた。カリカリと苛立ちを研ぎ澄ます素早さで、紙面に走らせていった。

《つまり今後は一切をリオネラ・ヴァン・ルシウス嬢に一任する。私を介さず、すべてはルシウス嬢の指図どおりに》

「お言葉ですがそれにはいささか、彼女の素性が曖昧模糊《あいまいもこ》として」

曖昧模糊――ちがいない。正直なところユリアンにはリオネラの素性や、使用人の正体だとかを突きつめて暴く本質的な有用性を見いだせない。目下、眼前にある実存だけが事実で、あとは己《おのれ》の幻想と、絶えまない夢想との狭間に、否がおうでも埋もれている。あるいは引きずりこまれて、それで生きていられるならば本望だ。リオネラが傍に居てくれさえすれば。

些細なまやかしの兆候や、配慮の技巧を、無遠慮に詮索するなど不粋だし、生きるのに非効率だ。

《私の意向だよ。不足か》

「貴公は、では仮に全財産の名義を、御自分から彼女に書き換えられても異存はないとおっしゃる」

《それが本当にリオネラの望みであるならばなんら差し障りはない》

実際はてんで――ちがうけどね。

ユリアンは傷をじっくり手で押して、顔を顰《しか》めるふりをした。うっすら込み上げるトキメキと絆の痛みを噛みしめた。管財人の批判的な目つきを躱《かわ》しがてらに俯《うつむ》いた。ユリアンの些細な一挙手一投足を、堅物そうな管財人は良識溢れる親心めいた目つきで、さっきから、深刻な欠陥でも見せつけられている呆れ顔で、苦々しく見守っていた。

――言質《げんち》として持っていけよ

ユリアンは、それまで走り書きした二、三の卓上のカードを、不揃いのまま指先でツッと滑らせた。

――あとで言った言わないの、揉め事を避けるためにもな

顎を突き出すように、管財人の前に押しやった。

「それでは失礼して」

管財人が屋敷を後にして、ひとたび扉が閉まれば、蒼茫《そうぼう》と翳りゆくだだっ広い屋敷に事実上、

リオネラと二人っきりだ。玄関扉の前まで愛想よく見送りに出たリオネラは、扉が閉まるなり、ユリアンを戒める目つきで向き直った。

「管財人の顰蹙《ひんしゅく》を買ってたわ」

ユリアンはリオネラに全身を投げ出すような笑顔で、めいっぱい目を細めた。なるべく皮肉っぽく挑発的に笑いかけた。

《リオネラさんは盗み聞き？　それとも盗み見ですか。お行儀が悪いね》

カードケースの蓋を下敷きにしてユリアンが紙にしたためると、リオネラはすらりと腕を伸べて、トランプでも引くように、指先でメモ書きを抜き取った。手元でさっと目を走らせると、無価値な手札を捨てる手つきで、無造作に近くの卓上に放った。凝《ジ》ッとラヴェンダー色の目をユリアンに向ける。

ユリアンは気持ちが露わにほどけてくるにつれ言葉はおろか文字さえもう浮かばない。中途半端に開いてあるカードケースが傾いて、ぱさぱさッと紙がばらまかれた。それでもユリアンは何を仕舞ってどう後始末すべきか、失念して突っ立っていた。

リオネラは、ユリアンを見限ったようにラヴェンダー色の目線を逸らした。二人の足元に落ちた紙を二、三枚、拾い上げた。

「盗み聞きですって？　そんなお行儀の悪い真似をしなくたって、管財人の顔を見れば一目でわかるのよ、ユリアン」

リオネラに詰め寄られ、ユリアンはあくまで従順に愛着の御返しを待ちわびながら、リオネラに見入った。拾ってもらった白い紙を手渡されるがまま、かすかに首を傾げて無言で尋ねた。

――奴の顰蹙《ひんしゅく》を買ってなにが悪い。だれが困るの

「早く帰れと言わんばかり、追っ払いたいのがあからさま過ぎてはいけないの。それこそお行儀が悪い、ユリアン。あの男は仕事をしているまでよ。押しかけ女房じゃあるまいしね。一銭たりとて誤魔化しもしない貴重な人材だわ。私の素性を疑ってみるのも至極、有能な証拠だわ。だめよ」

ユリアンは渋々と鉛筆を握りなおした。

《信用に足るのは管財人として当然の資質だ。その資質に能《あた》うだけの報酬で応えている》

紙を裏返した。

《正直で有能だったら、おれの貴重な時間を好きにしていいわけじゃない》

あなたとの二人きりの時間をだよ――と、書こうとして思いとどまった。

書かずともリオネラは先刻、承知の上だ。眼前に突きつけては、何であったって顔を背け、払いのけられる。

「ユリアン。あなたは人間嫌いね」

リオネラは部屋から出て行く。

その背中に向かってユリアンは、

……あなたは人間好きだよな――どうせ。

牀《ゆか》にばらまかれた紙に屈みこんで、残りを拾い集めかけながら、いつの間に手が止まっていた。

幾枚この紙にしたためれば通じるか。言葉の出処《でどころ》も行き着く先も失って、途方に暮れるだけでいた。

ピアノはユリアンにとって唯一、残されていた自己表現とも言えたが、具体的な争点を議論できるわけがなかった、かなぐり捨てたい苛立ちや、形にならない激情を吐露する。感情を掃き溜めて動かす器具である。

ユリアンは子供の頃から譜面を読むのが大の苦手で、嫌いであった。譜面は一種の数学であり暗号で、音楽とはなはだ無縁な代物に思えた。しかも子供の時は下手な好奇心が邪魔をして、なぜ2／4拍子と刻んで1／2拍子としないんだろう、同じじゃないか。八分音符や十六分音符が羅列されると旗が重なって見づらいから、二分音符や四分音符で記してテンポを四倍速に、そう最初に設定すれば済むんじゃないのか？

などと変にこだわりだすと、のっけから引っかかって、てんで捗《はかど》らないのだった。

音符の旗が羅列される時には繋げたほうが概して見やすい。けれど、合間に♯だの♮だのが介入してくるおかげで、ただでさえ細い五線上に小さな虫が集《たか》ったようで、見分けにくい。払い落としたくなるのだ。

最初の設定音のおかげでちょくちょく合間に♯が入って、この作曲者の楽譜はセンスに欠ける……だとか、この音を何度も♮にする気なら、なんで♯設定としたんだろうか。ほとんど欠陥品の楽譜なのになぜ誰も指摘しなかったんだ——。

だいたい……たとえばＤ♯と、Ｅ♭とは、同音で、同じ黒鍵を指すのに、曲毎になぜ書き分ける必要があるんだ。一ッの記号で記せれば、ずっとシンプルで、端的だろう？

腹立たしくてたまらなくなるのだった。

どうもこの七面倒くさい仕組みは、弦楽器のコード奏法用に調えられた制度の気もした、少なくともピアノやフルートや声楽などで音を発し、演奏するにあたって、さしあたっては無用の長物にしか感じられなかった。利点があるとしても、煩雑な楽譜を解読する労力の負荷を差《さ》っ引《ぴ》けば、ないほうが数段ましな音楽の文法では？

またユリアンは♯が楽譜上に振ってあるのが、理屈を外れて好かなかった。

♭は美しく見映えして、意味もなく好きだった。

――なんでこの楽譜は♭でなく♯で記すんだろうか、まったく意欲がそがれるんだよ。長調とか短調とかを明示するため――？

べつに♯が長調で♭が短調と決まってもないし（実際『月光のソナタ』は第一楽章の初っ端《しょぱな》に♯が四ツもふってある。曲調は極めて穏やかなメランコリック……Ｃ♯マイナーで短調だ）、曲調は実際に弾いて、あるいは聞いてみて実感すべきだ。――♯だの♭だの楽譜の先頭に掲げて、いったいなんの色眼鏡だ。♯が登り坂の代表で、♭が下り坂の代名詞――。

通るのは同じ坂道なのに、地図によって地名が変わったなら異なる道でもあるまいに混乱を来《きた》すだろう？　Ｃ♯であれＤ♭であれ、押す鍵盤はおなじ黒鍵に他ならないのだ。作曲家が演奏者に向ける曲解釈の手助け……いや押しつけか。

だいたいなんだ、この愚の骨頂、ダブルシャープ！

……僕はユリアン・フォン・クルゼンシュテールンだが、まっすぐ名乗らずに、クルゼンシュテールン家の七男坊で、フェルディナント兄と仲が良い末弟です。誰でしょう……そう、この狭い五線譜の上で、まわりくどく名乗るのと同じバカげた沙汰だ。

普通の音符で記せばいい。ダブルシャープなんて奇妙な記号で小難しがって、なんの悪ふざけだ。

《このCのダブルシャープは、すなわちD♮です》

そんな決まりはわかってる。楽譜の初っ端につけられた♯記号が、Dの五線上に載っている。この楽譜において、だからD音符はD♯音符の意味だ。だから純粋にDの音を叩かせたければ、Cダブルシャープと記すのだ。

これで納得できるのか？

だったらD♮で、はなから済むのだ。

すると旋律の扱い方だ、といわれるのだ。旋律って聞くものだろう、それをいたずらに五線上で競い合わせて自己主張させて何が楽しいんだ？　ダブルシャープのあと♯に戻る場合、♮♯と記号を二重に振るにいたってはもう……不・愉・快だ――！　楽譜にあれこれ考えさせられるのは音楽にとって邪魔なんだ。

楽譜を開いて冒頭に♯が、シミラレソドファの順に五線譜で折り重なっているのを目の当たりにすると、ユリアンはペンでガリガリガリッと塗りつぶしたくなるほど気が立った。――見るのも嫌だ。対照的に、ファドソレラミシの順に♭が留まっていると、愛おしかった。ああ、♭という美しい記号をもっと使ってくれれば。なんてうっとり物憂げで、お洒落な音符記号なんだろう。滅多にお目に掛かれないがダブルフラットも大いに結構。

与えられる楽譜は当初、兄姉が使ってきたお下がりだった。それぞれに音楽教師の書き込みがしてあった。書き込みがある苦手な箇所が、概して重複していた。兄姉のつっかかった箇所は、ユリアンはたいがい難なく弾けた。むしろなんの書き込みもない真っさらな部分で、一歩も前に進めなくなる時があった。一度自分で弾いて、耳で覚えて体に染みついたフレーズが、譜面の読み違いで訂正されると、容易には抜けない。手の甲を指揮棒やら物差しで軽く小突かれ、あるいはひっ叩かれても、改めるのに恐慌をきたす。直らないのだった。

ユリアンは末ッ子であったから、落書きでなくば好きに楽譜に書きこんでいいと許されていた。短気なうえ神経質で、凝り性なのも災いした。飽きるまで楽譜の#を♭の音符に書き換えて、譜面に張っつけてみたりと、手をいれていると、譜面を読むのが際限なく遅れた。

指は果てしなく速く細やかに精密に動いた。小さな音符がびっしりと波打って並んでいるのは弾きやすかった。速ければ速いほど意欲が駆り立てられた。ただ、左右それぞれ異なる空白の長さや、五線譜を極端に突き抜けてオクターヴを縦横無尽に飛びぬけた音程が、突如あらわれる、ランダムに虫喰った楽譜は大嫌いだった。0の連なった数字の桁《けた》が百万くらいならコンマの位置でパッと見極められるが、それ以上になると、ゼロを数えて位を確かめるように。音符も突如、五線譜の位を飛びぬけると、ユリアンは即座に譜面の音を言い当てられないのだ。

わかる音符を支点に、一・二・三・四と音階を数えて、いちいち鍵盤を押して、位置を確かめる。文脈から意味を察する要領で、前後左右の音階から違和感を省いて判別し、読みにくい音符にアルファベットをふる。

楽譜が示している音符は、いつだってピアノの鍵盤上にある一音だけだ。その音にたどりつくまでが手間なんだ。

音楽教師は慣れだと言った、訓練すれば楽譜を初見で音に変換し、鍵盤上に投影できると。果たして、ユリアンにはてんで一筋縄に進まないのだった。

ロマンチックだったり軽快だったりメランコリックな音楽を、なぜ武骨で無味乾燥な記号で表すんだ。

音を記録し再現する方法が、つい先ごろまで存在しえなかった苦肉の策だ。ならば楽譜など、今は副産物的に存在すべきなのだ。

拍子は、曲の心拍数や呼吸数と同じである。身を任せて聞いていれば、おのずと定期的な拍数や息遣いが備わってくる。しかし譜面で拍子と拍数を決められて、一小節の檻の中で何回息継ぎをし、何回鼓動を打たせればいいのか。ユリアンは足踏みするうちに、うああッと叫びたく、訳がわからなくなるのだった。和音を奏でる右手が三拍子半のところで、それまで空白の左手が叩く音符が二分《ぶ》と半――

タイミングをマッチ棒で山と谷との拍数に組み立てて、鉛筆で辛抱強く書きこんでいく。

ええと……右手の長さが……〈《タン》〈《タン》〈《タン》ノ《タ》

この最後のタのところで左のじゃーん……がタンタンタ……〈〈ノ……分だからええとー。で……。

こんな調子で、タタンタンタとか、タタタンタタンタ、とか口で唱えながら太ももを掌で叩きつつ、拍子を体に刻みこむ。指先が繰りだす音階に、拍を打ちだす。これにちょっと小難しい音符の指使いが紛れこむと、楽譜一小節を解読するのが、ままならなくなるのだった。

聞いたこともない曲を楽譜から読み解いて、音楽に変換する、机上の合理主義的なアプローチに、優れた意味があるんだろうか。食べたおぼえも、見た例《ためし》もない料理の味を「なめらかに」「かろやかに」「のびのびと」などと逐一、注釈されながら、一目見ればわかる材料を小難しく、

「野菜で橙色、先端は細長く、ウサギの好物と……（ああニンジンか！）」

咀嚼《そしゃく》した音楽を指先で再現するのが演奏の第一歩で、そのための練習であるべきなのに。現実の音楽を鼓膜が味わう前に、レシピの楽譜だけを眺めさせられて、さあ実演してみよと。曲の行き先を見失ったままで、楽譜を見ながら右往左往して手探りで音をたどる。下手くそなピアノ弾きは騒音でうるさいだけだ、自分でも我慢ならない。いっぱしにペダルで反響ばかりぐわんぐわんと派手に踏みこみ、試行錯誤する遠回りを好む者が果たしているのか。いるとしたら音楽の味を好いているわけじゃない。なにか高尚な格闘でもしている気がして、暗号の解読に酔ってるだけだ。

牢獄や入院病棟で楽譜を渡され、脳内で音楽に変換する、そんな日のために備えておくのじゃなければ、曲とは遙か遠くの架空の理念じゃないのだから。音楽を抽象芸術のように語る者が多

いけれども——触《さわ》れないからだって?

言語の壁もない。文学や芝居などよりずっと直接的だ。じかに感情を喚起して、生理的な感性で成りたっているのだ。音は、額縁の向こう側にある絵画とちがって直接、肌身に触《ふ》れる。じかに鼓膜を突き、やわらかい粘膜をふんだんに撫でたり、激しく震わせたり、かろやかに叩きもする。高低の波立ちで、引っ掻くように愛撫したり、強音の束でずんと貫いて聴覚を攫《さら》う。

肉体と脳を直接的に結びつけて体感を刺激する。

またきわめて個人的な体感に左右された。一種の香水めいてもいた。良い香りと定義される匂いであっても、体調次第でむかついたり、吐き気を催す、好かぬ香りがあるのと同じである。好きなにおいも強すぎればうんざりする。大好きな音色であっても、適切な強弱のかけひきは重要だ——。

《*LA CAMPANELLA : nach Paganini　S.141　Franz Liszt*》

ユリアンは今、傍らにリスト編曲のピアノの楽譜を広げつつ、使用人に沸かしてもらったお湯を洗面器にあけた。

やや熱めの湯加減に両手を浸し……十指を広げた。

湯の中で、左右の指の腹と腹とを合わせて、押したり撓《たわ》ませたりしながら関節をほぐし、指を伸ばす。

消毒液に手を浸す医者の手つきで、湯から手を引きだす頃合いを計っている。

まだ暖房を入れるほど寒くはないが、指が冷える。

最初、焼けついて感じるのは指先が凍えている証拠だ。一分もしないうちに、お湯が急激に冷めたかと感じるほど、ぬるくなった。

超絶技巧の名手だったリストは、片手で二オクターヴを押さえられたそうだ。超絶技巧もロマン派も恐るるに足らない。いま少しだけ手がバカでかくて、柔軟に開いたのであれば――。

《手が冷たいです？　ユリアン・フォン・クルゼンシュテールン！　そいつはけっこう》

リオネラ以前の音楽教師は、ベートーヴェンがいかに長年、素寒貧《すかんぴん》で、おまけに難聴を患いながらも、数多《あまた》の名曲を生み出したか。シューマンが梅毒による重度の神経症を病んで繊細をきわめていたか。等々――自分の武勇伝じゃあるまいに、しきりに誇らしげに語った。

名演奏家や音楽家は苦境や不遇で魂を磨きあげ、音楽的霊感を高め、肥やしにするのだ。追いつめられ辛抱するほど、秀《ひい》でた音楽家になる資質を磨ける、より高みにある音楽を習得できうる。

そうユリアンにさかんに吹聴するデタラメに心血を注いでいた。

的外れに嫌がらせめいた、些細な苦痛を折にふれてユリアンに強《し》いたがった。それでユリアンを、手の内で転がしているつもりなのだった。

むろん鼓膜を破けだとか、梅毒にかかってこいとか、ルンペンに身を落とせとまでは言われなかった。また実際、難聴で梅毒でルンペンの人間を目の当たりにしたとして、情けをかけたり、ひいては才能を見出したりできるだけの技量がその音楽教師にあるとは到底思えなかった。ただ彼の主張によればユリアンが恵まれた境遇を満喫しているうちは、名演奏家および名音楽家になる資質を欠いているのだ。そんな屁理屈で、ユリアンが冷たく悴《かじか》む手をしながら、譜面読みにいらぬ手間とストレスを感じるのも喜ばしい鍛錬《たんれん》なのだ。

ユリアンは、いちはやく深々と曲の世界にのめりこみたかった。感受性を持った楽器さながら自らを投げ出したかった。その水際で徒労な遠回りをさせられた。

たしかに多くの音楽家が、様々な苦境に見舞われていただろう。が、比較にならぬ大勢の素寒貧で病んだ人間が、作曲はおろか音符など読めもせず、鍵盤も触ったことすらないまま野垂れ死んだのをユリアンは知っていた。だから音楽教師の主張は馬鹿げてると思った。

十代にさしかかってからは、ユリアンもさすがに譜面の決まりごとにいちいち難癖つけるのに飽きてきた。癇癪《かんしゃく》めいたこだわりを抑えるコツは、こだわった先に何か特別な開眼にありつける、人とは違う高みにたどりつける……卓越した感性を誇れるに至るだのとおもわぬよう、心がける訓練につきた。自分は凡人なんだ。淡々とそつなくこなすほうがずっと賢明だ。素直だと褒められる。まるで砂が水を吸収するようだ……と称される。それが要領って芸だ――。

子供の時ほど♭に固執もしなくなった。それでもなお♭は好きだった。

既に兄姉をはるかにしのいでおり、お下がりでなく、新しい譜面も次々与えられていた。だからユリアンは楽譜に自分らしいこだわりを加味して《自分の楽譜だ》と満足する手間をかける必要がなくなってきたのも一因だった。

譜面読みはそれでも相変わらず気が乗らない作業で、与えられる曲も難易度を増して、譜面はますます込みいった。

自動演奏オルガンはピアノ曲もけっこうある。筒状の紙巻きに、音符の穴があいている。オルゴールと同原理で、吹子《ふいご》を踏み続けるかぎり演奏をしてくれる。ペダルで空気を吹きこんで機械的に奏でるので、感情の浮き沈みを投影できる聞き心地はてんで期待できなかった。ゼンマイで動くオルゴールの、なめらかな音符運びにすら至らない。機織りまがいにギッコン――ばったんと音を織りなし、機械的に曲を吹かす。

ユリアンは譜面読みの煩わしさをいくらかでも減じたく、積極的に自動オルガンのミュージックロールを入手した。情緒とは程遠く、紙芝居でも始まりそうで、魂の没入なんてどだい無理な芸当でも、耳から音を吸収して譜面を眺めて、鍵盤に打ちこむ。この手順のほうがずっと自然だ。ただし自動オルガンの機械的な癖が耳から染みこんで、また難儀した。

そんなユリアンの前にリオネラが現れたのだ。

どんな難易度の高い曲でも、リクエストすると、その場で完璧に弾きこなした。

ユリアンが譜読みに拙《つたな》いのを《きみは人より耳がいいから》

さも優《すぐ》れた長所であるかのようにとりなした。《発音記号と同じよ。ネイティヴは発音記号なんて知らないわ。でも苦もなく自然と話せるのよ》

リオネラに実際に弾いて聞かせてもらって、耳で暗譜するほうがユリアンにはずっと合っていた。つらつらと耳から脳裏に染みこんだ。

《そうね、ユリアン。だったら今度までに、まずはローゼンタール版を用意しましょう。たしか同じ音楽をもっと見やすく書いてあったかしら》

暗譜しきれぬところどころ——耳で把握しきれぬ箇所だけ、入念に楽譜を確かめれば腑に落ちた。五線譜は補佐的なレシピにかわった。

リオネラは、さほど大きな掌とはみえない。すらっと華奢な指をしている。弾《はず》みをつけて器用に鍵盤上を自由自在にめぐらせて弾《ひ》いた。

音色を綾なす、ほとんど魔法だ。

ユリアンが理不尽なくらい度重《たびかさ》ねて頼んでも、いつでも幾回でも演奏に応じた。フェルディナント兄の看病も後回しにする勢いだった、小一時間にわたる協奏曲でも、あるいは部分的なフレーズを繰り返し頼んでも。わけへだてなく、もったいぶらずにすんなり弾いて聞かせてくれるのだった。細い指先で鍵盤を穿《うが》ち、濁りない音を幾重にも絡めあうように深々と打ち出した。弾き終えるとたまにほんのり上気していた。

リオネラはいとも簡単にやすやすと弾くので、ユリアンはあとで大仰な楽譜を目の当たりにして、度々、仰天した。それでも、曲に満たされるうちに、すんなり身についた。圧倒的に手っとり早く、曲の本質にたどりつける。

リオネラは調律もお手の物で、ピアノの蓋をあちこち開けて、化粧箱めいた工具箱をフロアに広げる。ねじ回しふうな工具を片手に、頭をつっこんでフェルトをひっぱりだしたり押しこんだりしながら楽器の臓腑を突いたり引いたり、調えた。胸の鼓動に聴診器をあてるように、慎重に耳を澄まして、指で鍵盤を叩いては音階を刻んでいく。時計の秒針を合わせる正確さで調律する。ペダルの軋みも、苔《こけ》にめりこむような鍵盤の重たい手応えも、入念に指を這わせてピアノの腱をなぞって関節を揺り動かし、血管や神経をたどる径路のうちに整備する。

リオネラのラヴェンダー色に煙る視線を一身に集めて、普段は閉じこめている綻《ほころ》びをあられもなく開け広げられ、微調整される具足を見るつどに、ユリアンはピアノになりたい気がするのだった。


この土地は夏だけが楽園めいて過ごしやすくさわやかだ。秋口から窓に霜が降りだして、冬場になれば雪に閉ざされがちだった。広々としたミュージックルームは殊更、温まらなかった。暖炉は、明りと同様、(雨雲が垂れこむとか、雪でも降りつまぬかぎりは、)習慣的に日中はまず火を入れてもらえない。ただでさえぎこちないユリアンの手指はますます冷たく強張《こわば》るばかりだ。

手指に求められる素質とは、鍵盤上で幾度となく激しい着地をして、なお一糸乱れぬ統率力も重要だ。が、無茶な着地で指をついても関節を痛めぬ、鉱夫さながらの図太い頑丈なつくりのほうが、あるいはずっと価値がある。

十代も前半はまだ掌が未発達で、物理的に弾けえぬ曲があった。歯がゆくて、ユリアンはピアノをやめたくなった。それこそ楽譜に手を加え、弾くべき音を取捨選択し、音を省くしかない。ユリアンは中途半端に弾いている己自身に嫌気がさしたのだ。右手の親指で弾くべき鍵盤を、左手の演奏の合間をぬって左手で叩いて全音カバーできないか工夫したりした。大きな手でありさえすれば余裕をもって弾けるのに。やたら目まぐるしく鍵盤上を飛び跳ねる。

小細工をしないで無理して下手でも弾いていないと、しかし掌は大きくならない。

いくら指がすらりと長かろうと、指をめいっぱい横に広げられる開脚力に乏しければ、役立たずだった。

指で器用に鍵盤上をやりくりし、鍵のハンマーを打ちこむ加減を浅からず深からず……。固すぎず甘すぎず……的確に聞き分けて、音色を操《あやつ》る。鍵盤をさざなみたてて波打たせ、雨だれの打つままに濡れそぼらせて――つらつら駈け足で流れおちるような演奏は、ユリアンにはわりと容易なのだ。

手指を左右に押し広げる力と、柔軟なばねが足らねば、しかし打楽器としての役割を掌握できない。時として大胆に弦《げん》の束を幾重にも股にかけて、破壊的に打ちのめすのだ。指の股のやわらかさに関してユリアンは、いつも寒さに悴《かじか》みきっていて、ぎこちなく硬かった。

そもそも暖炉は冬場にユリアンの手が充分のびのびと開花するほど、ミュージックルームを過不足なく温めきれない。精神的に大いに温もりをもたらしても、広い屋敷を暖めるには不十分だ。暗い家に一本灯る、ろうそくの明るさはかけがえがない。が、書見するには電燈に遠く及ばないのと同じだ。

数年前にリオネラがフェルディナント兄の容態を気にかけて、新式ペチカ――セントラルヒーティングを導入した。屋敷中にダクトをめぐらせラディエーターを設置し、ボイラールームを増設して、冬には大気を温かく循環させた。

「――ユリアン。あなた、汗だくよ」

蜜蠟のしたたる甘い匂いをくゆらせながら、リオネラがろうそくの灯った燭台を片手にミュージックルームに入ってきた。

子供の頃に銅版画で見た、夜行巡回してまわる白衣の天使のように暗がりを灯している。影が美しい輪郭《プロフィル》を露わにしていた。気遣わしげに、少しだけ厳粛な顔つきで、肩から腕にゆったりショールを絡ませ、柔らかい色香を包みこんでいる。

ユリアンは暗がりの中で上半身をのめり気味に、半ば顔を突っ伏し、白く浮かびあがる鍵盤を叩いていた。顔を浮かし、ピアノの譜面越しにリオネラの冷たげな瞳を確かめた。すぐに手元に目線を引き戻して鍵盤に沈めた。

「ユリアン、約束の時間よ」

鼓膜が音色の判別をつけやすい角度に、ユリアンは少し首をかしげて、カマキリみたいな恰好にのめって弾いていたのだが、

「一日、五時間以上は弾かないで。約束よ」

——だってまだ

ユリアンはやや身を反らし、振り返りながら、暗い暖炉の上の置時計に目を凝らした。日付が変わる一時間前になっていた。ユリアンは想いを絶つように上半身を引き起こして、旋律から離脱した。曲半ばで演奏をやめた。

「一日、合計五時間よ。ユリアン。ぶっ通しでなくったっていけないわ。毎日あなたは一日だって休まずに、今日、正確にはもう合計で六時間半は弾いています。大目に見るにも限度があるわ。

あなたは楽器じゃないの、あなたの手では指を痛めるのよ。放っておくと矢鱈《やたら》めったら指が速くなって、演奏のピッチを上げていく癖も、いけないわ」

楽器になれるならなりたいね。

ユリアンは鍵盤の上に降った汗の雫を、高音から低音まで、タオルで無造作に拭《ぬぐ》っていった。

「ピアノを弾くといつも人が変わるわね。秋深い晩に汗だくになったりして、魔性に憑かれたの？　野蛮なほど執念深く猛々《たけだけ》しい」

ユリアンはピアノのほとりで、まだ演奏の熱《ほとぼ》りが冷めきらなかった。リオネラがとやかく言うのを朦々《もうもう》として聞き耳をたてながら、むべなるかな——魔性ってリオネラ……あなただろう？　なるほど憑かれているんだろうさ。

上着も脱いでいるのに汗だくで、シャツがずっしり体に吸いついていた。リオネラの身支度を見るに、冷え込んできているらしい——そう遅まきながら気がついた。

フェルトのカバーを転がして鍵盤に渡して延べると、蓋を閉じた。

顔を伝う汗を、片腕を振りあげて袖で拭いながら、腰を上げると、譜面を畳んだ。譜面は見ていなかったしページも繰ってなかった。弾く曲の譜面を、いつも譜面台に据えるのが習慣になっていた。

古風な唐草の透かし彫りが施されている譜面台を後ろに倒していると、リオネラが見咎めた。

「これを書かせたのは前の先生？」

“Aufschwung: Phantasiestücke op. 12”[2]

このシューマン作の独語の曲名に、子供の字で《飛翔》と母国語で書きこんでいた。

ユリアンは目で軽く頷いた。

「〝*Aufschwung*〟というドイツ語に《飛翔》のニュアンスは欠片《かけら》もないわ。〝*Aufschwung*〟は高ぶり――高鳴り――昂揚――絶頂――。グンと暴力的に突き上げて一気に駈けのぼる、生々しくたぎる勢いなのよ。飛ぶ爽快感とは無縁だわ。あらぬ解釈を足すのは、教師の無知を却ってひけらかすだけよね。演奏を聞くかぎりにおいて、今のあなたはテーマを鬱勃《うつぼつ》と体現しきって余すところなく真意を全うしているから良かったわ」

〝*Aufschwung*〟が《飛翔》だろうと《高鳴り》だろうと、ユリアンには物憂げな♭の羅列した、強弱のうつろう速い曲の激しさが、ただ、たまらなくしっくりと雪崩《なだれ》打って響いたのだ。

当時の音楽教師とユリアンはてんで反りが合わなかった。腕が短い不格好な男なのに手がずんぐりと大きく指が太かった。椅子に腰かける時に必ず上着のボタンを外さないと窮屈そうで、それでも尚、ジレのボタンが跳びそうだった。教師が弾いた演奏をユリアンが楽譜に速記する訓練のとき、ユリアンは黒鍵が大概♭に聞こえるままに書き記すと、

《ユリアン・フォン・クルゼンシュテールン！　間違いでないからといって正しくはない。黒鍵はまず♯、或る音の半音上だと考えよ。♯では腑に落ちないときのみ、♭の楽譜をつくる。そのくらいのつもりでいよ。なぜ或る音符の半音下だと後ろ向きにとらえるかね》

2　〝飛翔：幻想小曲集〟としばしば和訳される

《後ろ向き？　♭は美しいからです。♭は音も美しい》

《この曲で、この音が♭に聞こえるようでは君は根っからアマチュアだ。教師を手こずらせるのが生徒の本分だとでも思っているなら、とんだ見当違いで、足らぬ考えだ》

殊更えらそうに指摘してくれなくとも、先《せん》から知っているよ。アマチュアなのは――。それでも兄姉全員が習った音楽教師だ。長兄の結婚式に招いていた。ユリアンは目の当たりにしていないが、襲撃の巻きぞえ喰って殺された筈だから、いまさら悪くあげつらうのは気が引けた。

ユリアンの戸惑いを的確に嗅ぎつけたように、リオネラは、

「襲撃前のクルゼンシュテールン家は羽振《はぶ》りが良かったし、音楽教師への支払いも相当、はずんだでしょうからね。生活のために、自分の手には明らかに余る一人の生徒の才能を握りつぶすくらい、さほどの暴利を貪《むさぼ》る罪と思わなかったのでしょう、ね？　ユリアン」

ユリアンはリオネラに教わるまで、ピアノがうまく弾けて褒められれば、それなりに得意になった、自己顕示欲が満たされたせいだ。反抗期にさしかかる前の子供特有の辛抱強さで、渋々、それなりに技術を磨いた。実もなく鼻高々になってみたり、失敗すれば即座に自己嫌悪に陥って、二度とピアノに触りたくなくなった。誰も居ないところで、いつまでも弾いていたい――かかる陶酔は知りえなかった。

ユリアンはようやく汗が引いてきた。

リオネラの言わんとする真意は今一ツ摑めないままでいた。

リオネラは片手を伸べて、ユリアンの汗の残滓《ざんし》をハンカチで淡々と押さえながら、

「生徒の技量と才能が、自分を明らかに超えている。まさかそれすら気付けない無知な音楽教師だったとは思いたくないでしょ？　彼としても報酬にありつくためには、いろんな御託を聞かせて教師の存在価値をひけらかさないといけない。苦肉の策だったでしょうからね。そのために恵まれた若い芽を摘むくらい、致しかたなかったと——履き違えてるけど、ずいぶんお気の毒だったわ」

ユリアンは汗をそっと拭われるがままでいた。リオネラはユリアンをさも才能がある者のように譬《たと》え、信じこませようとしている。

苦痛であれ鍛錬《たんれん》であれ、ありもしない才能を開花せしむる手立てはなかった。ただし、生まれつき微々たる才能でも備わっているならば、試練などでなく純粋な苦痛が、脆《もろ》い可能性を色あざやかに開花させる、それは真理だともユリアンは思っていた。不遇は感受性を打ちのめし、強く鍛えあげる。感性をいっそう研ぎ澄ます。極度に研ぎ澄まされた感性は己を消耗する。芸術に打ちこんで極めていくと、しまいに自滅する末路についても判っていた。

ユリアンはそろそろ正気付いてきて、受けねばならぬ罰を意識した。

譜面台の手前に置いてある一本の教鞭を、みずからリオネラに差し出した。

約束の時間を大幅に超えたあとには、リオネラから大腿やあるいは肩に鞭を鋭く一発、振りおろされなくてはいけない。

形だけの躾《しつけ》だと舐めてかかると、服が破けるのは珍しくなかった。思わず膝を折って片足を抱えこみながら、しばらくその場で立ち上がれなかった事も一度や二度じゃなかった。リオネラは仕置きが済むと、痛みに蹲《うずくま》っているユリアンを捨て置いてさっさと部屋を出ていくのだ。

五時間の演奏時間は、当初フェルディナント兄の睡眠を妨げぬ限度だった。かといいピアノを禁じられては、口の利けなくなったユリアンは、口を二重三重に塞がれる――それゆえ五時間。

屋敷は広く、ミュージックルームは別棟《べつむね》にあって、温室めいた大きな窓の離れで、兄の寝室からは一番遠かった。それでも際限なくひっきりなしにピアノが鳴っていたんでは、フェルディナント兄も気が休まるまい――。

「ここで私に鞭を振るわれるか、明日一日、ピアノを休むか。選ぶのよ」

ユリアンは出来うるかぎり鍵盤に向かっていないともう精神の安定を図れない。

明日も弾きたい――

念押すように尚も教鞭を差しだした。リオネラは黙ってユリアンの顔色を見定めながら、ハンカチをポケットにしまって、鞭を受けとった。暖炉上のマントルピースに、いったん燭台を置いた。

乏しいろうそくの灯の傍らで、鞭の握り具合を確かめていたが、元あった譜面台の手前に、そのまま呆気なく横たえた。

服のポケットからピアノの鍵を取り出すと、鍵穴に挿してキュリキュリッとねじこんでから引き抜いた。燭台を再び手にすると、リオネラは鍵を持って、ミュージックルームを無言で後にする。

普段は耳心地の良いやわらかな靴音が、硬く冷たく突き刺さる。

ユリアンは無傷で暗がりに取り残されながら、ゆっくりピアノの椅子にグズグズッと項垂《うなだ》れた。虚ろなさみしさに虫喰われて、立てなかった。

……べつにリオネラに鞭打たれて快感を覚えたりしない。鞭がしなって、身を焼く痛みに貫かれる苦痛は、苦痛のままだ。片時も喜びに変貌しない。ただしリオネラに鞭打たれても憎しみはわかない。リオネラは嬉々として打ったりしない。鼻白んでユリアンを足蹴に見下すわけでもない。怒りに任せて暴力を振るうのでもないからだ。

リオネラは、ユリアンに実体の痛みを残す必要性をわかっている。だからなるべく穏当《おんとう》に——必要以上に打たない。生傷が残るうちは頼んでもまずダメだった。打つとなったら、手は抜かない。いつだって厳しく、いとわしげに……耐えがたそうに教鞭を振りあげる。手加減なしで容赦なく打たれると、ユリアンは初めてリオネラと真っすぐ差し向っていていい気がした。美しく才能あふれるリオネラ——。鞭を受けるくらいでおれが音《ね》を上げると、あなたに思われたくないんだ。

ユリアンはリオネラとの絆を血肉に刻んでおきたい、その場限りではしのげないのだ。いつまでも後を曳《ひ》いておこぼれの愛情を確かめる装置がないと、息まで摘まれる。少しの間、姿が見えなくとも、リオネラがユリアンの肉にもたらした黝《あおぐろ》い痣《あざ》を自覚できるうちは大丈夫だ。さわるたび痛みが沸々と立ちのぼると、他のさまざまな疼きを誤魔化《ごまか》せた。

——兄姉の意地悪を、声を嗄《か》らして母親に言いつけて、命からがらといった状態で泣きついて糾弾していて、目が覚める。

ああ……みんな殺されたんだ——死んだじゃないか——。

ひっそり口の端を歪めて、ユリアンは己の腹穢《はらぎたな》い虚無感を押し流すようにひとしきり涙に暮れ、みっともなく泣いたおかげでようやく訪れた気怠《けだる》い眠気を吸い入れる。再度眠りにうつろいかけると、兄姉の浅ましさを、フェルディナント兄に一生懸命、告げ口している。

フェルディナント兄さんなら！　わかるでしょ——？

涙ながらに訴えかけ、フェルディナント兄は心底共感しながら、黙って幾度もうんうんと頷いてくれるが、終始寂しげな面差しである。目が覚めるとユリアンは寝苦しさに解き放たれるにつれて、やはり泣いた。

ごく短時間に奥歯が磨《す》り減るような夢を断続的に体験したおかげで、ユリアンは眠るのが空恐ろしく、頭の重さにぐったりと……うんざりとしながら避難所を……心身ともにくつろげる優しい場所を目指す。裸足で蹌踉《そうろう》としながらリオネラの寝室にたどりつくのだ。

リオネラの居ない隙に寝室のベッドを借り、ちょっとだけ休ませておくれと、色とりどりの絹張りと天鵞絨《ビロウド》のフリルが寄せてあるクッションを、無感動に跳ねのけた。紗の綾なす天蓋が垂れこめている。程良い固さのスプリングと甘い肌触りの毛布、羽根布団の間に闇雲にもぐりこんだ。ひととき安らいで、頑なに凝り固まっていた心身がほどけゆくまま、苦もなく眠れそうだ——。

その一瞬の隙をうかがって、抑圧された睡眠の陰で狡猾に身をひそめていた欲望が、ユリアンを出し抜こうとする。いつのまに背後に忍び寄っていて、気付いた時には掌握されている。

ここに来ちゃいけなかった、自己嫌悪ほど出口のない徒労はないのに——ユリアンは抗《あらが》いたくも、起きあがるにはあまりに疲れ果てている。満足な寝返りも打てない。体中が軋んでいるのだ。だいたい、ユリアンはズタボロに擦り切れないと眠れないのだ、時間感覚が前後不覚に陥るほどピアノを弾いたあと、体が冷えてくるにしたがって、ユリアンは自分の器の容量を遙かに超える眠気にぶちのめされた。圧倒的睡眠。これこそ求めていた秘境なんじゃなかろうか——さまざまな悪夢の記憶も薄れかけた束の間——今更だ。抗うなど無理な相談だ。おれはこんなに疲れきっているし……。本当は、手前はこの欲望に差し向かいたくないあまり、眠りを敬遠していたんだろ？

ユリアンは手首を咬んで己自身に猿轡《さるぐつわ》を嚙ます要領で、息も荒く前歯を突き立ててこらえているうちに、血管を喰いちぎっていた。衄衄《ジクジク》した血に塗《まみ》れながら、これでピアノも満足に弾けない、舌を抜かれたも同然だな……。

目が覚めてみると、血管は突き破られていなかった。

ユリアンはミュージックルームにいる。

ユリアンはピアノの脚に齧《かじ》りつくように体をまるめて、歯を食いしばって歯軋りしながら、硬い牀《ゆか》で直《じか》に寝ていた。頭痛がひどかった。夢で泥濘《ぬか》っていた血の正体——涙と唾液を拭いながらゆっくり身を起こした。長い吐息をつくにつれて、頭痛はすんなり鎮まった。

月光の乏しい明かりが、窓硝子《ガラス》を洗っていた。

入浴して全部洗い流さないとな——

仄碧《ほのあお》い釉薬《ゆうやく》の滴っているような夜闇の中で立ちあがった。ユリアンは譜面台の端に放置してあった楽譜を、目を凝らしながら翳《かざ》し見た。

“Aufschwung: Phantasiestücke op.12”

振り下ろされなかった鞭のありかを思いだした。

コンコン——コツコツ

せわしなく風がざわめいて、窓の軋めく物音にまぎれ、小刻みなノックがした。外では山が囁いているように凩《こがらし》が吹きおろしてきていて、ボートハウスの鎧戸《よろいど》をこすっていた。

ガタガタッ

把手《ノブ》をひねったり、引っぱったり少々手荒な感触が響いてきたので、扉を隔ててユリアンは肝を冷やした。

「わたしよ、ユリアン」

ユリアンは鍵を外してドアを開けた。

マントを羽織ったリオネラが何者かにつけられて、逃げてでもきたように、飛びこんできた。

ゆったりとかぶっているフードが脱げかけていた。

外は曇天で、リオネラはユリアンの心配をよそに笑いかけつつ、部屋を見渡した。

「あったかいのね」

少し髪がほつれかけていて、秋風に頬を引っ掻かれ、冷えかけた顔がふわっと赤らんでいる。

ほんの少しだけ幼げに、無邪気にみえた。ユリアンは見惚《みと》れかけながら、ドアを大きく開け放って、リオネラを中に促すと大人しく扉を閉めた。

「寝ていたかしら？」

日中から鎧戸を閉ざした暗がりを見咎めて、リオネラはマントを肩からするっと脱ぐと、椅子の背もたれに掛けた。

「ここなら良く眠れるの？」

ユリアンは首を横に振ると、暖炉の前に屈みこんだ。寝てもいないし、健やかに眠れもしない。さも熟睡していた素振りができるなら、したかった。リオネラ相手では、すぐにも見透かされる。いっそう惨めになるのがいやで取り繕えなかった。

その場しのぎに適当な台詞《せりふ》で鎧《よろ》うデタラメがてんで通用しない。太刀打ちのしようがない。たまに深意がもろ出しで、リオネラに丸見えになる。

ボート小屋に電気は引いていなかった。ユリアンは焚木からろうそくに火を移し、ランプに灯を入れてまわった。

「とくに用事はないのよ。ユリアン、あなたの姿が見えないから気にかかって様子を見に……ここだったのね」

ボートハウスは敷地内の湖畔脇に建っている。

銀の蘭の邸宅から歩いて十分弱の奥まった蔭に、寂びれた山小屋風にしつらえてある。コテージだ。父親はよく出入りして、気兼ねなく友人を招いた。ボートを漕いだり、息抜きに強面《こわもて》の猟犬をつれて、敷地内を散策したあと、慎ましい休息をとるのであった。

本邸とさして離れていないが、空気感は別世界だった。厭世的な物書きに励んだり、ひととき物思いに耽って手紙をしたためたりするのに、兄姉たちもかつては思いおもい活用していた。

本宅の銀の蘭の館に飾るにはいささか泥臭い猪の剝製だとか、鹿の角だのが陣取っていて、今ではからっぽの帽子掛けが立ち並んでおり、暖炉の前には巨大な革張りのカウチが据えてある。背もたれには、柔らかい沢山のクッションと、伝統毛織のブランケットや膝掛けが、秋色の配色で折り重なっていた。書斎の書架を飾るにはいささか見映えの劣る三文小説やらが机の上に平積みになっている。

かつては庭男が管理していた。裏の物置には、暖炉用の薪が随時たやさず積んであった。冬場にブーツの下に履いて雪上を歩く、テニスラケットを橇状に反らせたような 樏《かんじき》 だとかも備えてあった。

襲撃後はしかし、フェルディナント兄をはじめ、リオネラもむろんユリアンも滅多に立ち寄らなかった。長兄の挙式の間、おそらく襲撃犯たちは一旦この場を占拠した。ここボートハウスで体良《ていよ》く身を潜めていたのだ。家具がずらされ、見慣れぬ煙草の吸殻が残っていた。

リオネラの指揮する影めいた使用人は、それでも今なお手抜きせず、ボート小屋を管理しつづけているのだった。

「ユリアン、ひょっとしてここで示しあわせて誰かを待ってるの？」

《待つって、誰をだ》

ユリアンは失笑気味に紙に綴りかけて手を止めた。胸が詰まって、書きだした紙を握りつぶすと暖炉に放り捨てた。

――あなたさ

べつに誰かを待ってたわけじゃない。むしろ人目を避けてここまで来た。それでも――《わたしよ、ユリアン》と呼ばれた瞬間に、全身が鼓膜さながら共振する。扉を開けて飛びこんできた姿を見たとき抱きしめたかった。だから遠ざからねばならぬくらいに、いつだってあなたを待ってんだよ。

リオネラは暖炉に目線を滑らせ、火の燃えうつった紙屑の揺らめきや、炎のちらつく陰影にやや目を眇《すが》めた。目が乾くように疎ましげに見入って、涼しげな瞳がアメジスト色に瞬いていた。ユリアンを問い詰めるとやぶへびで、碌《ろく》な仕儀には至るまい――と冷静に見極めてか、口を噤《つぐ》んだ。

賢明なリオネラがユリアンは苦々しかった。石の礫《つぶて》でも飲み下したように居たたまれなかった。

「なにを煮こんでいるの?」

巨大な洞窟じみた暖炉は埃《ほこり》っぽい。煮焚きできる鉄製の台座が備えつけられてあり、その蜘蛛《くも》の脚めいた五徳《ごとく》に、ユリアンは大ぶりの胴長鍋を載せて火にかけていた。蓋の空気孔から蒸気が盛んに噴きでていた。銅製の鍋の中身はグツグツ煮立って、吹きこぼれんばかりである。

ユリアンはふだん調理器具と無縁だったから、リオネラが誰か待ってるのと訊いたのも、おそらくはその不自然な取り合わせのせいもあった。

リオネラは、火加減を気にかけて暖炉端に寄った。

「なんだかおいしそうね、見てもいいかしら?」

リオネラが鍋の蓋に素早く手を伸ばしかけたのを、ユリアンは慌てて遮った。熱いよ——無言で軽く手を払いのけた。ユリアンの手荒な勢いに、リオネラはギョッと手をひっこめた。用心深く目を剝いて、ユリアンを見定めた。

ユリアンはリオネラの眼差しに色々を燻《いぶ》しだされる前に、観念した。厚手のミトン型で、大分くたびれ焦げかけているグローヴを手渡した。

リオネラは、ほっそりとした片手をミトンに突っこむと、鍋の蓋を浮かせて湯気を浴びた。即座に顔が曇った。熱い吐息を呑みこみながら、脇にあった木杓子をつっこみ入れた。鍋の中身を重たげに引きだすと、黙って鍋に押しこんで、蓋を閉めた。

「……こんな気の滅入る作業を。あなたがやらなくていいのよ、ユリアン」

ユリアンはフェルディナント兄の服を煮ていた。寝具を暖炉で燃していた。

シーツやガウン、死んだ当日着ていたパジャマやコルセットは言うに及ばず、枕や羽根布団、毛布もカバーも、ここに運びこんで火をつけた。マットレスも解体して、燃やせる分は、全部火にくべて燃した。

ボート小屋は隔絶されているばかりでない。暖炉の間口が極端に広くて懐が深いのだった。幼少期にユリアンは灰かぶり姫の話を読んだ。火の消えた暖炉の中で、灰まみれで眠らされる娘とは、さぞや小柄で、しかもうんと身をまるめていたのだな——と気の毒がっていた。ボート小屋に連れられて、暖炉を目の当たりにしたときに……こういう仕儀かと思い直したものである。大男でも四肢を伸ばして劣悪な寝床にできる大きさだった。

寝具は一度にたくさん積み上げると、炎を押しつぶし、息の詰まる不完全燃焼の煙が立ちこめた。濛々《もうもう》としながら、火種がゆっくり時間をかけて根をはびこらせ、ながながと燻《くすぶ》ってから一気に火がまわる。とたんに、大きな炎が立って危なかった。

一枚一枚、ユリアンは炎の行方をじんわり見定めた。火焔は虫喰うように侵食し、焼け焦げの暗渠《あんきょ》を押しひろげる。火は狡猾に勢力を増してめぐり、じわじわ巣食うと、一挙に炎の手を繋《つな》ぎあい燃えひろがって暴力的に延焼し、自滅して朽ち果てた。その頃合いを見計らいまた一枚、ユリアンは丁寧にふんわりと被せた。燃え移ってフェルディナント兄の寝具が焼けおちるのを待った。身をくねらせ波打つ炎に己の意識を投じて、メラメラ揺らめく輝きを眼に映していると、時を忘れた。火が熱く息苦しい反面、凝縮した時間を掌握している錯覚がした。

兄の密葬を済ませてから部屋はそのままにしてあった。

誰かがいつかは片付けねばならなかった。

ユリアンは使用人に任せたくはなかった。敷地の隅――屋外の焼却炉で、生ゴミなんかと一緒に燃されるのはいやだった。

フェルディナント兄は死期を察して自分でも適宜、処分を心掛けていた。だが思うように体を動かせなくて、

〝この兄の持ち物は、そっくりそのまま焼くがいい。結核の病毒が染みついているだろうから。

すまないねユリアン。面倒をかけるがそれだけ頼む〟

上等な靴も燃やした。何足も――。ユリアンと靴のサイズは一緒でも足の恰好が合わなかった。

つづいて書類や書籍に取りかかると、紙類はメラメラと素早く炎と溶解して、塵になった。本物の薪を幾本か足した。その炎に五徳を据えて、鍋を沸騰させ、焼き捨てるには名残惜しい……ユリアンでも着られる衣服を鍋に入れて火にかけた。生地が駄目になるのは承知の上で煮沸消毒していたら、コツコツ――

リオネラのノックが聞こえて、立ち入ってこられたのだ。

「ユリアン。……言ってくれたら。私がやるわ」

ユリアンはちょっと鬱陶《うっとう》しげに眼差しをひるがえした。胸ポケットを探って一度戻した鉛筆を手にすると、ときどき焚木へと目をくれながら、片足を立膝にした膝小僧の上で、焼き捨てる紙の余白に一文綴った。

《今更あなたが感染したら耐えられないので》

炎の舌が大気を舐めずる微かな音がしていた。

フェルディナント兄の介助はリオネラでないと行き届かなかった、何より兄がリオネラを強く望んだ。今はしかし兄の生前とは違うのだ、後始末ならユリアンで用が足りる。

リオネラは、ユリアンの膝元を覗きこみ「ユリアン。私なら大丈夫なのよ。あなたこそ――」

《なぜ大丈夫。魔女だから？》

「ええ」

リオネラは顔を上げると、優しく涙ぐむように微笑みかけた。少し首をかしげて「そうよ。だけどユリアン、私が彼を結核にしたんじゃないわ」

《知ってるよ。あなたに捧げて骨抜きになった。その洞《うろ》に勝手に病毒が巣食っちまったんだろ》

少なくともフェルディナント兄はリオネラを一抹も恨まなかった。仮にリオネラとの契約のせいで病んだにせよ、そのおかげで療養中で、賊の襲撃を免れた。ならばリオネラに命を拾われたとも言えるんだ。そういう因果なのさ。一度、筆談でこう綴った。あの女に最期を見取られるまでは生き存《なが》らえる——とするならば、これ以上はない安逸の極みだよ——。

ユリアンが目を通したのを見届けると、紙を握り潰して、人目に触れぬよう暖炉の火にくべた。まだ館内《やかた》にセントラルヒーティングを導入する前の話だ。

ユリアンは火かき棒で、黒く燻《くすぶ》っている本の残骸を崩して灰にすると奥へと押しやった。新しい本を横に並べ、上にも積みあげて煉瓦《れんが》状にくべた。

リオネラは、まっすぐスッと立ちあがった。

ゴツゴツと靴底が牀板《ゆかいた》をわずか軋ませながら扉に向かった。椅子の背にかけておいたマントを攫《さら》いがてら、扉の把手《ノブ》に手をかけた。

待って——居てください

ユリアンは呼ばわったが案の定、声は出ない。いそぎ立ちあがると駈け寄って、居てくださいと再度頼んだが、声になってはいなかった。

リオネラはゆっくりマントを纏《まと》って、身を隠すように合わせを掻き寄せつつユリアンを見た。

いつもの見透かす目つきとちがって、許しを請うようだった。

居てください

ユリアンは躍起になって声もなく繰りかえし口に出した。リオネラにカウチを指し示した。

居てください――出てかないで――居てください――あなたを待ってた――居てください――

ここに座って

リオネラは耳を澄ますように首を傾げ、空目にしてユリアンの口元をじっと読んだ。途方に暮れたようにカウチに引き返してくると、隅っこで背もたれへと横向きに体を預けつつ、カウチの裾に、靴を脱いだ。足をすっぽりスカートの中に引きこんでカウチの座面に乗せると、首をかしげて自分の腕を枕にした。ラヴェンダー色の目が乾いたように、ゆっくりつむった。

小鳥がくちばしで羽づくろいするように頭を肩越しに傾げて、自分の羽毛に包まれながらゆっくり下から上へと、薄紫の瞼《まぶた》を閉じるのを見守っている気がした。ユリアンは、掌で小鳥を包んで温めながらむしろ自分の冷たい指先が次第に温もる――優しい感覚を思い起こした。

本当は、ゆったりリオネラの肩を押しこくると、もう片方の腕でリオネラとマントをひとかかえに抱き込んで、カウチの背もたれに手をついて、自分の体を押し付けながらリオネラを引き寄せたかった。きっとリオネラの頰も髪の先もさきほど火にあたっていた温かさと、冷たく凍えかけてひんやりとした柔らかさが、混在しているのだろう。一人のリオネラに、あたたかく冷たい場所が在るのを探りながら、自分は混乱しつつも安心するだろう。温《ぬく》やかな地肌へと、指を深く潜らせて、髪をかき集めながら、リオネラの首筋や髪の毛へと探るようにそっと口づけよう。肩や、背中や、わき腹の曲線をなぞって抱きしめたら、リオネラのマントは腕からカウチにずり落ちていくだろう。

強風で鎧戸がしつこくガタついて揺れている。

鍋は煮立って吹きこぼれている。ぶくぶく、ぐつぐつと熱気を飛ばし、よく煮立っているのだ。

ユリアンは部屋の端から暖炉端へとゆっくり歩いた。木杓子の柄を、鍋の蓋の小さな取っ手にくぐらせると、蓋を少しずらした。

再び本をくべてから、脇によけておいた帳簿《ちょうぼ》の一冊を手挟《たばさ》んでくると、ユリアンもカウチに腰を下ろした。

前のテーブルに帳面を広げて、紙の端をタンタンと軽く叩いて隣のリオネラを呼び起こした。

億劫《おっくう》げにリオネラが目を開けた。

×ブルモン・セッケンドルフ
×アンドレ・アイデンベルグ
×アンドレ・グレツキ
×ヘンリク・セビン
×ヴィクトル・ピケ
×アダム・マルクジンスキ
×レフ・ヴァルナー

×ピエル・アナスン
×ビルゴット・トロツィヒ
×ラッセ・ハウネショルド
×オリバー・シューリヒト
×セルゲイ・レスコ

これ、わかりますか。

ユリアンが帳簿を示すと、リオネラは察して答えた。

「ええ、良くわかるわ。ここに挙がってる人物はギュンツブルグの一族を淘汰するための私たちの手づるだった。このノートブックは管財人に任せられない裏帳簿で、裏金とその出入金の記録よ」

ギュンツブルグ家を襲撃させるにあたって、前金と後金を、この十二人に支払っている。その帳簿。それはユリアンもあらかた読みとれた——。

ユリアンは机の上で静かに綴った。

《帳尻が合ってない。兄の性格からして考えられない》

「一人、後金を受けとりに現れなかったせいもあるかしら。前金だけでも弾んだから、仕事をしないで雲隠れしたんじゃないかと疑っていたけど、屋敷に火を放った火災の巻き添えを喰って、どうやら逃げ遅れて煙に巻かれて死んだようよ。ほかの十一人に問い質したところによるとね。

訊きたいのはそれだけ？」

それだけではない。なぜ裏帳簿が必要なのか。

あの堅物の管財人は職業柄、口も堅い。守秘義務は絶対で、帳簿管理などもっとも面倒な仕事は、相当な額で財産管理を託しているのだから専門家に一切を任せるべきである。すくなくとも病身のフェルディナント兄が苦痛を押してやるべき作業でなかった。

ギュンツブルグ家襲撃にあたっては、例外的にやむを得なかったとしてもだ、裏帳簿とおぼしき出納帳は何冊もごっそり出てきたのだ。兄は全部を燃せと言っていた。ユーリック、お前の目を汚す必要もない。目も通さずにそのまま燃せと。絶対お前がやれと、珍しく命令口調で念を押した。ユーリック、紙に関しては全てお前が処分しろ、必ず。いいね——

《なぜこんな帳簿が山ほどあるんだ》

「答えはユリアン、あなたも薄々お判りでしょう」

ユリアンはチクッと脇腹あたりが引き攣れる、走っているとき感じる息切れの苦痛がよぎって、眉を顰《しか》めた。

「私がこの屋敷に出入りする前からあるのよ。数十年にわたってね。あなたのお兄さんの字で書かれているのは最後の一冊の一部だけでしょう？　私も憶測でしか言えないわ。わかるのはあなたのお兄さんの帳簿付けを助けた分だけど、それはギュンツブルグ家淘汰に関しての諸々だけよ。匪賊を雇ってギュンツブルグ家を討ったのは私たちの怨嗟《えんさ》による仕事で、私怨《しえん》になるでしょうけど、もともとなぜ先方のギュンツブルグ家が、突如クルゼンシュテールン家を潰そうとしたのかしらね？」
《馬鹿みたいに法外な金額が動いている》
「だからそれが地元の名士で、由緒正しき貴族クルゼンシュテールン家の負った業績の一端――クルゼンシュテールン家より遥かに格上の権力者に命じられ、担ってきた裏金元の事業では？」
リオネラは投げやりに暗い顔をして殺伐とした口ぶりだった。
ならばギュンツブルグ家が我々を討ったのは、あくまでその権力者からの命令なのか？　連中は働かされただけであったのか？
クルゼンシュテールン家が何らかの汚れ仕事を任されてきた。厄介な機密に通じて各所の脅威になりつつあった。とすれば我々に強請《ゆす》られる材料はいくらでもあっただろう。皆の目障りは腫物に触る扱いようで、畏《おそ》れられているうちが花だ。邪魔者への鬱積《うっせき》が勝《まさ》ったら淘汰の頃合い――血と権力に汚れまみれたクルゼンシュテールン家を抹殺できれば、悪党が廃除でき、世の中は少しだけ風通しがよくなって、当面の脅威も解消される――
《内情をそれとなく察していたなら、リオネラ、あなたはなぜ留まった。我々クルゼンシュテールン家が物騒で不気味でないのか？》
「何を恐れて忌まわしがればいいの、私は知らないわ。ユリアン、あなたはわかるの？」
《たとえば雇われ匪賊の残り一人が、いつか後金をせびりにくる。死んだかどうか確かでないんだ。それでなくとも連中は匪賊だ。生活に窮して、いつ因縁をつけてくるかわからない》
リオネラは、ユリアンの筆跡を悩ましく遠ざける眼差しで見下ろしていたが、顔を逸らして言い捨てた。

「その心配なら必要ないの」

ユリアンは前のめりに詰めよる気勢を改めた。めずらしく長々と綴ってみせたテーブルから身を離した。

「そこに名前の書かれている破落戸《ごろつき》は全員、始末したから平気なのよ」

にわかにユリアンは脇腹の微痛が宙に浮いて軽くなった。却って困惑気味に、やや身をすくめた。

「殺したのよ。用済みでしょうが」

ユリアンは目線で気弱に頷いてみせつつ、クッションの一ツを体に引きよせて、さりげなく抱きすくめた。

「後金は一人ずつ順繰りに日程を定めて支払った。前金をはずんでいたから、皆、疑わなかった。お上品な貴族だ、ごろつきと一時《いちどき》に対面するのは心臓に悪かろう——とでも思ったでしょうね。それまで屋敷に引き入れた例《ためし》はなかったけど、ここに呼んだわ」

ここって——？

「此処よ。私たちはあのころ隠れ住んでいたから、あなたのお兄さんも、わざわざこのボートハウスに足を運んで待ち受けた。その都度、連中といちいち落ちあった。匪賊はお屋敷のコテージにお呼ばれしたと思ってたわね。こちらはおとなしく報奨金をはずんで手短に仕事をねぎらった。この件に関しては今後一切、他言無用によろしく頼むと。その帰り道に敷地内で、後ろから至近距離で……用意周到に手筈を整えておけば、殺すのは簡単なのよ」

《誰が殺《や》った》

「あなたのフェルディナント兄さんが。ひょっとしてユリアン、私だと思って？」

消え入るようにリオネラはさびしげな、からっぽの笑みをユリアンに向けた。「あの人、見事だったわ。相手によっては次の仕事を持ちかけた。もちろん作り事です。かなり具体的に匂わせて――匪賊といえども、生死の懸け引きを間近に体験してきた小悪党が、あなたのお兄さんの腹にてんで気づかなかった。なぜってあの人は眉一つ動かさないのよ」

にわかには信じ難かった。嘘でないのもしかし即座に判った。

「銀の蘭の屋敷の――湖畔の森を掘りかえせば十一人分の骨が出てくる。使用人がそのつど埋めたから、私は正確な場所を知っているの。案内させてもいいわ。気は乗らないけど。それでもあなたの大好きなフェルディナント兄さんがやったって証拠には確かに足らない。信じなくともいい。あの人も言いたがらなかった。――ユーリックに、君は黙っておいで。秘密にしてくれと」

《なんで》

「ユーリックは神経が細いし多感な時期だ――あの人はそう言ったのよ。ユリアン、あなたの神経は細やかだけど、細いとは思っていないの、私は。だけどあなたのお兄さんは――自分はどうせ死ぬのだ――と」

――既にゆっくり死にかけているしね。少しでもその死に意義を見出せるなら本望だって……そう、ならないか？　クルゼンシュテールン家の汚点を清算して、それが罪ならその罪を、もしもできるなら誰かの分も少しでも肩代わりできれば、死に差し向かうにあたってさほど悪い自己満足でもないな。一度の死を目一杯、素敵に活用してやるのさ。どうだい、君もまだ惚れ直してくれる――

「……笑ってたわ。ユーリックは無関係だ、いたずらに惑わす必要はない――ユーリックを煩《わずら》わすほどの沙汰じゃない。既に充分だろう？　……たぶん私たちを守りたくもあったんでしょう。私があの人を怖がる隙もなかったのよ。ユリアン、あなたが言うように匪賊との関わり合いはきれいさっぱり片付けて手を切らねばならない、連中に負目など持っていたら碌《ろく》な目に遭わない。手持ちの配下を全員失っていた、ギュンツブルグ家を掃討するためにやむなく徴用しただけで、金で女子供だろうと殺害する連中など、見るのも嫌いだったのよ、あの人は。法外な条件も黙って呑んだ。前金を渡して安心させて、端《はな》からあとで全員殺すつもりで、手ずから首尾よく片付けた」

フェルディナント兄はたまに、醜い虫ケラを見やる目つきを人間《ひと》に向けた。えらそうに気取っていたのではなかった。耐えがたく鼻白みながら目線で鎧《よろ》って、うっすら仮面を貼りつけるように優雅に取りつくろう。すると艶《なま》めかしさが、しめやかに奔《はし》りでた。眩しげに眼を細めて見えた。

ユリアンはフェルディナント兄が恋しくなった。

生きていたら兄を不気味で近寄りがたく恐れもしたろうか？　間近に患い、病臥《びょうが》して弱りきった姿は、今はさのみ思い浮かべない。

「――ギュンツブルグ家は淘汰せねばならない。容赦はいらない。我々に果たした実力行使を鑑みれば。でもあの人はギュンツブルグ家が緒事万端《しょじばんたん》、一掃されてみると、そこはかとなく奇妙な同情というか――共感めいた理解をひそかに示していて――胸が破けて口が裂けようとも認めなかったけれど……。それが匪賊には、終始まったくの無慈悲だった。私がどう贔屓目《ひいきめ》に見てもね、人間として扱ってはなかった」

ユリアンはカウチから腰を上げると、暖炉端に寄って、鍋の蓋を大きくずらした。中の茹《ゆだ》った衣服を木杓子で引きずりだし、火中にびしゃり投げ入れた。暖炉は鎮火し、水浸しになって水蒸気と白い煙が立ちこめた。

ユリアンは燃えさしの書類を火掻き棒で掻きだした。

帳簿は脇にとっておいてある。だがまだほかに手がかりが残っているかもしれない。焼くのは隈なく目を通してからでいい。クルゼンシュテールン家の長年の依頼主は何者なんだ。我々を用済みに、ギュンツブルグ家に売った――。あるいはギュンツブルグを焚きつけ暗黙裡に唆《けしか》けた。それとも真っ向から命じたか？

ギュンツブルグも我々と同様、近年のブルジョワ化の煽りを被《こうむ》っていたとしてもだ、金策に窮した貧乏貴族と格が違った。

(金だけが主たる理由で、我々を殺すだろうか？)

権力者って誰なんだ――その首謀者は本当に力があるのだ。

今となっては、その依頼主こそを最も恨むべきで、真に抹殺すべきは――殺戮《さつりく》の報復を果たすならそいつ（或いはそいつら）の遺骸なくして速やかに幕は下ろせるか？　涼しい顔で呑気にのうのうと優雅な暮らしぶりをさせておいていいわけがない。

（考えろユーリック）

フェルディナント兄は、我々を襲った連中の元締めがギュンツブルグだとなぜ見抜けたか。リオネラは、ユリアンを助けにくるとき二人を殺してきた。その男の所持品などからも結局、素性は割れなかった。体格や武器の使いこなし方、話し方のアクセントなどから、懲戒処分で退役させられた元軍人や職業兵隊の成れの果てかと想像をつけた。何者が組織したのか——判らずじまいだ。

我々クルゼンシュテールン家の配下は悉《ことごと》く抹殺されていた。人繰りに匪賊を徴募せねばならなかったほどに。フェルディナント兄は既に病身で——リオネラは看病に心を砕いていた。影の使用人は自動オルガンと同様、定められた範囲内での命令に機械的に働くのみだ。リオネラの指図を鵜呑みにして動く。夜にはまともに召喚できない。我々のかわりに、他者と厄介な駆け引きに臨むなんぞ無理な相談だろう？　それでどうギュンツブルグにたどりつけた？

（誰かに唆《けしか》けられたんだ）

我々は端《はな》から復讐を望んで、命の清算を目論《もくろ》んでいた。フェルディナント兄としては唆けられ丸めこまれるふりで、逆手に利用したのだろう。だが、ギュンツブルグの手勢が我々を皆殺しにしたのが事実であれ、ギュンツブルグ家をフェルディナント兄に売り、兄貴に討たせた者が居る。ならば、その図太く狡猾にぬめぬめした黒幕の正体を見逃してはならない——もっとも阿漕《あこぎ》で、看過してはならぬ敵だからだ。

フェルディナント兄は燃せと言った。

病毒が紙魚《しみ》さながら染みついているからね——

きっとユリアンに全貌が知れては困ると思った。しかし裏腹に、ユーリック必ずお前が燃せとも念押した。

暖炉から掻い出した紙類は、見る影もなく焼け焦げて、かろうじて形状を留めていても真ッ黒な炭と化していた。ユリアンが慎重に手にした途端、ぐしゃりと縮れてモロモロと柔らかく砕けた。水分に潰れて跡形もなく塵芥と消えた。あたりに立ちのぼる消し炭の臭いを吸いこんで、ユリアンは噎《む》せかえった。

遺灰でもないのに。兄貴の灰が両手に貼りついて崩れていったようで、頼みの綱が切れてしばらく——ユリアンは悄然《しょうぜん》と行く先を見失って、ただ己の手を見た。

「——ユリアン。この際だから言っておくわ」

背後でカウチに身を沈めていたリオネラは、ユリアンが鍋の中身を炎の中にぶちまけたときに、意表を突かれて神妙に身を起こしていた。ユリアンが咳きこむと——管財人がユリアンを見やるときに似た眼差しを投げかけつつ、その漏れ声を寡黙に聞いていたのがわかった。ユリアンが肩越しに顧《かえり》みると、リオネラはいつの間に靴を履いて、すっと身を反らせるように立っていた。

暖炉端のユリアンを、リオネラはテーブル越しに遠く見下ろし、

「前々から一ツ明確にしておきたかったの。あなたのフェルディナント兄さんが生きているうち

は下手に事を荒立てたくもないし、黙っていたけど、いいかしら」

火の消えた暖炉が生温かく燻《くすぶ》っている端で、ユリアンは膝を伸ばして立ちあがると、やんわり身構えた。リオネラは煙たげにうっすら目を細めた。ラヴェンダー色の眼差しを伏目がちにして、厭《いと》わしげに滑らせた。

「助けを呼んではダメよ。ユリアン、声を出したら死ぬわ、いいわね。私は殺されたりしない。痛めつけられたりもしない。必ずあなたを迎えにくるから。助け出してあげるから。息を殺してじっと待っていて。いいこと——あんなのは嘘よ」

——は？

「ごめんなさい、嘘ですらない。デタラメなの。戯言《たわごと》なの。気休めよ」

「……え？」

リオネラはゆっくりと目を上げた。

いつになく厳粛な面持ちで、いたぶるようにユリアンに意地悪く追い打ちをかける。「声を出したら死ぬ。逆説的にだからあなたは声を出さずにいれば無事にいられると信じたんでしょう。かわいそうにね。声を出さなくたって助かりゃしないのに。お利口さんに振る舞って、とんだ馬鹿を見たわね。声を出そうが出さなかろうが、別にあなたは救われないのよ」

「……リオネラ、あなたを信じて待っていればって——実際あなたは」

「いくら何をどう堪《こら》えようと、痩せ我慢するだけ骨折り損よ。残念ながら誰もあなたを助けないの」

「だって……なぜ？　あの時あなた助けに来たろう」

「自分のおめでたさにいい加減、気付いても良い頃合いよ。潮時だわ」

「……なんで？　どうしてだ」

「なぜって？」

リオネラは心底うれしげである。ユリアンが呆気に取られつつ気色ばむのを、喜んでさえみえた。

「こっちに来て、ユリアン」

さも愉快そうな笑顔に当てられ、ユリアンは後退《あとずさ》った。片足を暖炉に突っこんだ。

リオネラは控え目に表情を消した。マントの身頃を掻き合わせ、両腕を抱きこんで寒そうに首を竦《すく》めた。得心《とくしん》がいったように小さく頷き、俯《うつむ》くから、髪で顔が隠れて何も見えなくなった。

そのままリオネラは踵を返して、扉を開けた。

外は雨が降っていた。リオネラは後ろ手に扉を閉めていった。

ガッタン――

ユリアンは一人で立ち尽くし、ひどく鈍感な虚ろな気分で、閉まったドアに向かって、

「待って、リオネラ。待って――くれ」

一言一句、ゆっくりと口に出した。

内に外に自分の声を響かせながら、ユリアンは身に起きた状況が体内に立ちのぼるのを自覚し

た。ランプの灯を一つずつ落としていくうちに、奇妙に落ち着いてきて、速やかに上着を着込んだ。忘れずに傘を持って、差さないで追いかけた。傘を差すと走るのが遅くなる。

「――リオネラ!」

声が掠れたが、雨の匂いと冷たい湿り気を吸いこんで大声で「リオネラ!」

リオネラは脇見するようにわずか背後を顧みて、被っていたフードがやんわり脱げかけた。雨をよけるようにフードを深く被りなおしつつ、濡れながら立ち止まるのも煩わしげに前に向きなおった。雨の中をずんずん急ぐ。

ユリアンはようやく追いついた。紳士的にというよりは、駆けずり寄って前に立ちふさがった。途端に息があがって、吐く息は熱いし、何を言ったらいいか言葉も出ない。

「優しいのね。傘を届けにきてくれたの? ありがとう」

リオネラは別段ユリアンを咎めるでもなく、寒空の下で、眼差しは滑らかに温かい。

ユリアンは、閉じたままの傘の持ち手をぬっと差しだして握らせておいて、リオネラの顔に手を添えて、暗いラヴェンダー色の瞳に見入った。雨のせいで頬がほんのり濡れて髪が張りついていた。リオネラは泣いていたかのように潤んで冷たく、

「――ありがとう。リオネラ、あなたは無事……? 本当にありがとう」

全部あなたのおかげなんだ、こうして居られるの――ずっと口に出してユリアンは言いたかったのだ。

「私は平気よ。ごめんねユリアン。あの時あなたに呪いをかけたつもりはなかったの」

「いいんだ。自業自得なんだ。あなたを信じすぎた、盲目的に。自分で勝手に暗示に嵌《は》まって、呪縛に絡げ取られていただけだ。だって、愛しているんだよ」

あなたを——と、吸いこむ空気が冷たくて、気道がひきつけを起こしそうである。

「ユリアン、あなたに意地悪ばかりを言ったかもしれないわ、的外れな試行錯誤で。私はてっきり、あなたは私に言質を取られるのが怖いんじゃないかって……」

リオネラが魔性で、悪魔のたぐいであるなら、高利貸しだった。恩恵をもたらした者に、法外な利息を上乗せして、与えた恩恵の万倍もの価値をふんだくるのが常套手段だ。人から攫《さら》い、掌握した魂で、この世に美しく存在していられる。それが彼女に備わっている摂理なのだ。或いはしかしフェルディナント兄のように賢く契約すれば、魂を質入れして、法外な利息が上乗せされる暴利はない。だがユリアンはフェルディナント兄と同じ扱いでは嫌なのだ。

「ああ怖いよ。ずっと怖かった。今でも怖い。でもいい、なんだって明け渡す。あなたのお望みどおりに。……言って」

リオネラは猫のように身をしならせながら傘を広げるとユリアンとの間に差しかけた。涼やかに冗談めかして、

「ユリアン……美味なるかな……碧《あお》い旋律。おいしくいただくわ」

「ピアノを弾けって……？」

「私のためにね。最初から常に、私はあなたが目当てよ」

「——よく言うよ。兄貴はつまみ喰いか」

「……そんなんじゃないわ」

ああ……そんなんじゃなかった。

「ユリアン、あなたの成長過程と上達ぶりを、ゆっくり堪能《たんのう》したいの。あなたはもっと自分を知るべきなのに、てんで自分をわかっていない」

「そんな、わかってるよ……どうせ」

「わかってないわ。自分の魅力を知って、使い捨てにしないで。消費しないで、もっと伸ばすの。だから今日は弾いたら駄目なのよ。いい？」

リオネラは合図するように一拍おいて、ユリアンも心得て、リオネラの歩幅に合わせ銀の蘭の館に伴われて足を進めた。

「……時間制限はもともと兄さんを気遣って――」

「ええ……いつも嬉しそうだったわ」

フェルディナント兄はまともに身を起こせなくなっていた。肋骨が冒《おか》されていても、当初から局所痛より、神経が圧迫されての胸痛や、足の疼痛をむしろしきりに訴えた。

病変が神経や脊椎に及ぶにつれて、重度の虫歯に似た激痛で全身を蝕《むしば》まれた。痛みを庇って姿勢がくずれ、かつてのしなやかな立ち捌《さば》きは、とうにお目に掛かれなくなっていた。

ユリアンはドーム型の繭を真似た離被架《りひか》をこしらえて、毛布の重みが体にのしかからぬ工夫をした。リオネラが局所麻酔薬等を調達してくるようになってからというもの、兄は地を這いずらんばかりの痛みに耐える苦汁からは、免れた。

結核の症状の一端として深刻な不眠があった。フェルディナント兄には顕著に出た。病的不眠なので、体が睡眠を欲していても休息を取れぬうちに、憔悴《しょうすい》する。が、兄は睡眠薬を遠ざけた。今あわてて眠る必要もないよ――。極力、呑気に構えてみえた。

実際は、横臥したままベッドで読書するにもフェルディナント兄の場合、結核菌が血行性に伝《でん》播《ぱ》する進行にともなって眼結核を患った。片目が完全に使えなくなっていた。

「……頃よい距離感で凪にたたなわれて、ユリアン、あなたのピアノが遠く聞こえてくる。唯一残されたあの人の愉しみで」

目前の虚無感に没しかけた目つきが……サーッと晴れた。まるでシャンパンに立ちのぼる細やかな泡のように。

そうリオネラは表現した。

「ユリアン、あなたに見せたかったわ」

病床で険しく苛立ち塞ぎこんで、打ちひしがれ、ぐったり寝そべらせていた腕を、フェルディナント・フォン・クルゼンシュテールンは時にゆったりと肘からもたげた。曲にそそられ羽根布団の上でかろやかに手首をしならせ、ひらりとそよがせ、滑らかに泳がせる。宙に∞の字を描いて――「さもコンチェルトの独奏部でも気ままに指揮するそぶりで。サラッと掌をさまよわせてたわ」

あまり窶《やつ》れた姿をユーリックに見せたくないからね――

同じ屋根の下に居ながら、末期《まっき》はほとんど顔も合わせてくれなかった。フェルディナント兄はたぶん感染も危惧していた。

〝お前のピアノを聞いているといつも心底、慰められた
ユーリック。病で傍近くに寄れもしないが、
本当にお前をいつも近くに感じたよ〟

「ユリアン。あなたのピアノは何かしら雄弁で、歪《ひず》んでいたり、尖っていたり、優しく懺悔する愁訴《しゅうそ》であったり――でも最終的には、ただ美しく胸を打つのよ」

――あとどれくらい生きて弟のあのピアノを聞いていられる？

ねえリオネラ、漂流してずいぶん遠くまで二人で流れてきたね。

きっと今ここが最果てでさ。眠るのが勿体ないんだ。

「いい？　五時間よ」

ユリアンが異論を唱えるつもりで足を止めると、リオネラは、ゆっくり待つように立ち止まった。

傘を打つ雨音が垂れこめていた。鬱蒼《うっそう》として広々とした敷地全体が、雨音で深い静けさに覆われていて、傘の中だけ教会の懺悔室の懐に居るように隔離されている。

「あなたのお兄さんの睡眠時間なんて口実よ。あすこまで末期になったら、私はもうなんでも好きにさせます。だけど五時間以上ではあなたの手のほうが断然、持たないもの。鍵盤に指を突っこんで痛みをぶつけるハンマーの反動で、関節が砕けるわ」

痛みなんかぶつけてない。

悪血の瘰癧《るいれき》さながら身から離れず振り払えない、折り合いがつかない、そういう……。

ユリアンはリオネラに傘を差しかけられながら、黙っておとなしく聞いていた。

「いいこと？　今後はわたしに懇願してはダメよ。わかるわね？　誘惑してもいいけど、求めては駄目。命じてもいいけど、せがんだりしないの。繋ぎとめようとしても、すがってはいけないわ」

リオネラは高飛車《たかびしゃ》に命令しているわけではなかった、正気でユリアンに目をかけていて、神妙に自分自身の摂理から庇いだてしようとする。心配げに粛々と言い諭すのだ。

「それだと、おねだりの一ツもできないじゃないか」

「おねだりなんてユリアン、あなたの柄じゃないでしょう」

「いや、やるね。リオネラ、あなたに命じるはいいが従わせられるわけじゃない、主従関係にあるわけじゃない。それで、あなたに無下《むげ》にされてさ」

ユリアンはもうずっと、わずかながら正気でないから——正気でないと自覚できる瀬戸際でコントロールがきわどい程度に逸脱していたので、悪寒が突きあげ、じんわり煮えくりかえってくる体内の熱を制御できかねた。せいぜい、わななきながら「お願い一回につき、鞭をもらうよ。いいだろう？」

「頼みごとぐらい構わないのよ。塩を取っておくれ——にも、鞭をもらうおつもり？」

リオネラは軽妙にやりすごしかけた。ユリアンは糞真面目なほど腹立たしくなって「そんな話をしてるんじゃない。もしおれが背いたり、抜かったとしたら、あなたは？　出ていくのか」

リオネラが、わからないのかと訝《いぶか》る目つきでユリアンを透かし見た。

「ああ。わかった」

捨てられるなら、すがってあなたに取り殺されて本望だ。「お気に召すまま——おっしゃる通りに」

なんでも言うとおりにする。

だからもしもリオネラに裏切られたら、この女を殺そう。

ユリアンは苦い高鳴りが抑えきれずに、身を乗りだした。深々《ふかぶか》とリオネラに口づけながら——この手で殺すんだ。血まみれのあなたを抱きしめて一緒に死のう。だからリオネラ、裏切らないでおくれ。

リオネラは片手でユリアンの服の胸元を引っ摑んで、もがいたのか、すがっているのか判別がつかなかった。ユリアンは既に裏切られる憎しみに駆られかけながら殺す時を考えると、狂おしく死にたくなるほど幸せで、踏みとどまるのがしんどかった。

第二楽章

i　七年目の小休止と、四度目の秋

ii　シャフト

iii　降り積む雪に、ちりゆく朝へ

i　七年目の小休止と、四度目の秋

まあなんて優しい殿方かしらありがとう――

無邪気に微笑みかけられた時に、あれ？　と思った。

ユリアンはリオネラと馬車で街まで下りてきたのである。リオネラの提案で宝石のオークション会場に行く予定で、外出はかなり久しぶりであった（床屋も仕立屋も医者も、必要に応じて、屋敷に手配していた）。

街では、かつて色物だった自動車の姿も、頻繁に目に留まった。馬車の通った馬糞の上を自動車の車輪が縦横無尽に轢いていったりと、寒いからまだしも耐えられるが――排気も相俟《あいま》って、えらく汚く雑然と煙っている。

「そうそう、先日言いそびれたわ。裏金など清算すべきだと宝飾品を購入して叩《はた》いたから、今はほとんど残ってないのよ。裏帳簿の帳尻が合わない理由はそれかしら？」

「宝石？　フェルディナント兄さんがあなたに贈ったのか？」

「あらいやだ、私がそそのかしたみたいに言わないでちょうだい。とんだ穿《うが》った偏見ですとも。宝石なんて私は別に欲しくもない。いらないのよ」

「なるほどリオネラ、あなたは宝石なんて身につけなくても既に美しいから……宝飾品など、さぞや屈辱的で、ではたいそうお嫌いだね？」

「嫌いだなんて言ってないでしょ、くれるならば相手によりけりで頂戴します。美しいものは好きだもの。だけど高価だからとか、宝石だったらなんでも良いって訳ではなくてよ。場合によっては甚だ迷惑だし、そもそも別になくて済む贅沢品だからこそ」

「むずかしいなあ。だいたい兄さんも裏帳簿で工面するほど疚《やま》しい沙汰だろうか」

馬車の車輪がたまに小さく弾んだり、曲がり道で車体が左右に揺り動かされるたびに、隣のリオネラの体重が自然とユリアンに凭《もた》れかかる。本来ならば双方で不愉快にやり過ごす瞬間が、いちいちユリアンには喜びの片鱗がひしめく離れがたさであった。リオネラも、振動の攻撃をかわしつつさりげなく身をよじらせるでもなく、かといい馴れなれしさをとりわけ演出しているのでもない。心地よげに身を任せてくれる。

「ユリアン、管財人の顔を覚えてるでしょ。あの堅物は私に良い印象を持っていなくってよ。この上、宝石購入だなんて。宝飾品を目当てに私が取り入ったとでも中傷されかねないと。あなたのお兄さんが気兼ねしたのよ。――絆の標《しるし》に受け取ってくれるね、わがままなのはわかるが聞きいれてくれないか。そう微笑まれたら、それにサファイアとダイアモンドとアメジストが鏤《ちりば》められていて……花畑を結晶化させたようで、ああユリアン、あなただって断れないわよ。――ささやかな宝石箱をリオネラあなたのために、宝石の箱庭に変えさせてくれないか。本当は一緒に、一面の花畑を歩いて回りたいんだ。それをまるで亡者の館に君をいつまでも縛りつけていて、すまないね許しておくれ――」

「……なるほどおれまでが惚れそうだ」

「相手は下衆な馬の骨じゃないわ。あなたのフェルディナント兄さんで」

「わかった、わかった。おっしゃるとおりさ」

軽口を叩《たた》いて笑いあい、天気が陰気で重苦しかろうとも、楽しく浮かれ気分である。ユリアンは手袋をはめた手で、リオネラをエスコートしつつ、クルゼンシュテールン家の馬車から降りた。リオネラは地に足をつけるなり、空を見上げて少々、雲行きを気にかけた。

「あんまり翳《かげ》ってくると、御者も使いものにならないか？　屋敷から離れているし」

「夜にならなければ大丈夫よ。それに夜になっても馬車くらい、私もあなたも走らせられるわよね」

たしかに灰かぶり姫のカボチャの馬車とはわけが違う。馬も馬車も本物だ。

リオネラはオークションの前に、市場でかぎろいの雫のはちみつを買いたいと、「これだけ曇っていれば、あの養蜂家も街で被りものを脱いで、店を出せるでしょう」

なにやら確たる当てを求めてきた風情である。

「ユリアン、あなたは退屈するから、好きなお店でも見ていてちょうだい。二時間後にオークション会場で落ち合いましょう」

リオネラは腕をからめてくると、ユリアンが蓋を開けた懐中時計を覗きこむようにしながら、広場の時計と見比べた。

「大丈夫ね？」

昼間とはいえ連れの貴婦人を一人に放ったらかして、自分はぶらついているなど紳士にあるまじき行為である。

リオネラは喪服めいた地味な帽子の紗を顎先まで下ろして、顔をそれとなく隠していた。ラヴェンダー色のサテンの手袋をはめて、ハイヒールでいつもより更に背がすらっと高かった。世慣れぬ小娘とは見えなかったし、暗い色の外套を着こんで、決して華美でなく、男の目を引く身支度をしていない。

それでも仕立ての良い服から透けるたたずまいのしなやかな曲線や、凛と涼やかに颯爽としていても封じこめきれないなびやかな色香が、馬車を降りた途端、通りの男どもの視線をすでに一身に吸い寄せているのだ。紳士だろうと労働者だろうと若者だろうと老人だろうと。連中はほとんど無自覚で、軽い衝動にかられて咄嗟にチラ見し、或いは脇見して、時としてはしげしげと穴のあくほど不躾《ぶしつけ》だった。顔見知りでないからこそ無遠慮で裸の視線を存分にリオネラに浴びせかけた。日中の街中《まちなか》ゆえ、七年前の夜会でのような剣呑《けんのん》な睨みあいは起こらぬが、ユリアンは自分がフェルディナント兄のようにスマートにリオネラをエスコートしつつ、連中の目線を躱《かわ》す器量があるかと。即座に神経を尖らせていた。ここで別行動をとっては、自分ばかりが退散してリオネラを賭場に突き出すようだ。あくまでリオネラの安全を慮って「一人はいけない」と言い募るべきだった。

「はちみつだったら重たいだろう？　一緒に行くよ」

「はちみつ売りに手間賃をはずんで、馬車まで運んでもらうとするわ。あなたこそユリアン、大丈夫？　街には滅多に出ないから一人でいられるかしら。迷子にならない？」

小馬鹿にするようにリオネラが冗談めいて言い放ったので、ユリアンは今から思えばまんまと挑発に嵌《は》まって、

「大丈夫だよ。二時間後だね」

「一ブロック下った通りを、一本左に入ると、私が愛用している老舗の楽器屋があるわ。楽譜もたくさん置いてあるし、向かいはマズルカというカフェで一休みもできる。ミルフィーユと、カーディナル・シュニッテンが美味しいのよ」

リオネラは魔女であるし――魔女といっても屋敷の内外で程度の差はあれ、影を操れるのと、芸術の才に秀でて、美や才能を発掘したり、相手の心情を利用して呪いをかけたり解いたりできる。あとは人より図抜けて目端が利くとか、結核をはじめ人間に害なす病毒には免疫やら抗体を備えてきている――といった技量である。全知全能なわけでも腕力があるでも暴力の餌食にならぬわけでもない。だがいまは昼過ぎで、危険な界隈でもないから、一人にしても平気だろう。

ユリアンは書店や画廊などが立ち並んでいる一本奥まった通りに入った。なるほどリオネラが楽譜を取り寄せたり、ピアノの部品を調達する、馴染みの楽器屋の看板がすぐ目に留まった。

ユリアンは店の扉をゆっくり押した。

カランコロン――

その若い娘はユリアンより二ツ三ツ年下と見えた。供《とも》も連れずに楽譜を物色していた。昼間に

単身、街に繰りだしている御令嬢はなるほど都会的——一人で自由気ままに活動するのも、魔女リオネラに限った風潮でなかったか。ユリアンは考えを改めながら、少々もの珍しく娘を眺めた。

二段になっている五十センチほどの踏台に乗って、その娘は本棚上段の楽譜の背表紙を中途まで引きずりだしたり、戻したりと熱心である。一冊すっぽり引き抜いて、フロアに降りてくると、中を開いてまじまじと見つめていた。音符を熱心に目で追って、無言で軽く口ずさむようにゆったりページを繰っていた。やがて名残惜しそうに本棚に戻そうとした。踏台に登らずとも、本棚に返すだけなら、あぶなっかしく背伸びしてなんとか届く高さだった。

「戻しましょう」

ユリアンは思わず、さりげなく微笑みかけて、娘から本を手にすると、難なく本棚に戻した。

まあ、なんて優しい……！

云々《うんぬん》と、今は冬も間近だが、春風さながら爽やかにねぎらわれて、屈託なく微笑みかけられた時に、

（……おや？）

ユリアンは人懐こく喜ばれて素直に嬉しかった。人並みに声を張れるようになっても、他人はみな胡乱《うろん》で雲助《くもすけ》根性の権化だと決めてかかって、無愛想に壁をめぐらしている自覚があった。いくら上辺で儀礼上の笑みをよぎらせても、すぐ下で板についている暗い顔つきを誤魔化しきれない。それが思わず娘につられて、苦もなく笑った。若い娘は華麗にその場の空気を攫《さら》っていく舞台女優めいたコケティッシュな愛嬌があり、シャンパン色のサテンの手袋をはめて、背伸びして

いる後ろ姿は、ぞくっと寒気だって官能的に美しく映った。街中ですれちがう、権高な女も質素なメイドも素朴な娘も——いかなる女を見てもリオネラと比べる価値もなく、ユリアンからするとどうしようもなく詰まらない。無関心きわまりなかったのに、胸が騒いだ。

自分自身で驚くほど、気軽にすんなり手を貸していた。問題の違和感はそこだ。

(つまりはこの御令嬢——？)

本来なら、彼女が踏台から下りる時点で、手を差しのべ、あるいは肩なり腕なりを紳士らしく貸すべきだった。娘はあんまりにも熱心に楽譜を眺めていた——全部その場で頭に刷りこみ、暗譜せんとするように真剣だ——下手に紳士ぶって邪魔立てできなかった。ユリアンは譜面が嫌いだが、この娘は譜面こそを頼りにして脳内で音程を繰っている。娘が無念そうに楽譜を書棚に戻す絶妙なタイミングで、だから間髪入れずにユリアンは手を貸した。

娘はやんわり恐縮して、かすかに恥じらいつつ、ユリアンの親切に感動しながら、はにかんで見せる。柔らかだがさっぱりとした仕草といい、ささやかな親切をして本当に良かったと思わせる。心底から嬉しげに感謝するさまは、決して大げさではなく、親切され慣れている、こなれた態度だ。失礼にあたらぬように男をあしらう巧妙な距離感といい、華奢で少々早熟《ませ》ている、どう見ても美しい若い娘だ。声も凛と涼やかで、それこそ鈴の鳴るようで、そこらの年頃の女と比較にならない、華やいだ色っぽさが清楚にふんわり纏《まと》わりついてきそうなのだ。——が、さっきからしきりに声楽のテノールの譜面を、ほとんど必死の態で追っていたのである。

「お嬢さん。もしも少しよろしければ、お茶でもいかがです」

ずるずるとしつこく引き留める下心には至らぬのだと安心させるために、ユリアンは付け加えた「……二時間後、いや今から一時間半後に」

懐中時計を確かめながら「連れと宝石のオークション会場で待ち合わせをしていて、それまで一人でお茶の時間をとるのもつまらない。もしもよろしければ、ほんの一時間ほど御一緒していただけますと、光栄です。いかがですか」

「宝石のオークション会場？」

「ギルド会堂です」

「あら、あの立派な建物のギルドホールで」

「さしつかえなければオークションも御一緒しませんか。むろん、お時間の許すかぎりで」

「お連れのかたは？」

「女性です」

「ええぜひ、それではお言葉に甘えて、お茶を」

「決まりだね」

パチン、と懐中時計の蓋を閉めて、ユリアンは楽器店の扉を開けた。

カランコン――

若い娘を通りに促しがてら、カウンターに居た楽器店の店主に、ユリアンは小声で頼んだ。

「彼女が先ほど長らく手にしていた楽譜、わかるか。上段の……たしかメヌエット……あれをクルゼンシュテールン家の付けにして、できれば小奇麗にリボンをかけてほしい。一時間ほどしたら向かいのティールームに持ってきてくれないか」

向かいのカフェは、なるほど《マズルカ》と看板が出ていた。

娘は店員に椅子を引かれて先に腰かけた。

外套のかわりにやわらかなショールを纏《まと》っていたのだが、店員はショールを預かるにしても、席を案内するにしても、いちいち同じ客であるユリアンに応対している時よりつい嬉しげに接待していた。娘は薄暗い店内でスポットライトを浴びているようだったし、可憐な花が咲きほころびそうに、かろやかで馥郁《ふくいく》としている。

「無理に誘って申し訳ない。楽器店での用事は済んだ？」

「ええ、もういいんです。こちらこそお茶に与《あずか》り光栄です。ここは何が美味しいのかしら」

「ミルフィーユ……だな？」

ええ、と店員が目で頷いたので、各自好みのお茶と一緒に注文し、早々に二人になるとユリアンは切りだした。

「怒らずに聞いてほしいんだが、まず最初に言っておきたいのだけれど、君みたいに素敵なお嬢さんには、滅多にお目に掛かれません」

「あら、うれしい。怒るだなんてとんでもない」

「で、怒らないで聞いてほしいんだが――君。ひょっとして本当は男の子？」

「……まあ！　驚いた。そんな」

口をあんぐり開けて、うっすらとエメラルド色がかった青銅色の目をぱちくりさせる。ユリアンは悪夢で見かけた猫の瞳を思いだした。

「紳士から自己紹介もなしでだしぬけにとんだ無礼な言いがかり。初めてよ」

「失礼を、ユリアンです。……お名前は」

「エミリヤ・カルディナーレ」

ユリアンにニッコリ満面で笑いかけながら、声だけが暗くくぐもった。「……何時《いっ》ばれた？なんで、そうもわかる？」

口の端の豹変ぶりにユリアンは面喰らったが、率直に答えた。

「全然わからない。ものすごく魅力的なコケットだ。この店の男全員が、君が店に入った瞬間に釘付けだ。保証する」

「そう思っていたけど、ばれてるなら駄目だよね？　女装だと気付かれてじろじろ見られてんのか」

「ちがうだろうな。さっきから周囲のやっかみの圧力を物凄く感じているしな。見れば見るほど完璧に可愛らしいから気にしないほうがいい」

ロゼのシャンパン色をした睫毛の長さがふんわりと優しげで、うっすら化粧の下から透けている目の端にある泣きぼくろが憂いを帯びていた。ときどき片方の口の端だけ吊りあげてニヤっとしかけ、綺麗な歯並びがうっすらと唇を噛んで、思いだし笑いをこらえているような顔つきをする。ささやかな失態を誤魔化そうとする時の癖らしかった。表情豊かで、見ていて飽きない。なによりとんでもない美少女（……否、美少年）だ。

「あーあ。興ざめだ。せっかく朝から張り切ってきたのに僕もやらかした。そろそろ焼きがまわるお年頃ってわけか」

エミリヤ・カルディナーレは（むろん偽名だろう）、少々やけっぱちになって見えた。

「本気で褒めている。正直なところ浮かれてさえいる。ただ、なぜそんな身支度を？」

「待って。そうも褒めるならさ、なんでわかった？」

「――勘かな」

「言えよ」

「テノールの音符を熱心に追っていた。人のために物色してはいなかったろ？　あと敢えて言うならば、人をくすぐる目つきで微笑まれた時……まあそれが男をくらくらさせると確信するが、妙に親近感を覚えた。友達みたいな感じがしたのでね」

「あなたさ、さては友達いないね？」

「たしかに居ないな。必要はないからね」

エミリヤ・カルディナーレはいささか、やさぐれ気味に頬杖をついて、ぞんざいな口調でいたが、ミルフィーユとお茶のポットが運ばれてくるのを遠目に確認すると、傍目はお上品に居かえった。

「どうする、今なら間に合うけど。やめにする？」

「言ったろう？　君に興味がわいて、待ち合わせまで時間をつぶしたい」

ユリアンは紅茶をポットから注いでもらう間に、両方の手袋を脱いで、一まとめに上着のポケットに突っこんだ。一口、カップに口をつけてから、給仕係が引けるのを見計らい、

「話し相手になってくれると有難い。男だとばれたところで、おれは誰にふれまわる趣味もないし、むしろ互いに気楽じゃないか。で、今度は君が答えてくれてもいい番だな。なぜ女性の恰好を」

「似合うだろ」

「ああ。それはもう」

「気晴らしさ」

エミリヤ・カルディナーレは膝にナプキンを広げた。「……自己満足だよ、ちょっとした。べつに陰間《かげま》でもなければ、男の弱点を突っついて財布を抜くスリでもない。お茶の一杯もご馳走になれたらラッキーだよ」

諜報ごっこの作戦会議でもしている気分で、ユリアンはわずかに心が躍っていた。

相手が可愛らしい娘の格好でいるせいか、ユリアンは初対面にしては随分、安心していたし、だいいち見ているだけでも悪い気はしない。正体は男だから、さほど紳士ぶらずともよいし、気兼ねもいらない。ただそれだけでなくエミリヤ・カルディナーレは、人に警戒心を抱かせない気さくな天賦《てんぷ》の才があるのか。ユリアンは至極なめらかに臆せず接していられた。

「いつもこういった身なりなのか？」

「まさかね。ふだんはむろん化粧もしない、あなたみたいな形《なり》をしてるよ。そこまで上等ではな

いけどね。……本当に、見破られたの初めてなんだよ。自分にガッカリだ。あぁ、エミリヤ、僕はしばらく立ち直れそうにない」

エミリヤ・カルディナーレは、灰のようにバラバラと散らばりやすいパイ生地に、カスタードと生クリームとスライスアーモンドが交互に折り重なったミルフィーユを器用に口に運んだ。仔猫がミルクを飲んだり、小鳥が花をついばんだりするのを見守っていたくなるように、食欲が旺盛で、媚のない気持ちの良い食べかただ。ガツガツはしておらず、いかにも自然体で若い娘らしかった。ユリアンは惚れぼれと感心していた。

カップを口に運びながら、ユリアンはずいぶん渋く出された紅茶を飲んだ。

エミリヤ・カルディナーレは、ユリアンの渋そうな表情を見とがめたのか、紅茶に溶かすバラジャムの壜を卓上で、
いる？

無言で、ツッと手前に差しだして、自分は上品にすんなり皿を平らげた。

「ごちそうさま。ばれた相手が腹の悪い奴じゃなく、品のある貴公子で助かったよ。さほど自己嫌悪に陥らずに済みそうだ。担《かつ》がれたと勝手に逆上でもされたら、気分は悪いし、恥もかくしさ。だいいち面白くない。あなたいい男だよ。ずばぬけて美男子だし」

「取ってつけた歯の浮くお世辞を述べられて、すごく光栄だよ」

「どういたしまして。いささか青びょうたんではあるね」

「今度は忌憚《きたん》がなさすぎなのでは……」

「軟弱《やわ》っぽいよ。ハンサムだけどさ」

ユリアンは自分のミルフィーユに手を付けていなかった。食べるか？話を遮りたくなかったので、寡黙にそっと皿を勧めると、いいの？

釣られたようにエミリヤ・カルディナーレは目だけで会話した。

「どうぞ」

「嬉しいなあ。いただきます。ひょっとして病み上がり？」

「そうでもない。兄がな、最近まで」

と、ユリアンは初対面の相手に話すつもりはなかったのだが、口が滑った。

「それでお兄さんは元気になった？」

「……いや。ならなかった」

「喪中なの？」

「まあ、ああ」

「ごめんね。――そうか、根掘り葉掘り聞かないよ。……僕も喪中なんだ。おそろいだね。街に出るのは久しぶりなんだよ。で、ユーリック、あなたはピアノ弾くの？」

ユーリック、と呼んだのは、もはや最近ではフェルディナント兄だけだった。それ以外の人間に呼ばれると平素は癇に障った。半人前扱いされている気もして、リオネラは最初にユリアンと……ユーリックではなくユリアンと呼んでくれ、一人前の人格をひときわ認められた気がして嬉しかった。今でもそうだ。が、目の前のほとんど通りすがりのエミリヤ・カルディナーレに「ユーリック」と気さくに呼ばれて、まったく抵抗感が湧かなかった。嫌な気がしない。むしろわずかに感動した。

「え？　ああ楽器屋でか」

「あなたが店で何を物色していたか、あいにく僕はてんでノータッチでしたけどね」

エミリヤ・カルディナーレは、キラッとした目線を露骨にユリアンの手に投げかけた。ユリアンはピアノを弾くように卓上で無自覚に指を動かしていた。

悪い手癖を見とがめられ、ユリアンはハッと手を止めた。膝の上に置きながら再び指を動かそうとして、あやうく手を握りこんだ。

「ひょっとして、今、弾いていたのは *Chopin: Etude Opus 10 No.4* ？」

ユリアンは呆気に取られた。

つられたのかエミリヤ・カルディナーレも、ナプキンで口を拭いながら、赤味がかったシャンパン色の睫毛をそよがせて、目を丸くした。

「当たった？　ユーリック。まさかね？」

「当たってる。指使いを読んだのか……？」

「そうだけど、本当に当たってる？　だとしたらすごいな僕ら。ショパンがお好き？」

「いや苦手だ。曲調が小洒落ていて、シフォンがそよぐ軽やかさで、気品と格をこれ見よがしにちらつかせるのが……一体化できない——自分と。煌《きら》びやかな音階の流れが訴えてこない」

「癇に障る？」

「ああ。……単にショパンが好きだと格上ぶって得意がる連中が、好かないだけなのかもしれないが」

たとえば前のピアノ教師がショパンに心酔していた。

わずかでも下手に弾くとショパンは演奏にすら聞こえないのだ。安っぽく退屈なだけならまだしも、騒音よりたちが悪い。

「鍵盤を引っ掻き回して、音のしっぱねをあげて泡立てる感触が鼓膜を打つと、不快だよ。聞くに耐えない。がちゃがちゃとうるさくて我慢がならないんだ。でも今の曲だけは駆け足のざわめきを弾く疾走感で溜飲《りゅういん》がさがる。ショパンの中では特別わりと性《しょう》に合うんだ」

「……僕はその曲、煮詰まってくる。一途すぎて生き急ぐ切迫した鼓動を聞くかんじ、わかる？」

ふとした隙に、ユリアンはまた貧乏ゆすりさながら卓上で指を波立たせて、鍵盤を叩くそぶりをしている。神経過敏になったり、つい油断する時もそうだ、自分でも嫌な癖なのだが止められなかった。

向かいの楽器店の店主が、リボン包みの楽譜を持ってきた。

ユリアンが、エミリヤ・カルディナーレに、ひと時のお近づきの印として楽譜をプレゼントすると（……もしも女性だったときは、お詫びとして渡すつもりでいた）、エミリヤ・カルディナーレは、猛烈な勢いでリボンをひっぺがした。片方の手袋を脱ぐと直《じか》にページを繰って、

「くれるの？　いいの？　本当にくれるの？　ありがとうユーリック！　汗かいてきた。どうしよう、どんなお礼をしよう。抱きつきたい」

「構わないよ」

エミリヤ・カルディナーレは椅子から中腰になって身をせりだすと、ユリアンの首に抱きついた。「嬉しいよ！」

ユリアンは周囲の人間が遠巻きにやっかみの目線を向けてくるのが殊更、愉快だった。笑っていたら、リオネラが店に入ってきた。ラヴェンダー色の手袋をはめた人差し指と中指で帽子の紗をつまんで、軽くふんわりと上げながら、

「あら、まあ。もしかして居るかもしれないと寄ってみたら、ユリアンたら。手の速いこと、私のいない隙に昼下がりのランデヴーなの？　そちらの素敵なお嬢さんはいったいどなた？」

水を差すというより、リオネラはむしろすんなり二人の話の輪に入りこんでいた。歯に衣を着せぬくせにエレガントな隙のなさで、ユリアンはいつだって憧れを駆り立てられる。帽子からやや目にかかるヴェール際を斜《はす》にとらえて、リオネラの瞳に見入って、そのまま溺れかけそうになる。

リオネラは、ユリアンとエミリヤ・カルディナーレの二人を、仔犬と仔猫がじゃれあっているのを見守るように微笑ましげに、心底優しげに麗しく見下ろしているのだ。

「可愛らしいお嬢さん。以前どこかでお会いしたかしら？」

「リオネラ、こちらはカルディナーレ嬢です。向かいの楽器屋で会ったんだ」

大丈夫、少年なのは黙っておく――素早くウィンクしたら、エミリヤ・カルディナーレは面喰らったらしく、例の思いだし笑いをこらえているような唇を嚙む珍妙な顔つきになった。すぐ、すっきりと面《おもて》を上げて、ふわっと立ち上がった。片手で小さくスカートをつまんで、

「エミリヤです」

「エミリヤさん。よろしければ今少し御一緒しません？　申し遅れました、わたくしはリオネラですわ」

すっごい美人だね、やるじゃん――エミリヤ・カルディナーレが、眉尻を片方そびやかして小突く目線で、隙を突いてユリアンに悪戯っぽくウィンクをしかえした。

外見はむろん違う……なにしろ少女の格好だ――しかしフェルディナント兄が子供のユリアンに、チカッと目配せをよこして瞬いてみせたときを思いだした。ユリアンは心が震えた。

晩秋の昼下がりに、カフェ・マズルカで、ユリアンはしかしとんでもない面子と出くわしていたのだ。リオネラの思惑どおりに。

ギルドホールのオークション会場では、目録が配られた。リオネラが目星をつけた競売品のお目当ては一品、《聖母《マドンナ》の涙》という首飾りらしい。

涙型の大きなダイアモンドが中央に下がっている豪奢《ごうしゃ》なネックレスで、遠目に見るにつけても稀にみる逸品の輝きを放《はな》っていた。次の競売品は《聖母の涙》という一声と共に、会場内にどよめきが走って、なるほどまるで聖母の涙を結晶化して、数珠《じゅず》つなぎに標本にした近寄りがたさだ。

あるいは会場内が一斉に息を呑んだ理由は、提示価格か——スタインウェイやベーゼンドルファーのフルコンサート用の新品ピアノが一台ゆうに購入できる。銀の蘭の館のグランドピアノはリオネラの調律と修理のおかげで、かろうじて外観は原型を留めつつ、きれいな音色を弾きだすが、年代物だしユリアンの弾きかたのせいもあって、かなりガタがきている。それでも気軽に買い換えられない。

ユリアンは、春の小川のきらめきを封じこめたような首飾りの冷たく清楚な明るさを、遠くうち眺めた。適正価格を考えるならば、涙型の巨大なダイアモンドが中央に連なっている、煌びやかな総ダイアとプラチナの首飾りは、高額とはいえ破格の価格が提示されていたのだ。

鑑定書も披露され、競りが始まった。

オークションの参加者は皆、ユリアンが見渡すかぎりにおいて貴族クルゼンシュテールン家よりもあからさまに金銭的な余裕があった。大半がブルジョワ富裕層だ、その誰もが札《ふだ》を挙げなかった。

リオネラが一発で落札した。

ガツン——と、小槌で決定打が下されて、落札の拍手が起こる。儀礼上の拍手に紛れて、ギュンツブルグ家……と、囁き声が耳に入った。

——《マドンナの涙》を最後に身につけていたのはギュンツブルグ家の奥方でしょう。

——ギュンツブルグですって！　あのギュンツブルグ家……皆殺しの？

——あたくしは実際、奥様にお目にかかったこともあるわ。晩餐会でまさにあのネックレスをつけてらした。

——なぜ今頃になって、四年も前でしょう？

——いや、だからこそだ。流れ流れて……

——どうやって手に入れ——賊が奪って売ったのか……殺人の果ての盗品。おお、恐ろしい。

リオネラは小切手帳を束ねている紙挟みを取り出した。紙挟みにはクルゼンシュテールン家の《蒼龍と銀の蘭》の紋章が型押しされている。

ギュンツブルグ家……皆殺し……と聞こえた時点でユリアンは平常心を欠いていて、隣のエミリヤ・カルディナーレの異変に注意を払っていなかった。エミリヤ・カルディナーレは初めて目が開いた人間みたいに、紙挟みを取り出したリオネラをまじまじと見た。なにやら合点がいったのか、たちまち悪寒がこみあげたように席を立った。見るからに具合が悪そうだった、汗ばんで今にも倒れそうで……吐きそうなのか……ハンカチで口元を押さえていた。ハンカチに咬みついて息をこらえて見えた。よろつきながらも、人々の座席の前をすり抜けた。ときおり紳士淑女の足をまたぎ、あやうく踏みつけかけながら通路に出ると、足早に会場を出ていった。

会場内は参加者の熱気が充満して、人々は若い娘がコルセットをきつく締め上げすぎで気分でも悪くなったかと、いったんは目を留めるが、すぐに見過ごした。事実、コルセットの仕業《しわざ》かもしれなかった——日常的に着慣れない者が胴体を上品に縛り上げているのだ、息が切れて胸苦しくなってもおかしくない。

ユリアンは、首飾りを落札したリオネラを無言で窺った。

——なぜだ
臆病に目で訊きながら、リオネラの手をぎゅうっと強く摑んだ。ギュンツブルグ一族ゆかりの宝石を事もあろうに、我々クルゼンシュテールン家の人間が落札して物にする必要がどこにある。どんな悪趣味だ。

「ここで買い手がつかないと、あのネックレスは解体されて、大小すべてのダイアモンドをバラして捌《さば》かれるわ。それでは意味がなくなるのよ」

——なんの意味だ
リオネラは、ユリアンが締めつけた手の痛みにわずか顔を顰めながらも、あくまで平静で、

「いまにわかるわ。ユリアン」

次の宝飾品のオークションが始まった。

ユリアンがエミリヤ・カルディナーレにプレゼントした楽譜は、座席に取り残されたままだ。

気分が治り次第、戻ってくるだろう……。

待ちきれずにユリアンは思い余って——自身も外の空気を吸いたくてたまらなかった——楽譜を手にすると会場の外に出た。

入口ロビーのホールにもクロークにもエミリヤ・カルディナーレの姿は見あたらない。

外に出ると、冷気が肌身にしみ透った。

クルゼンシュテールン家の馬車が車寄せに並んでいた。

日没前の夕影に今にも渾然一体と埋もれかけながら、かろうじて猫背で煙草を吸っている御者

の人影が浮かんでいる。馬車の両肩の匣型《はこがた》ランタンに照らしだされて、御者のくゆらせている煙草の蛍火が、ひっそり明滅していた。御者はユリアンに気付いて馬車を寄せかけたので、ユリアンは掌を前に突き出した。まだいい、そこに居てくれ。

石畳の舗道で、闇を着込んだ暗い人影がある。海底を歩く潜水夫を思わせる、重たい時間の流れに沈みつつあるような大柄な男の姿だ。

エミリヤ・カルディナーレは、男のがっしりとした胸元にぐったりと寄りかかっていた。やや華奢なエミリヤの後ろ姿を見定めたとき、ユリアンは最初、男の胸倉に吐いてるのかと思った。背中が激しく波立っていて、えずいている。男の懐に顔をうずめてすがりついているのだ。こみあげる嗚咽と格闘している。いや……息継ぎの合間を恐るおそる詰め寄って良くみれば、涙など目に溜めてもいない。表情の失せた真顔で……咄嗟にユリアンはフェルディナント兄の咳嗽《がいそう》発作の面影に脳裡を渫《さら》われ、嫌な予感がした。

エミリヤ・カルディナーレは宙に溺れて、空虚に喘いでいる。

過呼吸だ――。

ユリアンは見てはならぬ気がした。エミリヤ・カルディナーレと午後のひとときを共有しただけだ、見知らぬ男の影があっても不思議はなく、傷ついている自分に気付かぬふりをした。胸を貸している男は質素ないでたちだ、頼り甲斐のありそうなずっしりと暗い存在感を、ユリアンは遠巻きにした。敗北感を覚えていた。エミリヤ・カルディナーレの背中をゆったり撫でさすっている男の手を見張った。炭坑夫めいている。働く者の手だ。

男はユリアンに気付いて目を上げた。真夜中の廊下で猫の眼球の底が揺らいだ……あれより数倍、胡乱な熱と野蛮な光を孕んでいる。琥珀《こはく》色の沼が、月光を反射する炯々《けいけい》とした夜行獣の目つきを隠そうともしないではないか。

「ユリアン、こっちに来てちょうだい」

後ろでリオネラの声がした。

その男、危ないのよ——私の鏡に映らないわ。ユリアンは殆どまともに聞いてなかった。

エミリヤ・カルディナーレが、ゆっくりと顔を起こした。男をそっと軽くしとやかな手つきで押しこくった。にべもなく突っぱねると、いささか力無くも、しゃんと立って振り返った。ユリアンの肩越しにリオネラを見やると、

「大丈夫、ミス。連れに勝手な真似はさせません」

エミリヤ・カルディナーレは、か細い声で——それでも芯の通ったはっきりとした物言いである。

「だいじょうぶかい。飲みものでもいる？ 何かおれにできることはある——」

慎重に口を開いたユリアンを遮って、手をのべると、寄越せと無言で合図した。楽譜を寄越して。ユリアンが黙って楽譜を手渡すと、エミリヤ・カルディナーレは、目線を手元に引き戻しながら、さびしく口先だけでせせら笑う奇妙な疲れを見せた。

「ユーリック。きみは優しいよね」

疲れはてた訥々《とつとつ》とした言いぶりで、刃毀《はこぼ》れしたエレガンスの片鱗を軽く吹く、かすかな笑いか

たをした。

「あいにく僕は、きみみたいに優しくない。クルゼンシュテールン家の人間なんだろ？　……リリエンタールって偽名をご存知だね？　僕の名前はもちろんエミリヤ・カルディナーレじゃない。家を焼かれるまでカルディナル通りに住んでいた。エミリヤは、僕の双子さ。リリエンタールと名乗る連中に虫ケラ同然に始末をされなければ、エミリヤはこんなぶざまな紛《まが》いものじゃなく、本物の――」

エミリヤのまがいものは、夜気の寒さに震いつくように小さくわななき、手にした楽譜を胸に引きつけた。楽譜ともども心臓に手を当てて、ことさらゆっくりと息を吸いこんだ。目線とともに半身を沈めて、恭《うやうや》しく威厳のある一揖《いちゆう》をくれた。

もはや少女にも、少年にも見えなかった。闘牛士がコロシアムで挨拶する黙礼だ。ゆっくり顔を起こした殺気立つ目つきに射抜かれて、ユリアンは自分が獲物であるのだと明確に自覚した。

エミリヤのまがいものは、夜風が染み透る石畳の上でまっすぐ立っていた。上っ面の感情を排した暗澹《あんたん》と洞《うろ》めく目つきに、底なしの殺気を湛えて、――殺意こそがこいつの絶望と崩壊を喰いとめている箍《たが》なんだ。

ユリアンは息の根が摘まれる気がしながら無言で身構えた。

「僕の名はエミール・ギュンツブルグ。このたびの御恩返しを含めて近いうちに改めて、必ず、クルゼンシュテールン家の御屋敷まで連れのドラガと二人で伺います。以後、お見知りおきを」

街から遠ざかり、街燈が少なくなる。

馬車は夜闇に没した。

窓から顔を出して見るにつけても、御者の背中はますます周囲と見極めがつかない。夜霧に翳《かす》んでみえ、リオネラがいったん呼び止めた。御者が闇に溶けて馬だけ暴走しては危険だからである。馬車が停まってリオネラが下りたときには、御者の姿は霧散したか……跡形もなくなっていた。

ユリアンはリオネラに続いて自分も馬車から下りると、黙って丁重に手綱を奪った。リオネラを前にして無口でいるのには慣れていたが、今は口が利けてもリオネラと話したくなかった。目線で険しくリオネラを馬車の中にうながして扉を閉めると、御者台に腰かけた。薄暗い個室で黙りこくって、うっすら眠ったふりをしながら煙たくリオネラと同席しているのに息が詰まっていた。

ユリアンは、詰問の口火を切ったら際限がなくなる恐れも自覚していた、金輪際リオネラの顔を見たくない。なのにさんざん喰ってかかって咬みつきたい気もしていた。苛立ちなのか孤独なのだか振り子のように怠惰な焦燥感が波立って、消耗していた。話をつけるにしても屋敷に戻ってからだ。

御者台は吹きさらしで寒い。頭を冷やすのにちょうど良い。

山高帽をかぶって外套を着込んでいても耳は冷える。手袋をはめていても手が悴《かじか》むが、馬を急かして事故でも起こしたらつまらない。手綱をほどほどに引き締めつつ、馬が黙々と歩を運ぶにまかせた。

動物の熱気が間近に伝わってくる。屋敷が近づいてくるにつれて、さほど深刻に寒さが応《こた》えはしなかった。

銀の蘭の館に戻ると、庭男も厩番《うまやばん》も案の定、姿を消している。

馬を馬車から解いたり、馬具を外したり、餌をくれたりして、ユリアンはしばらく邸内に戻らなかった。リオネラが夕食を取り、夜支度を終えて寝室にひける頃合いを見計らっていた。広いから顔を突き合わす心配はなかったが、だいぶ遅くになるまで戻らなかった。

埃まみれな気がしていたので、帰った足でお湯を沸かして入浴して、パジャマに着替えてガウンの紐を縛った。使用人が、日の高いうちに作ってくれた夕食用のスープを温めた。

燭台を灯して、ダイニングで一人慎ましく口にした。空腹だったが、もりもりと咀嚼《そしゃく》する気力がなかった。ポルチーニ茸とじゃがいものポタージュで満たした皿を前にして、淡々とスプーン一本で口に入れた。普段であれば、これに肉か魚、胚芽パンか野菜入りパンケーキ、ピクルス、ゆで卵を忘れずに添えたいと思っただろう。

ポタージュは濃厚で本当に美味しかったが、今夜はポタージュスープすらも重たかった。ポタージュを飲みこんだ後、たびたび水を含んで胃に流し入れる始末で、もっとすっきりと薄く透きとおったコンソメスープの熱い上澄みをのどに流しこみたかった。

（はちみつでも……ハーブティーに溶かして飲むかな）

馬車に積んであった、はちみつの壜を放置してきていたのを、ようやく思い出した。

リオネラは《聖母の涙《マドンナ》》の首飾りの梱包を大事そうに胸に抱きしめて馬車から下りていた。はちみつの壜は、夜が明けてからリオネラが使用人に頼めば用は足りるし、ユリアンがハーブティーに溶かして飲む程度のはちみつは常備してある。だが結局ユリアンはガウンの上から外套を羽織って、靴下を毛糸の厚手に履き替えた。灯を入れたカンテラを携えて馬車まで戻った。

はちみつの大壜は木箱に六本入っている。

カンテラを下げてきたので、いっぺんには運びきれない。馬車の扉を開け、ユリアンは上半身だけ突っこんで片腕に三本を抱えこむと、身を引きずり出して、まっすぐ立つとカンテラを持ちあげた。

「ユリアン？」

——鉢合わせだ。

リオネラは、髪をすっかりほどいた上でゆるやかにねじって括《くく》ってあるだけで（……さすがにユリアンほど不格好な身支度ではなかった）、寒そうにショールをぐるぐる巻きに身に纏《まと》って、コルセットを外してくつろいだプロフィルだ。リオネラもまたカンテラを下げていて、幾度となく目にしてきた見慣れた姿だったのに、

ユリアン？

呼びかけられた最初の一声で、ユリアンは憎らしくなるほど込みあげる高ぶりを呑みこみきれなかった。なんとか凪《なぎ》らそうとする虚脱感に支配されながら、まっすぐ顔を見られなかった。カンテラが眩しいみたいに、目線を曖昧に浮かして、うらめしく諸々を耐え忍んだ。長らく会わな

かった末の再会みたいに、虚を突かれた驚きとリオネラとのささやかな距離感に、じんわり震いついていいた。身じろぎもできないでいると、

「半分持つわ、貸して」

ユリアンはカンテラをいったん置いた。はちみつの甕を馬車に戻して、リオネラのカンテラの持ち手に指をくぐらせると、手からゆっくり奪いとり、その灯も置いた。リオネラを抱きすくめ、引き倒しがてらその場にしゃがみこみ、うずくまって全身で伸しかかると動かずにいた。身をせりだし、じっくり潰すように締めあげてリオネラを抱きしめながら、深い瞑想に沈みこみたかった。

「……私に疑いを持ってるんでしょ」

「ああ」

肩越しのリオネラの声の振動を微弱に肌身に感じとり、ユリアンは身を離さず顔を伏せたまま、

「……どうなにを疑えばいいか分からないけど信用できない」

「裏切られたと思ってるの？」

「……まだ決めかねてる」

あの連れの男ドラガとやらは、エミール・ギュンツブルグがギルドホールに居るのだと知っていたから迎えに来たのだ。偶然に誘った筈のオークション会場で。我々クルゼンシュテールン家がギュンツブルグ家の遺品を落札した直後にである。《その男、危ないのよ――》リオネラはドラガの素性を知っていた。リオネラが手を打ってきたせいでないなら、何なんだ。

ドラガはエミール・ギュンツブルグの身の安全を、絶えず番犬さながら見張っているとも考えられた。どういう絆でいかなる契約なのか与り知らぬが――。真っ当な相手じゃないのだ。

「ユリアン、ここから逃げだしたい？」

「あなたと一緒に？　エミール・ギュンツブルグの復讐を……連れのドラガとの襲撃を恐れてか？　それもいいな」

ユリアンは渋々、頭をもたげた。「正直……逃げだそうとは考えてない。死刑宣告と決まったわけでもないだろ」

「甘く見てるの？　かなり手ごわいわよ」

「甘く？　逆だよ。太刀打ちのしようがあるか？　――おれが死ねばいいだのとは毛頭、思っていないよ。……そうだな、仮に先方が決闘をご所望だったら、剣……銃……時代錯誤だがそうも言ってられない。付け焼刃でもいい、少しあなたに教わろうか。生兵法《なまびょうほう》は怪我のもとだけど、少しは歯ごたえのある所を見せて手こずらせてやらなきゃ失礼だろ。どうリオネラ、あなたを頼みにしていい？」

ユリアンは、リオネラを値踏みするように眺め、閨《ねや》の睦言さながら真剣で大真面目に口説いてはいても、本心でなかった。

リオネラは、ユリアンをやんわり押しのけつつ、ユリアンの腕を支えにして身を引っ張り起こした。

「ユリアン、まずは私に任せて。お願い、やってみたいことがあるのよ」

「ならその前に条件をひとつ呑め」

父親は決まった使用人に、その都度、自分の顔を剃らせていた。

フェルディナント兄は器用に自分で、持ち手と刃が「く」の字に折れる直刃《じかば》剃刀《かみそり》で顔を剃った。

病で臥せってからは、しばしばその剃刀でリオネラが顔を剃ってやっていた。その頃、ユリアンは子供だったし――今もさほど顔剃りの必要はないが、適宜、刃をあてるのに従来の直刃剃刀はコツがいる。油断をするとすぐ生傷をこしらえて危なっかしいので、このところ広く普及してきた安全剃刀を、ユリアンは専《もっぱ》ら便利に使っているのだった。

一枚一枚、薄い薬包紙に包まれている安全剃刀の替刃を箱ごと購入してあった。

二人でカンテラの燈を下げつつ、はちみつの壜を抱えて邸内に戻ると、ミュージックルームで落ち合った。

リオネラの目の前で、ユリアンは指に神経を配りながら、安全剃刀の刃の包み紙を慎重に剝《む》いた。ピアノの鍵盤の薄い隙間に、替刃をランダムに沈めていった。

正確には――中央の白鍵CとBの間。

鍵穴から右、二オクターヴ目、FとGの間に位置する黒鍵、その左サイド。

鍵穴から左、二オクターヴ下、GとFの間にある黒鍵、その右サイド。

中央、右手一オクターヴ目に位置するA―Bの隙間。

四箇所に、ぜんぶで四枚。

鍵盤のスリットは深く、剃刀の替刃は薄く、浅いのだ。溝にすっかり納まった。鍵盤を深く押して沈めてみなければ、うっすらとも刃は覗かぬ。分厚い本の頁の間に挟みこんだ栞《しおり》ほども浮かない。

「さあ弾いて」

理論上、指は鍵盤の上を叩く。スリットに剃刀の替刃が待ち構えていても、なんら危険はない。

……理論上は。

リオネラは椅子に腰かけると鍵盤に差しむかった。

こみいった曲になればなるほど必ずしも指は鍵盤の真上を叩くだけでは飽き足らなくなる。文字どおり指をすべらせたり、鍵盤上の埃でもぬぐいとる手つきで音をまとわりつかせる。鍵盤をズラッとなぎはらったり、切りこみを突き抜けるようにスナップをきかせて指先で力をぶつけたりもするのだ。勢いよく振り落とした手がミスタッチで鍵盤の間めがけて、指を叩きつける時もある。

「なにを聞かせて御覧に入れたらいい？　御所望の曲は？」

「あなたの選曲で、おれのことを考えながら弾いて。お願いじゃない。命じてるんだ」

一拍、考える間をおいて、リオネラはゆったりと弾きだした。

Chopin: Mazurka Op.63, No.3

……ああそうか、ショパンだとて、こうもメランコリックでほろ苦い曲調があった——

小春日和の気まぐれな秋風に、古惚《ふるぼ》けた塔の錆びかけた風見鶏が冷たく頬を撫でられて、右往左往にゆったりとさすらいながら、寒々しく軋む――そんな二分《ふん》半弱のささやかな楽章なのである。

リオネラの重たい弾きかたと、ピアノ本体の、低音が重厚な調弦の相乗効果で、しばしうっとり憂鬱な調べの流れいでるほとりで、ユリアンは爪先だけを濡らして冷たい波紋を眺めている、取り残された心地でいた。

弾き終えるまで騙されたふりをして聞いていた。

ピアノに肘を突いて凭《もた》れかかると、ユリアンはリオネラを鼻先で白々と見下ろした。

「――だめだよ、リオネラ。あなたらしくもない。まるでなってない。フェルディナント兄さんのことを考えていたよね。おれが気付かないとでも？」

「……ユリアン」

「もう一度、弾くんだ。つぎは別の曲を」

ii　シャフト

——ガツンッ

振動でエミールは目を醒ました。

「……エミール。起きて」

エミールはゆっくり目を醒ました。

エミリヤが白いナイトガウンを着て、エミールのベッドに身を乗り出し、心配そうに顔を覗きこんでいて、

「ああ、ええと……」

「魘《うな》されてた」

「そうか。ああ、僕はエレベーターから落ちたんだ」

「まあ大変、どうして」

「エレベーターの底が抜けて、真ッ暗なエレベーターシャフトに落ちた。落ちた途端にガツンと来るかとおもったら、奈落でね……すごく深いんだよ」

闇の束が皮膚に眼球に氷柱《つらら》のように鋭くぶつかってくる——内臓がぐぅっと浮いて、濃い闇に猛烈に吸われていく勢いだった。いつ底にぶつかるか、ぶつかるかと全身がちぎれそうに強張《こわば》っ

て怯えていたら突如、激痛が体軀を砕いた。「底に打ちつけた瞬間に目が覚めた。よかった……夢で良かったよ」

「なんでそんな危ないエレベーターに乗りこんだの？」

「……ミカがいて……追ってったんだ。だけどおかしいんだよ、ペンダントに刻んである名前と、青い革のリボンの文字とが鏡文字になってんの」

「逆さまなの？」

「そう、ひっくり返って反転してるんだ。あ、エミリヤ……服の合わせが逆だね。僕の服を着てる？」

エミールは暗がりに浮かび上がるエミリヤの胸元を眺めて笑いかけた。

「あら、そう？　きっとそうなのね」

「あ……僕も逆に着てるな。エミリヤの女物の服を着たまま寝ちゃったのか……」

エミールはベッドの上で、自分の服の合わせに指をつっこみつつ、体から浮かして確認した。

「それで、ミカがいて？　どうして古井戸の底に落ちたの？」

「古井戸？　ああ……たしかにそんな深さだったな。ミカがいて……お母様のあのダイアモンドのネックレスをさ、咥《くわ》えて走っていくんだよ。人をおちょくるみたいに時々、僕に振り返って、ミカとしては追いかけっこしてるつもりらしいんだ。鬼ごっこだね」

「まあ厄介な猫さんだわ」

「だろ？　なにしろあの首飾りだよ。キラキラ光るものを集めたがる、灰色の胸羽に青い目をしたニシコクマルガラスも顔負けじゃないか。ミカの遊牧式秘密基地に隠されたら、もう僕らは手も足も出ないよ。ビー玉や壜《ビン》の王冠ならまだしもさ……物が物だ」

「そのとおりね」

「それで追いかけてった。と或るお屋敷にたどりついたんだ。リリエンタール家……だったっけ……いやクルゼンシュテールン家……だったかなあ。大きい屋敷に迷いこんじゃってさ」

「うちくらいの？」

「大きさはきっと我が家ほどさ。だけど誰も居なくて、暗くて、ずうっと広く寂しかったよ」

「空き家なのね？」

「いや、手入れはされていて、誰かが住んでるのはわかるんだよ。使用人の影も、ちらほら遠くにちらつくんだ……でもとかく人気《ひとけ》がなくて玄関ロビーの伽藍《がらん》に、僕とミカだけさ。執事ひとり出てこない。スポットライトの消えた劇場の舞台袖――幽暗とした奥行きを覗きみるかんじ」

薄闇が影を濃くして延々と続いていて、心細いったらなかった。

やけに静まりかえっていた。

「僕は覚悟を決め――そう、覚悟を決めていたんだ。よそ様の家に、無作法に踏みいった」

得体のしれぬ無法者の暗い気分に囚われていた。

エミールは何事かを冷静に思い返そうとした。まだ覚めやらぬ意識の中で、エミリヤに語り続けた。「広間の暗がりにますますミカが突き進んでいった。すると中央のエレベーターが、口を開けたよ」

「エレベーターがあるのね。うちより立派だわ」

「なんか家具調度も冷たく重たげで大人しか住んでない感じだったな。運悪く……ちょうどエレベーターの扉があいてね、中に乗っていた……家庭教師かな……彼女が内側から扉を開けたもんだから、ミカが逃げこんだ。僕も追っていって乗りこんだ」

「そのエレベーターの底が抜けたの？」

「うん。ようやくミカを抱き上げて、お母様のネックレスをミカの口からやんわり奪い取って、ポケットにしまいこんでね。困った子だなあ……。ミカに笑いかけて、首を撫でて目の間をそっと掻いてやって。こうしてお前を抱くのも久しぶりな気がするよ——と」

「ミカったらきっと幸せだったわ」

「僕も一安心さ。ミカを抱き寄せながら、エレベーターに同乗した家庭教師だかに挨拶した……すみませんでした、お邪魔しましたとね。彼女、たいそう綺麗な女の人でね。でも物凄く近寄りがたいんだ」

べつにお気になさらずに。いいのよ、クルゼンシュテールン家は貴方のおとないを歓迎するわ

「僕が来るのが分かってた言いぶりだった……無理もないけど言葉とは裏腹に上から下まで観察されていたな。……エレベーターのレバーを操作していて……なにか誤ったのか、それともあのエレベーター、工事中だったのかもしれない。だからあんなにお屋敷が閑散として、家人はきっとみんなして出払ってたんだ。冬の離宮か遠い別荘だかに移ってたんだろうな。で、ガツンと揺

らいで上ろうとしたのか下《くだ》ろうとしたか……いきなり足場が抜けたんだ。思うに彼女は無事だった、壁際の手すりに寄りかかっていたからね。僕はミカを離すまいとしたんだけど」

エミリヤはエミールのベッドの中にそれこそ猫のような仕草で入り込んできた。エミールはエミリヤを抱きしめた。エミリヤは、エミールが心細くなっていたのを分かってベッドの中に入ってきて、黙ってエミールに抱きしめさせてくれるのだ。

「ひょっとしてポケットの中に入っていたりして、ネックレス」

「まさかね。夢だよ」

エミリヤが、エミールの服のポケットをまさぐった。エミールは、もどかしい感触に危うい気分になりながら「ありっこないって……」

「あったわ」

エミリヤが獲物を釣りあげたように、暗がりで、星の滴を連ねたネックレスを指に絡め、ポケットから引きだした手に高々とぶら下げた。

「……ほんとうだ」

「いつもお母様は寝室の鍵のかかった金庫に保管しているのに」

「僕らにだって番号を教えない」

「お母様が金庫に戻す一瞬の隙をついたのね、ミカったら」

「で、置いた場所に首飾りがなくなってたから、お母様もてっきり仕舞いこんだつもりになって、忘れたのかな」

「次につけるときになくて大騒ぎになりかねなかったわ。可哀想な使用人が疑われて血眼《ちまなこ》になるのよ」

実際、前にもそんな騒ぎをした。

両親がさんざ使用人を疑った挙句にミカの仕業とわかって、見せしめに獣医を呼んだ。注射を打って安楽死させた。——双子がきちんと見張っていないからいけないのだ。しつけだ。

どれだけ泣いてミカの命乞いをしても問答無用で——ミカはぼくらの家族なんだ、ひとときでも、ぼくらと一緒に育ってきたんだ。よその人から見ればしらないが、ぼくらにとったらペットでも家畜でもない。家族が家族を殺していいの？

今にして思えばとんだ的外れの説得をして——親達にとったら僕ら双子も、血のつながりはあるがある種のペットだった。猫がほしければ今度はもっと良い猫をまた飼えばいい——

「エミリヤ、そのネックレス、つけてみないか？」

二人で起きあがった。ベッドの上で、エミリヤは暗がりで淡淡《あわあわ》しい月影の光沢を宿す髪を手繰って上にあげた。エミールはのびあがってエミリヤの首に渡し、後ろにまわって首飾りの口金を留めた。エミリヤは髪をゆすって、蜜蠟に似た甘いにおいがふわっと広がると同時にゆるやかに髪を下ろした。

「似合うよ。素敵だよ。骨のラインにぴったりだ。髪はあげたほうが際立つかも」

「重たいわ。冷たい。本当に首輪みたい」

エミリヤは肩が凝ったように首を傾げて、ひんやり骨に沈みこんでくる着け心地を嚙みしめている。

「一緒に寝るには邪魔だね」

鏡に姿を映してみたがるかと、せめてエミリヤは夜の窓に映してみるかと、エミールは思っていた。エミリヤはしかし呆気なく両手を首の後ろにまわして留め金を外した。ネックレスを重たげに取り外した。ランプの脇の枕頭台に置いて、もとのようにベッドにもぐった。

エミールもまた、エミリヤの首にすり寄って、お互いがお互いの首輪なのだ。知恵の輪みたいに腕をまわして一緒に寝た。

――ガンッ
振動でエミールは目を醒ました。

「……エミール。起きてる？」

エミールは寝台で、のっそりと体を起こした。

（……ああ、僕はエレベーターシャフトに落ちた）

いや――強風で玄関ドアが開いたのか。

エミリヤはいつの間に自分のベッドに戻ったのか、隣にいない。枕頭台の脇に置いたはずのネックレスもなかった。夢だったのか……。

（どこから……どこまでが？）

割れる振動、抑制のきいた跫音、低い怒号――エミリヤが機を見計らっていたように、バサッと身を起こした。

「なに、いまの。だれか来たわ」

「着替えろ、エミリヤ、服を着ろ」

火薬の破裂音が二発。三発。エミールはベッドの裾の衣裳ベンチに用意しておいた自分の服を一抱えにして、エミリヤに放る。裸足のままベッドから下りると、自分はエミリヤの服を引っ摑む。

エミリヤも殺気立ってベッドから飛び降りる。

「エミリヤはやく。ぼくの服を着るんだ」

「エミールは」

「ぼくはエミリヤの服を着る。だいじょうぶ」

エミールは、明りもつけずに暗がりでエミリヤのドレスをつっかぶる。「連中はきっと押込み強盗だ。武器を持ってる。若い女の子なんて見つけたとたんに、行きがけの駄賃みたいに無茶苦茶する。言ってる意味、わかるよね？　エミリヤ」

エミリヤは黙って険しい目をして頷きながらネグリジェを脱ぐ。黙々とエミールの服を着る。

邸内は殺戮現場と化しつつある気配が足下《あしもと》に迫る。エミールは、エミリヤと目を見合わせながら無言で心許なくおたがいの指を絡ませ、二人で部屋の隅っこの暗がりで立ち尽くしている。

（……やめろ……やめろよ……！　なんだこれ）

エミールはさっきから紛れもなく、銀の蘭の館のエレベーターシャフトに墜落していたのだった。

《これで手を打ちましょう……助けてちょうだい》
金庫の番号を合わせる母親の指は顫《ふる》えているのだ。《聖母の涙《マドンナ》》の首飾りを、命の代わりに襲撃犯に差しだそうとしている。幾度やっても、蜘蛛の巣に絡め取られた蝶の翅《はね》さながら指が哀れにびくついた。右に左に何度まわしたか番号さえ覚束なくなっていた。いっこうに鍵が合わない。
両親の寝室に押しこんだ賊は二人で、物言いたげに目と目を見合わせ待っていたが、しびれを切らして銃口を向けた。
《番号を私が言います。御自分で開けてちょうだ……い。これで助けて》
子供がいるの、子供だけでもと哀願しかけた。そう――我が母はおそらく懇願して叶わなかった望みなど嘗《かつ》て一度として無かったのだ。むしろ双子の存在を賊に悟らせまいとしてか父親が割りこんだ。《私がやろう》
冷静にすんなり金庫の鍵を合わせた。天鵞絨《ビロウド》張りの箱をゆっくり開ける。蓋の内側はサテンの裏張りが施されている。《聖母の涙《マドンナ》》の首飾りが露わになる。
父親は冷静を強《し》いて、至極ゆっくりと、聖なる涙の滴を連ねたネックレスを手にして、敵に渡しながら、
《誰に命じられてきた》
《物盗りだ》
《ちがうな。誰になんと命じられた。貴様らが約束された報酬の倍を支払おう。その首飾りがい

かほどの価値かわかるか？　雇い主を言え。我々の味方につけ》
我々を購《あがな》える命の価格を懐におさめながら、賊は、
《リリエンタールと》
《……聞かない名だな。クルゼンシュテールン家の息のかかった残党だろう？》
《リリエンタールだ》
《クルゼンシュテールン家の手先でないとするなら、あるいは――×××の手の者か……？》
よく聞き取れなかった。不治の病の余命宣告で病名を聞き直すように、胸の悪そうな声色で、口に出すのも憚《はばか》りながら父親は些《いささ》か口籠もったのだ。ありきたりな人名でなかった……人の名前はわりとすんなり一遍で耳に入らぬものだし……
（いま、なんて言った？）
賊は、おしゃべりはここまでだ、と切り上げた。
《確かに我々は単なる物盗りではない。殺すも奪うもやり方は好きにしろ、ギュンツブルグ家を皆殺しに、跡取りを根絶《ねだ》やしに。女、子供も使用人も庭男も例外なく――》
家を焼け。
目には目を。
ギュンツブルグには制裁を。
銃の破裂音とともに父親の後頭部が吹っ飛んだ。
母親が金切り声で《逃げなさい、こどもたち、エミリヤ、エミー……》

呼ばわったところでズガンと的にされ、殴り飛ばされたように、即座に木偶《でく》の坊《ぼう》と化した図体が、夫の死体に折り重なって、

（やめろよ、やめろって――もうやめて）

耳障りな母親の絶叫が止《や》んで、生理的にエミールはひとときの奇妙な感謝を禁じえぬ。……と同時に沈黙の意味するのは死の暴利だ。エミリヤと二人して火がついたように泣きだしながら、勢いよく廊下の扉を開ける。

長い廊下を駈けだしてすぐに、黒い人影が物音もなく階段を上って、双子に突進してくる。エミールはくるりと踵を返してエミリヤの腕を急《せ》きたてるようにひっつかむと、もとの子供部屋に引き返しかける。

（だめだ、エミリヤを先に逃がすんだ。こいつはドラガだ）

エミリヤは人影の正体に気付いて、エミールに無言で異を唱える仕草をする。

エミールは自分の腕を引っ張りよせるエミリヤを振りほどいて、

「――ドラガよ、エミリヤを連れてって」

僕ら二人を担ぎ上げるのは少々荷が重たかろう。いくら暗い影さながら素早く動けるお前でも。僕が一緒に走って逃げては、文字どおり足手まといで、奴らの目に留まるだろう。

「――いったんここに残るよ。すぐ迎えに来ておくれ。いいね。僕は待つよ。大丈夫」

逆のパターンではうまくいかないんだ。

（そうだ、これでいい。良かぁないけど、少しはましだ。これでいいのさ。ドラガよ、一刻を惜

しんで、はやく戻ってきておくれ)

リオネラによれば《聖母《マドンナ》の涙》の首飾りにはネガのように記憶が焼きついているはずだった。鏡に映しとるように、殺害されたギュンツブルグ家の人間の強い思念が投影されて、襲撃当日の出来事をそのまま記録している。

価値ある宝石とはその手の代物よ、憧れや羨望を一身に受け止めて、邪念も恍惚もきらびやかに身にまとう。……つのる想いが幾層にも織りこまれ刻みこまれて、いっそう魅惑の光を煌《きら》めかすの――。

俄然《がぜん》、魔女らしい価値判断にユリアンは困惑気味でいた。

焼きついているネガと感応性の高い人物――この場合、エミール・ギュンツブルグをすりあわせ、両者が能動的に干渉するよう仕向ければ――どちらが鍵で鍵穴か、扉が開いて隠れていたなんらかの事実が露わになるかもしれないと。

「私たちが知るべき答えを導き出せるかもしれないわ」

エレベーターシャフトは、フェルディナント兄のためにリフト工事を始めて結局、途中放棄したままになっている。古い暖炉と煙突をつぶし、昇降装置を施すための立坑《シャフト》口を掘り進めつつあるところで、打ち捨てられたままだった。今や亜空間で、リオネラが集めてきた影のうちで用済みの、無価値な、あるいは興味をそそらぬ使えない諸々を葬る埋設所《レポジトリ》になっていた。古井戸さながら古い記憶が沈殿する。その薬籠中《やくろうちゅう》の影を眠らせておく塋域《えいいき》の奈落に、地蜘蛛《じぐも》さながら罠をしかけた。

——リオネラは、ユリアンが地蜘蛛とたとえると極端な嫌悪感をあらわにした。やめてちょうだい、クモは見るのもいや、大の苦手よ。

死なない程度に衝撃をやわらげる工夫を敷きつめて、エミール・ギュンツブルグを誘導してまんまと突き落したのだ。

狭い縦長のシャフトは、たくさんの窓が灯っている大型客船から水に投げうつる夜の航海めいて、チラチラとした揺らめきが波立っていた。鏡とステンドグラスをめぐらし、映写機を使って、巨大な万華鏡が回転する。暗い光が頭上を支配している。かぎろいじみた反射が宙を入り乱れて飛び交っては、悪酔いをうながすのだ。

狭い縦長の空間で、歪な天体が織りなす暗い輝きは、次第にインクが滲むようにじわじわと焼け焦げながら、翅《はね》を焼かれる蛾の羽ばたきに似て瞬《また》いた。瞳孔を痙攣させる不規則な光を放《はな》って、ガス灯の囹圄《れいご》に閉じこめられている錯覚を引き起こすのだった。

全体がオルゴール仕掛けになっていて、赤子の頭上でメリーゴーランドの装飾が回転しながら音楽を奏でる要領である、退屈で苛立たしくも優しい音色を奏でつづけた。グラスの縁に落ちる冷たい雫のような反響が、不規則に負の感情を喚起する周波数と共振した。途切れずに降る音階を浴び、残響がはてしなく揺曳《ようえい》する空間に、魔笛の嵐が吹きぬける。あるいは交響曲の弦楽器が鼓膜を引っ掻くような勢いで押しよせるのだ。——エミリヤ、エミリヤーッ、もうやめろ、僕を殺せよ、もういい、もうやめて。やめてくれ——

「リオネラ」

ユリアンはエミールの悲鳴と懇願が耐えがたく、咄嗟に眉をしかめ顔を逸らした。咽喉《のど》が潰れかけながらエミール・ギュンツブルグが叫んでは殺気立って呼びつづけ、過呼吸にむせんで、渾然一体となった絶唱がいつまでもこだまし、絡みあう。聞いてられない、いいからやめろ、やめさせろ。いい加減、やめていいだろ？　リオネラに非難がましく目線を向けた。

「リオネラ……！」

奈落を覗きこみながら、奥歯を嚙みしめ歯軋りした。

「黙ってて、ユリアン」

居丈高に切り捨てるリオネラは、美しい眉をひきつらせながら、「下手をすれば殺しちゃうかもしれないの。こんな手は滅多に使わないわ。久しぶりに弾く曲と同じよ。うまく弾けるかわからないの」

「どういうつもりだ、気絶させて脳波を乱し、強制的に悪夢を引きおこす。その悪夢を我々が盗み見る。この手順で、なぜ死ぬ」

「夢であっても、脳が死ぬと受け止めたら、簡単にショック死するわ。夢で死ぬと目が覚めるのは、恐怖が極限にいたる手前で、脳と肉体のかけはしになる経路に戸を立てて遮断をするから。私たちは今、この非常扉を滅多打ちに揺さぶって鍵をこじ開けているのだから――」

「おれの悪夢も、夜な夜なあなたは覗き見てきたんだろうが？　なにが久しぶりなんだ」

「お願い、いまは黙ってて、ユリアン」

ユリアンはリオネラの指先に目をやった。

リオネラが指を切るまで昨晩はしつこくピアノを弾かせた。リオネラは途中で中座もできた。ユリアンが割りこんで「もういい。わかった、あなたの好きにやれ」と約束するまで、しかし、音《ね》を上げなかった。叩く鍵盤が重たくなって精密さを欠いてきて、指先がぶれ、ついに切れてもだ。ユリアンが遮るまで弾き続けた。

ユリアンはリオネラの指先を丁寧に消毒してやった。戒めに自分は薄手の手袋をはめると、傷口を脱脂綿でじっと押さえて止血をし、ガーゼを押し当てた。リオネラの指先を自分の口に突っこみ入れたくなるのをやり過ごすため、消毒薬のえぐっぽい匂いをなるべく意識した。包帯を細く裂くと、繭に封じて再生の羽化を待つように、一本……一本の指を包みこんで手あてした。

「もしも死なせたらごめんなさい」

「——相手はエミール・ギュンツブルグだ。我々を襲撃しに踏みこんできた、同情する筋合いがあってたまるか……」

泣かないで一緒に眠ろう
僕が小夜啼鳥《ナイチンゲール》に頼んでくる
ナイチンゲールが歌わなかったら
ダイアモンドの指輪をあげる
ダイアモンドの指輪が錆《さ》びたら

こんどは光る姿見を調達しよう
もしも鏡が砕けちゃったら
元気な雄ヤギを連れてくる

雄ヤギが役に立たなかったら
市場で荷馬車と牛を買おう
荷馬車が牛ごと倒れたときには
ミカという名の猫を飼おう
猫がネズミを追わなくなったら
立派な馬と馬車の一式を手に入れて
馬車が馬ごとまっ逆さまに崖に落ちたら
こんどは——

いつだって君は僕の大切なたった一人の双子

——まだか。

（はやく……ドラガ……）

足音が近づいてきて、ついに子供部屋のドアが開く。扉を開けたのはドラガでなかった。

（……ああ、分かってたさ）

――バンッ
振動でエミールは目を醒ました。

「エミール」

「うん……ああ」

エミールは、クラヴァットを締めた喉元に指を突っこんで、息継ぎしながら、なるべく首を真っ直ぐに反らした。わずかな隙間を確保しながら、水を一杯飲む。

「さあ、引っ張ってちょうだい」

エミリヤが背中を向けるので、エミールはコルセットの紐をシュッと引き絞《しぼ》る。

もっとよ、
エミリヤは、エミールに心なしか振り返って「もっと」

「いいの？」

「もっときつくないと、ずり落ちるの」

いつまでもどこまでも細くしなやかな手ごたえを捕まえて、雁字搦《がんじがら》めに引っ張りあげるように、
ギュッ
エミールは、エミリヤを細い紐で丹念にくくりつけ、抱きしめていくのだ。グイッと手前に引きつけて身近に手繰る。

「きつくない？」

「まだ平気」

「つらくない？」

「もっと」

「やめようよ」

「心配なの？」

「こわいんだ。壊れちゃうよ」

そんな大人の格好して、急に大人びていくエミリヤが……口に出さずとも、エミリヤは分かったみたいで、

「エミール」

向き直った。「メイドのリーリャが締めるとすっごくきついの。いやがらせよ、あんなの。しかも難癖つけるの、もう少しこちらがふくよかで大人びていらっしゃれば、とか。うるさいわ」

たしかにエミリヤは息苦しさに喘ぎつつ、エミールに駈け寄ってきたかと思うと、腕を引っさらって客人らの目を避けながら一緒に部屋に閉じこもったのだ。ほどいてちょうだい、気がくるいそう、これ以上、縛りつけられていられないわ。縄目の檻の中で、こんなの拘束具よ。我慢ならない爆発寸前の瀬戸際で、服の背中のボタンを外しだし、コルセットの紐が、火の付いた導火線でもあるかのように解きだした。エミールは、とにもかくにも背中に回って手を貸して緩めてやったのである。

エミリヤはしばらく背中を出して、息をついて、水差しの水を一口飲んで、しどけなくぼんや

りしていた。ようやく人心地がついて、立ちあがるとエミールに催促をしたのだった。

「エミール、どうか締めなおしてちょうだいな」

「苦しいから、ほどいたんだろうに」

「だからってこのままじゃいられないわ。お願い。一人じゃまだ、うまくできないの」

「ぼくは構わないけどさ、いくよ？」

編み上げ靴の紐を締めていく要領で、ひとこき、ひと引きごとに、順々に適度な力を掛ける。クッ、キュッと、的確にエミリヤの胴体にめぐらした紐を、締めつけていく。

ああ、この片割れを、いつか自由に解き放って、また昔みたいに、草っぱらを駆け巡って、馬鹿みたいにひっついたり追っかけまわしたり。隠れたり捕まったりしながら、いつまでものんきに無邪気にはしゃいでいられたら、いいのに――

そう僕は思ったんだよ、エミリヤ。

泣かないで、
一緒に眠ろう……
あたしが小夜啼鳥《ナイチンゲール》に頼んでくるわ
ナイチンゲールが歌わなかったら
あたしがかわりに歌ってあげる

エミールは花畑など珍しくも目新しくもなかったが、目が醒めると花畑で、同い年くらいの……十六～七の、夕焼けがかったシャンパン色の髪をした、妖精めいて綺麗な娘が、ミュシャの花冠をつけた乙女絵図から抜け出てきたようである。ほんのり赤らんだ頬で、さもエミールを近しく見知っているように親しげに微笑みかけた。

「きみは……だれ？」

「あたしよ」

「うそ……だ。知らないよ……そんな」

「あたしよ。エミール」

「……なにしてんだ、ここで。エミリヤ」

「エミールに話があるから。可哀想に、ずいぶん手荒なカラクリを施されたのね。あの女の人は魔女なのよ」

「リオネラが？」

「ええ」

「……どうりで。なるほどな」

エミールは、いま下手に起きあがると次の瞬間には再び嫌な衝撃に打ちのめされて記憶のいずこかに飛ばされ、目が醒める。このエミリヤと二度とめぐり会えない気がした。今までいくら願っても頼んだって一度たりとて夢でさえ相見《あいまみ》えなかったのだ。

草を枕に寝そべったままで、傍らのエミリヤをそれとなく眺めていた。雲一つない青い空が高く突きぬけて夜空が透けそうな青天井の下で、古井戸の底から地上を見上げている心地がした。

「エミリヤ、ここはどこかな？」

「立坑口《シャフト》みたい」

「やっぱりか……とんだ勇み足で、足下《あしもと》を掬《すく》われ急転直下だ。クルゼンシュテールン家おかかえの魔女にしてやられた」

ふふ、とエミールが己の失態を笑うとエミリヤも、くすッと笑いながらエミールの隣に横になった。エミールが隣を確認すると、エミリヤはエミールと同様に、暗い青空を見ていた。日光が差しこんでくるには、此処はいささか狭く深すぎるらしかった。

「エミール、最近、どう？」

「――うん」

色々を訴えかけたかった。ソーニャが泣きだした時と同じだ……何から口にしていいか、ただ疲れて、もう疲れて、やめたいんだエミリヤが居ないこんな生活――そう口走りかけそうだった。

「……浮世なんざ毎日がくだらないよ。誰とも話が通じないんだ。だってきみが居ないんだ、エミリヤ」

世界全部がその場その場の有力者の幼稚な悪趣味を惰性で成熟させただけの尤《もっと》もらしい子供騙しで成り立ってんのだ。「生きていればそれだけで価値ある行方を見いだせるとか、有意義で幸せに満ちたりて愉快だとか、別に飢え凍えていなくたってね、そんなのはデタラメで、まやかしなんだ」

ここは静かだ。

「そんな文句を言えるのは、僕がのうのうと生きてるからで、そんな知った口さえ利けないんだって……きみは腹立たしいだけかもしれないけど」

「そんなことないわ」

「エミリヤ、一緒に居たいよ。エミリヤだって僕が恋しかったろう？」

「ええ、もちろんよ、エミール。あたしがどんなに恋しいか、わかってて？」

「エミリヤ。本当にごめん、あのとき僕は本当に……きみの苦痛を全部、引き受けたいんだ。だけど僕は弱いから、でもさ……エミリヤ」

エミリヤは、エミールの頬に頬を寄せ、髪や首筋に乾いた優しいキスをしてくれる。ああ、ずっとこうして居られたら良いんだ。今この瞬間だけで何もいらないと思っているのに。

優しい思いやりと……かぐわしい愛の上澄みだけを掬《すく》って生きていられたら良かった。

ぜんぶが遠い昔話で、晩春から初夏にかけての、あの明るい日差しの季節には、風見鶏が心地よげにくるくるまわっていた。白いレースのスカートの裾と、魚釣り。川魚を釣れもしないのに何時間も釣り糸をたらしたり引いてみたり。輝く水面と、脱いだばかりの麦藁帽子、汗が染みてこもった藁のにおいが、あッという間にそよ風に吹き飛ばされた、涼やかなあの気分だ。

「エミリヤ……話があるんだね？」

「ええ」

エミリヤは居かえって、エミールをまっすぐ見つめてきたとき、怖い気がした。

「エミールがいくらあたしにお弔《とむら》いの花を手向けてくれても、そんなの足りない。エミールの可哀想な女友達を、ドラガが行く先々で、どれほど道連れにしたっていい。みんな不憫《ふびん》で、エミールが同情するのも親しくなるのも無理もないけど、あたしのエミールの隣に居るのは、あたしの筈だったんだもの」

「エミリヤ――」

「エミール、あたしの魂が朽ちる前に願いをかなえて。あたしたちは双子で、あたしの未来をエミールに分けたんだもの、自分一人で妥協して甘く費やさないで。無駄にしないで――報復して敵の首を狩ってきて。花束のかわりにあたしたちに仇《あだ》なした奴らの死をあたしに届けて」

「そのつもりさ、そのつもりでここまで来たんだ。ずっとそのつもりで片時も目的を見失ったときはない……エミリヤ、きみの願いはまた僕の願いだし、もちろんだよ。わかってるさ。今回は墜落したけど」

「相手が違う。エミールだって薄々、勘付いてる。クルゼンシュテールン家の生き残りはあたしたちと幾才も違わない。あの生き残りが、あたしたちギュンツブルグ家を討つだけの指揮を取れたわけがない。あたしたちを討った首謀者は結核を長患いして、ずいぶん苦しんで死んで、手先に使った匪賊も全員、始末済みだわ。だからこそクルゼンシュテールン家は許容してやっていい頃合いなんだわ。ギュンツブルグのせいで同じ目に遭ってるのよ」

「同じ目？　どこがさ？　魔女のリオネラと、ユリアン・フォン・クルゼンシュテールンが残ってるじゃないか。貴族の家名もそのままに。相変わらず屋敷も焼けずに立派な面構えを留めてる。

ユーリックの兄貴がギュンツブルグを討つ前に、仮に早々に死んでいたら？　ユーリックとリオネラの二人が、僕らを同じ目に遭わせたろうさ」

「エミールがギュンツブルグ家の生き残りだと名乗りを上げた時、ユーリックはエミールを殺そうとした？」

「あいつら二人組のおかげで僕はシャフトに墜落したんだ、忘れたの？　エミリヤ、きみは誰の味方なんだ」

「おかげでこうして会えたのよ。エミール、あたしたちは、あたしたちの味方で、ほかの誰の味方でもないわ」

エミリヤは心底やるせなげだったが、エミールは俄に信じられなくなってきた。

白いモスリンのモーニングガウンから透ける手足も、抱きしめるといまにも温もりが脈打つ気がする手ごたえも……幻影なのか？　エミリヤが魔女リオネラによって降霊されたのであれば……リオネラに操られている。監視されている――？　ありうることだ。

この花畑は異様に静かだった。三色刷りのネガの現《うつ》し世《よ》で雑音が封じられている――丁度、誰かが聞き耳を立てているように。

……普段、花畑はミツバチの羽音が飛び交って、ほかにも虫や鳥やらの営む声を孕んだ風に、葉や花々が細波《さざなみ》立った。音が揮発し、また降り注いで循環する小揺《さゆ》らぎの渦中にあるものだった。

エミールは、エミリヤの柔らかい重みを感じながら、天を仰いだ。いつまた薄れるかしれぬ意識を掻き寄せ、小鳥を抱くとき羽根をそっと押さえつけるようにして、エミリヤをぼんやり抱いていた。

「共通の敵を一緒に討つのが、まずは賢明だわ。わかって」

「ああ……わかったよ。エミリヤ、君の言うとおりだ。ユーリックは嫌いじゃないし」

「それからエミール、今後一切、あたしのことを聖書の言葉で神様に祈るのはやめて」

「わかった……でもどうして？」

「だってエミール。聖書なんて、大むかしの浮世の卑屈なおっさんの恨み言で、方便《ほうべん》だもの」

ははッ
エミールは首を反らせて笑ってから、両肘を背後に突いて頭を浮かせた。エミリヤの素顔に見入って……ああ、きみは確かにエミリヤだよ。変わってない。

いや、いっそう前より潔くって、こわいけど大好きだ。

「エミリヤ。ギュンツブルグとクルゼンシュテールン家、共通の敵の当てはついてるのか？」

ええ、とエミリヤが答えた名前を聞きながら、エミールは、

（やはりか）

父親が賊に聞き返していた。

「そりゃさすがに僕の決意も揺らぐだろうかとエミリヤ、君だって心配するか。私兵や匪賊じゃなく下手をすると本物の軍隊だって繰り出せる名前だもの。手荒な魔女の歓迎にも、僕を囮《おとり》にした胡散《うさん》くさい降霊術にもまんまと乗せられて、僕の前にようやっと来てくれるわけだね。ここまで連れてこられるのに辛い目に遭わなかったかい？　……今度は――いつ会える？」

「あたしのためにエミールに死んでほしいと言いにきてるんじゃないの」

「……難問だよね。だから味方が必要なのか」

エミリヤは上半身を起こすと、やや首をかしげ、ふわっとエミールを包みこむ、憂鬱が淡く影差すいつもの笑顔で、エミールをしんみりと見定めた。

覆いかぶさるように横顔を寄せてきたので、近づくにつれてエミールは耳下にキスされるつもりでいた。エミリヤは控え目に身を乗りだしてくると、うっとりと夢心地になる囁き声で、長い髪に隠れて見えないようにエミールに耳打ちした。

……ユーリックと魔女リオネラの二人を仕留めるのは、べつに今じゃなくていい。始末するのは力を借りて共闘した後でも出来るのよ。

iii　降り積む雪に、ちりゆく朝へ

「ああ、だからなんで君が泣いてんだよ、ユーリック」

「――うるさい」

「無作法にお邪魔しといて何だけど、ほんとうに君は優しいよね。……白けるよ」

「黙って、寝ていろ」

「リオネラは？」

壁の燭台の火がささやかに瞬いている。電気を灯していなかった。

「ああ……リオネラ、あの人には珍しく、くたばってるよ。今回ばかりは、さぞや応《こた》えたろうさ」

「もう大丈夫よ」

たしかに少し蒼褪《あおざ》めた顔をしていて……それが一層、陰鬱になまめかしい色をそえて、リオネラが愚かな若者二人を慈しむように、優しげに笑いながら顔を覗かせた。

枕頭台の燭台を温かく灯している蠟が溶けて、ろうそくの首から透明な血が流れるように滴った。

「意地悪な歓迎をしてすまなかったわね。エミール・ギュンツブルグ君」

「こちらこそ。お宅のユーリックにつきっきりで介抱してもらって恐れ入ります」

エミールは精いっぱい芝居っ気をだして、ことさら幼気《いたいけ》にしおらしくして、うまく笑った。

「つきっきりじゃないさ。寝室に運びこんだだけだ」

「君がか？　いつぞやは軟弱よばわりして悪かったね」

「いいよ。おれはまるで花束を抱きあげた心地がしていただけです、エミール君」

ユリアンは真顔のままで淡々と目をこすり、涙を指先で押しやった。

「リオネラ――あなたを気にかける合間のほんの片手間に、気まぐれにユーリックに手厚くされて、僕はたいそう感謝してます」

リオネラは、ラヴェンダー色の瞳に安堵の笑みを、しんねりとのぞかせた。

「たしかに今回は不慣れで、わたしも疲れたのよ。……ユリアン、あなたの夜伽《よとぎ》を務めるのも時として消耗するけど、比較にならないほど格段にずっと」

「夜伽？　……ああ、わかった。今後は精進する」

ユリアンは、リオネラに何をどう茶化され当てこすられたのか無自覚であるように、さっきから口先だけで相槌を打ってはいても、神妙な面持ちで受け答えるばかりなのだった。

（だめじゃん。ユーリック）

エミールは殊更に呆れつつ、好色めいた半笑いを浮かべてみせた。

ユリアンはすると、首をかしげて熱心に「おなかすいた？　なにか食べよう。君んちのはちみつもあるぞ」

「その前に……つかぬことを伺うけど、うちのドラガは……」

リオネラに目線を投げかけてら、エミールは広々と薄暗い房室内を見まわした。分厚いカーテン越しに影差す外の朦朧《もうろう》とした薄闇が、日没前か……さもなくば日の出前である。仄青い波打ち際に立つような、つや消しの世界に浸《ひた》されていた。

「ドラガン・ラクロワは、僕と一緒に来たはずだけど、今どこにおりますか」

「養蜂家の貴方のお伴ならば、遺体を掘り返しているわ。……一晩中」

「遺体？　だれの」

「ギュンツブルグ家を襲撃した匪賊の遺体、十一体よ。ボートハウスの裏の湖畔脇の森に埋めてある。疑うならば掘り返してごらんになればと話したら、この目で見るまで信じられないと。白骨死体を、ずっと掘りおこして……今さっき……六人目よ」

「やめさせて。もう朝になる」

「なら自分で行って、お止《と》めなさい、エミール。元気な貴方を見るまでたぶん誰が止めてもドラガンは、じっとしていられないのよ。起きあがれるかしら？」

「はい、ミス」

ユリアンが、エミールに手を貸した。「おれが屋敷を案内するよ」

上着にマフラーを借りて、ユリアンと一緒に部屋を出た。

エミールが寝かされていたのは二階だった。中央階段を下りた。階段を下りながら、さんざん背後を振り返ったが、エレベーターは見あたらなかった。工事中と思しき残骸のまま放置されてある。屋敷内の荒廃ぶりが窺えた。

入ってくるときの外観は門構えからして立派だったが、広い屋敷は、最小限の手が入っているにとどめてあった。清潔だったが、明りと温かさが質素に管理されている。寒くはないが、寒々しかった。

ユリアンがカンテラの灯を携《たずさ》えて先に出た。外は薄明で、初雪が降りだしていた。

エミールはポケットに両手を突っこんだ。

石畳から逸れて、広大な敷地を抜ける。

一面の霜柱はクリスタルの針を踏み砕く危うさが奔《はし》るのだった。氷砂糖を蹴散らす爽快感がないまぜになり、エミールは靴底の冷たさを噛みしめた。

「寒いね。ユーリック」

「戻ったら、セントラルヒーティングに火を入れるよ。まずは作戦を練るんだしな」

「……僕は、ここに来るまでに、もう何人もドラガに殺させてるんだ。吸血の餌食にさせてきてる。後には引けない。ユーリック、僕はきみら以外の誰とも妥協はしない」

「上等だ。長兄の婚礼の最中……我が家が襲撃に遭ったときにさ、リオネラはその場で襲撃犯二人を殺して、おれを助けにきたんだよ。あの人は……生き残ったフェルディナント兄さんも、心を尽くして看病しながらも、婉曲的に死なせてる。リオネラの手に掛かって穏便には済まない。魔女だしな。リオネラに見込まれたなら、最悪の中の最善をかなえる手立てを見つけたのと同意なんだよ。おれはリオネラに幾度となく助けられているけど、君とおれを平和的に向き合わせて、ブレーメンの音楽隊さながら最後はみんなで一緒にコンチェルトでも演奏してさ、軍隊も鼓笛隊に様変わり。気がつけば復讐なんて音楽という名のもとに敵も味方も忘れていた。今を生きよう。そんな生半可な茶番を大団円だとして気を良くする、生易《なまやさ》しい、甘い女ではないんだ。あの人は、これっぽっちも」

「……安心したよ」

雪の破片が顔にぶつかる。

……いつだったか——風のまったくない真冬の昼過ぎに大雪で、エミリヤが大きな張り出し窓の端《はた》に腰掛けていた。窓を背にして、まだ牀《ゆか》に着かない足をぶらぶらと揺らしていた。いつしか外に向きなおって窓硝子《ガラス》に張りついて、雪が降りしきるのを熱心に眺めだした。

暖炉の灯った部屋で、母親がたしか傍で手紙を書いていた。

「あ……！」

エミリヤは声を上げた。

エミールが駆けつけると、

「……エミールも、雪を見ていて」

エミールは猫のミカを抱き上げながら、窓辺のエミリヤと呼吸を合わせて、一緒に灰色の曇天を振り仰いだ。ひっきりなしに窓に向かってくる白い雪に、目を奪われて瞬きもせずに見上げていたらば、

（あ——）

空が近づいているのか、ぼくらが引きこまれて浮き上がるのか。

——外に出ましょ。体重がなくなるみたい。

——うん、行こう。浮き上がれるかもしれないよ。

目配せして二人で、毛糸のポンチョをつっかぶり、猫のミカは室内に残して一緒に手をつないで外に出た。雪上に寝そべって、雪降る空を見上げた。天が降ってくるのか、あるいは二人で空に吸いこまれるのか。浮遊感を味わいながら、顔に向かってくる雪にもまばたきを惜しんで際限なく空を見ていた。

明けやらぬ薄闇の底を目がけて、ユーリックのカンテラの灯が空を穿《うが》つ。

雪は映しだされると、羽毛の残骸めいた影をなして、絶え間なく舞い降る、まるで冷たい灰だ。酩酊感にエミールは朦朧《もうろう》と立ち止まった。

(……血よりも熱く、蜜よりも甘い。きっと復讐は極上の麻薬だ)

皮肉にもエミールの痛みを最も的確に共感できる、話の通じる相手は、銀の蘭に蒼龍の紋章をもつ、この黒髪の生き残りだけなのだ。

ユリアンも心得たように歩を休め、カンテラをいっそう高く掲げた。

二人して薄闇に埋もれながら、首が痛くなるまで野放図に天を見上げた。

冬空を射抜くかぎろいめいたカンテラの灯に淋漓《りんり》と降る雪にむかって、エミールは魂の上昇を投影した。

しだいに無慈悲に肌身を削りとる冷気の破片を浴びながら、ユーリックと二人して、エミールは空が堕ちてくるのを待ちわびた。

本書は書き下ろし作品です。

コンチェルト・ダスト

二〇一三年九月二十日　印刷
二〇一三年九月二十五日　発行

著　者　中《なか》里《ざと》友《ゆ》香《か》

発行者　早川　浩

発行所　株式会社　早川書房
郵便番号　一〇一 - 〇〇四六
東京都千代田区神田多町二ノ二
電話　〇三・三二五二・三一一一（大代表）
振替　〇〇一六〇・三・四七七九九
http://www.hayakawa-online.co.jp

定価はカバーに表示してあります

Printed and bound in Japan

印刷・株式会社亨有堂印刷所　製本・大口製本印刷株式会社

ISBN978-4-15-209402-5 C0093

乱丁・落丁本は小社制作部宛お送り下さい。
送料小社負担にてお取りかえいたします。

第四回アガサ・クリスティー賞
作品募集のお知らせ

©Angus McBean
©Hayakawa Publishing, Inc.

アガサ・クリスティー賞は、株式会社早川書房と公益財団法人早川清文学振興財団が、英国アガサ・クリスティー社の協力を得て創設した、ミステリ小説の新人賞です。

本格ミステリをはじめ、冒険小説、スパイ小説、サスペンスなど、アガサ・クリスティーの伝統を現代に受け継ぎ、発展、進化させる総合的なミステリ小説を対象とし、新人作家の発掘と育成を目的とするものです。

たくさんのご応募をお待ちしております。

募集要綱

●対象　広義のミステリ。自作未発表の小説(日本語で書かれたもの)

●応募資格　不問

●枚数　長篇　400字詰原稿用紙400～800枚(5枚程度の梗概を添付)

●原稿規定　原稿は縦書き。鉛筆書きは不可。原稿右側を綴じ、通し番号をふる。ワープロ原稿の場合は、40字×30行もしくは30字×40行で、A4またはB5の紙に印字し、400字詰原稿用紙換算枚数を明記すること。住所、氏名(ペンネーム使用のときはかならず本名を併記する)、年齢、職業(学校名、学年)、電話番号、メールアドレスを明記し、下記宛に送付。

●応募先　〒101-0046　東京都千代田区神田多町2-2　株式会社早川書房「アガサ・クリスティー賞」係

●締切　2014年1月31日(当日消印有効)

●発表　2014年4月に評論家による一次選考、5月に早川書房編集部による二次選考を経て、7月に最終選考会を行ないます。結果はそれぞれ、小社ホームページ、および《ミステリマガジン》《SFマガジン》で発表いたします。

●賞　正賞／アガサ・クリスティーにちなんだ賞牌、副賞／100万円

●授賞式　2014年10月開催予定

＊ご応募いただきました書類等の個人情報は、他の目的には使用いたしません。

＊詳細は小社ホームページをご覧ください。

http://www.hayakawa-online.co.jp/

選考委員(五十音順・敬称略)

東 直己(作家)、**北上次郎**(評論家)、**鴻巣友季子**(翻訳家)

小社ミステリマガジン編集長

問合せ先

〒101-0046　東京都千代田区神田多町2-2
(株)早川書房内　アガサ・クリスティー賞実行委員会事務局
TEL:03-3252-3111／FAX:03-3254-1550／Email: christieaward@hayakawa-online.co.jp

主催　株式会社 早川書房、公益財団法人 早川清文学振興財団／協力　英国アガサ・クリスティー社